デビューして
20年、この仕事を
してきた1つの成果だと
思っています。
伊坂幸太郎

"데뷔한 지 20년, 이 일을 해온 덕택에 이뤄낸
하나의 성과라고 생각합니다."
_이사카 고타로

거꾸로 소크라테스

逆 ソ ク ラ テ ス

거꾸로 소크라테스

이사카 고타로

김은모 옮김

소미미디어
Somy Media

차례

거꾸로 소크라테스

거실 소파에 앉아 식탁에서 들고 온 리모컨을 조작했다. 얼마 전에 산 대화면 TV는 아직 다른 가구와 조화를 이루지 못해 거만한 태도의 전학생, 그것도 도심에서 시골로 온 학생 같은 위화감을 자아냈다. 방금 끄지 않았느냐고, 텔레비전이 쓴웃음을 짓는 소리가 들리는 것 같았다.

생중계하는 아나운서의 목소리가 들렸다. 뚜렷하고 분명한 목소리로 그다지 참신하지 않은 멘트를 술술 읊었다.

프로야구 페넌트레이스도 종반에 접어들었다. 여름이 끝날 때까지는 1위를 차지한 수도권 연고지 구단이 독주했는데, 2위 구단이 놀라운 상승세로 따라붙더니 이제 고작 두 게임 차다.

관객들의 관심도 뜨거울 터였다. 텔레비전 화면으로도 그 열기가 전해져 온다.

수도권 연고지 구단의 투수가 와인드업 포지션으로 공을 던졌다. 타자는 그냥 지켜본다. 주심이 스트라이크를 선언했다.

화면에 비친 점수판에는 0이 줄지어 있었다. 8회 초 마운드에 오른, 현역 최고 연봉을 자랑하는 에이스는 아주 당당해 보였다.

좌타석에 선 선수는 3번 타자다. 타고난 건장한 체격에 비해서는 동안으로, 이번 시즌 타점과 홈런 2관왕이 확실하다고 평가받는다. 여성 팬도 많다. 타자는 귀를 만지작거리고 타격 자세를 취했다.

투수가 2구째를 던진다. 거의 동시에 타자의 몸이 아름답게 회전하고 소리가 울린다. 쳤습니다, 하고 아나운서가 목소리를 높였다.

타구의 비거리가 제법 길다. 투수가 착잡한 표정으로 돌아본다. 카메라가 공을 좇는다.

외야 스탠드의 중앙 깊숙한 곳을 향해 공이 날아간다. 커다란 포물선을 그리는 공의 궤적을 모든 관객이 유심히 바라보았다.

등을 보이며 달려가는 건 막 수비수로 들어온 선수였다. 몸집은 크지 않지만, 끈질긴 커트와 선구안으로 높은 타율을 자랑하며 올 시즌 팀의 원동력으로 활약했다. 다만 지나치게 독단적으로 지휘하는 감독에게 반발한 탓에 주전에서 제외될 때가 많았다. 가끔 스포츠신문과 팬들도 그러한 처분에 분개했다. 감독이 개인적인 감정으로 팀의 발목을 잡으면 어쩌느냐는 거였다. 중견수는 발 빠르게 달려갔다. 평소 감독과의 대립으로 쌓여 있던 울분을 풀려는 것처럼 쏜살같이.

절대 잡힐 수 없다는 듯이 공이 속도를 높였다.

중견수가 중앙 펜스를 향해 펄쩍 뛰어올랐다. 붕 날아올라, 공중에서 몸을 젖혔다가 착지했다. 공은? 말은 없었지만 주시하고 있던 관객들은 일제히 그렇게 생각했으리라. 공은 어디 있지?

관객 모두가 숨을 삼키는 짧은 침묵 후, 중견수가 쳐든 왼손 글러브에 흰색 공이 보였다. 관객석에서 장내 분위기를 뒤집는 환성이 솟아올랐다.

중견수는 그 자리에서 오른쪽 팔꿈치를 구부리더니, 공중에 떠오른 투명한 구슬을 온 힘을 다해 움켜쥐는 시늉을 했다. 작은 파이팅 포즈로도 보였다. 그리고 양손으로 얼굴을 문질렀다. 어푸어푸 씻는 동작을 한 후 손가락 두 개를 앞으로 쭉 내밀었다.

들고 있던 리모컨의 전원 버튼을 눌렀다. 숨을 희미하게 내쉬는 듯한 소리와 함께 텔레비전 화면이 어두워졌다.

중고등학교의 추억은 사춘기 특유의 창피한 일화가 많아서

인지 좋든 나쁘든 실체를 띠고 있다. 하지만 초등학교 시절 추억은 어렴풋한 법이다.

초등학교 6학년 때의 그 몇 개월도, 소중한 기억이건만 떠올리려고 하면 어쩐지 남의 모험담을 읽는 듯한 기분이 든다.

단편적으로 띄엄띄엄 되살아나는 장면을 생각나는 대로 늘어놓아 보겠다.

제일 먼저 번쩍 떠오르는 건 산수 시험 때 책상 앞에 앉아 있는 내 모습이다.

책상 앞에 앉아 시험지를 보며 두근대는 가슴을 진정시키려 애쓰는 나. 공부도 운동도 그럭저럭 잘하는, 반에서 두드러지지도 않지만 소외당하지도 않는 아이였다. 중학교에서 고등학교, 대학교를 거치는 동안 성적은 뽐낼 수준이 못 되게 뒤처졌고 운동도 고만고만한 수준이 되어 생활이 점점 처량해졌으니 초등학교 시절이 제일 나았다고 할 수도 있겠다.

담임 구루메는(경칭 없이 이름으로 부르는 데서 내가 그 담임 교사를 어떻게 생각하는지 알아차리기 바라는 마음이다) 마지막 두 문제를 늘 어렵게 내므로 100점 만점을 맞기가 여간 힘든 게 아니다. 대신 그 외의 문제는 내 머리로도 풀 수 있었다. 다 풀고 나면 구루메가 "자, 여기까지. 뒤에서 시험지 걷어와" 하고 말하기만을 기다린다.

평소대로라면 그렇지만, 그때는 달랐다.

나는 왼손에 뭉친 종잇조각을 쥐고 있었다. 오른쪽 자리에 앉은 안자이가 넘겨준 것이다. 종잇조각에는 숫자가 적혀 있다. 안자이가 조그맣게 적은 숫자. 한 문제마다 쉼표를 찍어서 표시한 시험 정답이다.

"내가 가가에게 넘길 테니까, 가가는 옆자리의 구사카베에게 종잇조각을 넘겨." 안자이는 내게 그렇게 지시를 내렸다.

진정하라고 속으로 외칠 때마다 그 말에 반발하듯 심장이 크게 뛰었다. 구루메에게 들키면 어떻게 될까. 참고로 초등학교 때는 교사가 절대적으로 올바른 존재였다. 우리를 지도하고, 정답을 알려주고, 잘못을 고쳐주는 역할을 한다고 믿어 의심치 않았다.

게다가 구루메는 독특한 위엄을 갖추고 있었다. 체격이 좋고, 얼굴은 배우처럼 단정하게 생겼고, 치열도 가지런했다. 그 당시 구루메는 30대 후반이었으니까, 우리 아버지보다 젊었던 셈이다. 그런데도 아버지보다 훨씬 나이가 많고 훨씬 엄격한, 무서운 아버지 같은 인상이었다. 5학년에 이어 구루메가 담임이 된 건 두 번째이지만, 그가 이름을 부를 때마다 긴장되는 건 변함없었다. 나뿐만이 아니다. 아이들 모두 어쩐지 위축되어 있었던 것 같다.

아이들과 함께 그토록 예행연습을 했건만. 아니, 사실 그때는 그렇게 생각할 여유조차 없었을지도 모르겠다. 심장 뛰는 소리가 머리를 가득 메웠다.

사쿠마가 손을 들었다. 반에서 제일 키가 큰 여자애로, 눈도

큼지막한 게 한마디로 미인이다. 이른바 학교에서 가장 주목받는 유형의 동급생이었다. 유명한 통신회사의 이사인 아버지는 지역 경제에 공헌하며 가끔 방송에 출연했고, 교육에 힘쓰는 어머니는 학교의 지도 방식에 자주 참견하는 사람이었다. 다양한 이유에서 학교 측도 사쿠마에게는 한 수 접고 들어갔다.

"선생님." 사쿠마가 또렷한 목소리로 말했다.

"왜?"

"시험지에 잘 안 보이는 부분이 있어서요."

어디가, 하며 구루메가 사쿠마의 책상으로 다가갔다.

예상대로다. 각오를 다졌다. 사쿠마가 위험을 무릅쓰고 '커닝 작전'에 협력해주려고 한다. 내가 결행하지 않으면 어쩐단 말인가.

구루메가 사쿠마 옆으로 가서 몸을 구부리고 시험지를 들여다볼 때, 나는 왼손을 살짝 뻗어 구사카베의 책상에 종잇조각을 내려놓았다. 자세를 바꾸지 않고 왼팔만 슬며시 움직인다. 큰 동작은 아니지만 눈에 띄는 행동이라 하지 않을 수 없다.

"실전에서 긴장하지 않으려면 사전에 수없이 연습해서 저절로 몸이 움직이게끔 해야 해."

안자이가 충고한 대로 나는 1주일 전부터 쉬는 시간마다 연습했다. 구사카베의 자리로 슬며시 손을 뻗는 연습이다.

연습한 보람이 있었는지도 모른다. 일단 몸을 움직이자 종잇조각을 구사카베의 책상에 내려놓는 건 저절로 됐다.

사명을 마쳤다는 안도감에 휩싸였지만 심장은 더 세차게 뛰었다. 그걸 감추기 위해 시험지에 얼굴을 바싹 갖다 댔다.

처음 계획을 세울 때 나는 "어차피 메모를 넘길 거면 정답을 적는 역할도 내가 맡는 편이 낫지 않을까" 하고 제안했다. 산수 시험이라면 나도 어느 정도 높은 점수를 받을 자신이 있었고, 안자이가 정답을 적은 종이를 내게 넘기고 그걸 내가 다시 구사카베에게 넘기는 과정을 밟기보다 내가 정답을 적어서 구사카베에게 넘기는 편이 훨씬 순조로울 것 같았다. 하지만 안자이는 "아니야" 하고 우겼다. "작업은 분담하는 편이 좋아. 그리고 구사카베의 옆자리인 가가보다 옆옆자리인 내가 마음에 여유가 있으니까 답을 적기가 쉬워."

안자이의 분석은 날카로웠다. 실제로 시험을 치면서 내가 종잇조각에 정답을 적기는 무리였다. 긴장해서 쓰러졌을지도 모른다.

메모를 받고 나서 왼쪽에 앉은 구사카베가 어떤 행동을 취했는지는 기억나지 않는다. 그저 커닝을 실행했다는 죄의식과 위험을 무릅쓰고 행동에 나섰다는 성취감으로 가슴이 두근거렸다.

미술관에 갔던 날도 기억난다. 두 번이었다. 첫 번째는 커닝 작전을 실행하기 전이었던가 후였던가. 어쨌든 그 언저리였을 것이다. 그것도 계획 중 하나였으니까.

"가가는 이 미술관에 와봤어?" 묻는 안자이에게 나는 "여기가 뭐 하는 건물인지도 몰랐어" 하고 솔직하게 대답했다. 미술에는 전혀 흥미가 없었고, 학교 근처에 신기하게 생긴 커다란 시설이 있다는 건 알았지만 나하고 인연이 있을 것이라고는 생각지 않았다.

안에 들어가서 안자이가 여기 와봤느냐고 다시 물었는데, 그 목소리가 넓은 관내에 크게 울려 퍼지는 바람에 깜짝 놀라서 등골이 서늘해졌다. 드문드문 보이는 사람들 모두 숨을 죽이고 있는 것 같았다. 발소리만 나도 천장이 무너지고 거대한 도깨비가 나타나 "찾았다" 하며 덤벼들지 않을까. 다들 그걸 두려워하는 거라고 상상하고 싶어질 만큼 조용했다.

"가끔 시간 날 때 여기 그림을 보러 와." 안자이의 말에 나는 존경심이 불쑥 솟았다.

허둥지둥 안자이를 따라다녔을 뿐이라 자세하게는 모르지만, 아마도 상설전시였던 것 같다. 책가방을 멘 채 우리 지역에 거주하는 추상화가의 작품 공간으로 걸음을 옮겼다.

"이 그림, 우리 지역에 사는 작가의 작품이래." 안자이가 작게 말했다.

"그래? 몰랐어." 조심스럽게 귓속말로 대답했다.

초등학교 6학년으로 올라간 4월에 도호쿠 지방에서 전학 온 안자이가 우리 지역 사정에 더 환하다니 부끄러웠지만, 안자이가 척척박사라서 그렇다는 생각도 들었다. 분명 다른 아이들도 우리 지역 화가에 대해서는 몰랐을 것이다.

"추상화로 유명하대. 전에 왔을 때 학예사 누나한테 들었는데, 해외에서도 높은 평가를 받고 있다나 봐."

그 당시 내게 '추상화'는 물론이거니와 '학예사'도 '해외'도 머나먼 미지의 세계의 말이었다.

"그렇구나." 알아들은 척하며 대답했다. "이런 낙서 같은 그림이 대단하다고?"

초등학교 시절의 나를 두둔하려는 건 아니지만, 그 그림은 진짜로 낙서 같았다. 선을 그어놓았나 싶더니, 소용돌이 같은 모양이 나오고, 파란색과 빨간색이 사방에 어지러이 튀어 있기도 했다.

안자이가 안쪽으로 가기에 나도 따라갔다. 예전부터 가끔 왔다는 안자이를 '그림을 좋아하는 아이'로 인식해서인지 미술관 직원들은 하굣길에 들른 우리를 수상쩍게 여기지 않고, 오히려 열심히 공부하는 아이들이라고 흐뭇하게 바라보는 낌새였다.

소묘화가 진열된 벽에서 멈춰 섰다. 엽서 세 장 정도 크기의 소품인 데다, 색깔도 없이 거친 밑그림 같은 느낌이라 나는 솔직하게 "이 정도라면 나도 그릴 수 있겠는데" 하고 감상을 말했다.

"정말로 그렇게 생각해?" 안자이가 물었다.

"그릴 수 있을 것 같아."

"사실 아이는 이렇게 못 그려."

"그래?"

"데생력이 있으니까 이렇게까지 허물어뜨릴 수 있는 거야."

안자이의 말이 무슨 뜻인지 물론 나는 몰랐다. "하지만 그릴 수 있을 것 같지 않아?" 하고 끈질기게 받아쳤다.

그러자 안자이는 만족스럽게 고개를 끄덕였다. "그게 포인트지."

"포인트? 무슨 포인트?"

안자이는 내 질문에 대답하지 않고 주변을 둘러보았다. 전시회장 구석의 의자에 감시역처럼 직원이 앉아 있었다.

기억이 맞는다면 그날 거기서 우리는 미술관을 나섰다.

돌아가는 길에 안자이가 작전 내용을 들려주었다.

다음으로 기억나는 장면 역시 미술관이다. 다른 날에 두 번째로 방문, 우리는 역시 상설 전시회장의 구석에 서 있다. "좋아, 네가 나설 차례야" 하고 옆에 있는 안자이가 말했다.

"어."

"얼른, 설명해준 대로."

"정말로 하는 거야?"

"그야 물론이지."

그다음 일은 사실 잘 기억이 나지 않는다. 산수 시험 때 커닝 작전을 실행한 장면보다 더 애매모호하게, 짙은 연기에 휩싸인 듯한 인상으로 머릿속에 남아 있다. 아마도 죄의식과 긴장감 때문에 현실감이 옅어진 것이겠지.

나는 전시회장 구석에 있는 직원에게 말을 걸었다. "저 그림은 뭐에 대해서 그린 거예요?" 하고 입구 근처의 작품을 가리키며 물었다. 그러자 여자 직원은 초등학생이 그런 걸 묻다니 놀랍고 흐뭇하다는 표정으로 일어나, 그림 앞에서 친절하게 몇 가지 설명을 해주었다. 되도록 말을 많이 시키라고 안자이가 지시했으므로 최대한 머리를 굴려서 직원에게 몇몇 질문을 던졌다. 하지만 한계가 있었다. 순식간에 이야깃거리가 다 떨어져서 어색하게 인사하고 재빨리 물러가야 했다. 안자이와는 출구 부근에서 합류했다.

"어땠어? 그림은?" 나는 가쁜 숨을 가다듬으며 안자이의 손을 보았다. 안자이는 두루주머니를 들고 있었다.

안자이가 세운 작전은 이랬다. "네가 직원의 주의를 끄는 사이에 내가 다른 그림과 미술관의 그림을 바꿔쳐서 가져가는 거야."

안자이에 대한 추억에는 짙고 옅은 부분이 있다. 4월에 전학생으로 처음 우리 반에 왔을 때의 안자이는 윤곽이 뚜렷하지 않은 그림자 같은 인상이었지만, 방과 후 운동장에서 "나는 그렇게 생각 안 하는데" 하고 쓰치다에게 대꾸한 안자이의 표정은 머릿속에 선명하게 남아 있다.

커닝 작전을 실행하기 한 달쯤 전이었을까? 방과 후 우리는 운동장에서 축구를 했다. 안자이도 함께였다.

전학을 온 안자이는 무뚝뚝하지는 않았지만 붙임성이 좋다고도 할 수 없었다. 우리가 "같이 놀래?" 하고 물으면 세 번에 한 번 정도는 끼었지만, 자기가 먼저 끼워달라며 찾아올 만큼 적극적이지도 않았다. 재미있게도 재미없게도 느껴지지 않게 보통이었지만, 수업시간의 발표나 시험 성적을 보면 머리는 좋았다. 하지만 주목받을 만큼 눈에 확 띄는 건 아니었다.

지금은 그게 '1년에 한두 번 전학 다녀야 했던' 안자이의 경험에서 비롯된 처세술이었음을 안다. 안자이는 반 아이들과 적당한 거리를 유지하는 능력이 뛰어났다.

그날은 같은 반 남자애들 여섯 명이서 운동장 가장자리에 쳐놓은 그물을 골대 삼아 축구를 했다. 나름대로 분위기가 달아올랐고, 나는 평소와 달리 골을 넣었다. 안자이가 내게 좋은 패스를 많이 주었기 때문이라는 건 다음 날에야 깨달았다. 그때는 그저 갑자기 실력이 좋아졌구나 싶어 기분이 좋았다.

"가가 같은 녀석한테 골을 먹을 줄이야." 쓰치다가 기분 나쁘다는 듯이 큰 소리로 말했다. 아버지가 신문사의 높은 사람이라는데 그거랑 관계있는 건지(관계있다고 나는 믿지만) 언제나 다른 아이들을 깔보았다. 쓰치다의 입에서 나오는 말 중 70퍼센트는 자기 자랑이고, 나머지 30퍼센트는 남을 깔보고 놀리는 말이었다. 요컨대 자신의 지위를 남보다 우위에 두기 위한 말만 했다. 쓰치다와 대화하려면 나름대로 신경을 써야 했고, 기분이 좋아지는 일은 적었다. 덤으로 아니 그보다는 '그렇기에'라고 해야겠지, 쓰치다는 반에서 영향력이 있었다.

축구가 끝난 후 "어쩔래, 한 판 더 할까?" "집에 갈까?" 하고 떠들고 있는데 조금 멀리서 교문을 나서려고 하는 구사카베의 모습이 보였다. 수도권 프로야구팀의 모자를 쓰고 있었다. 나중에 안 사실이지만 그 무렵 구사카베의 유일한 낙은 집에서 프로야구 중계를 보는 것으로, 홈런이나 좋은 플레이가 나오면 그 모습을 곧잘 흉내 냈던 모양이었다. 활약하는 야구선수에게 억지로나마 자신의 모습을 투영함으로써 시시한 현실을 잊어버리고 싶었는지도 모른다.

"야, 구사일생 구사카베, 구사코." 쓰치다가 소리쳤다. 목소리가 들린 듯 구사카베는 허겁지겁 멀어졌다.

"구사코?" 안자이가 진지한 표정으로 나를 보았다.

새삼스레 물어봐서 당혹스러웠지만 나는 "옛날부터 그렇게 불렀어" 하고 설명했다. "3학년 때였나. 구사카베가 여자처럼 분홍색 옷을 입고 왔었거든."*

"분홍색 옷을 입으면 여자 같은 거야?"

---

* 일본에서 이름 끝의 '코(子)'는 여자 이름에만 붙인다.

쓰치다가 곁에 있던 아이들과 얼굴을 마주 보더니 딱딱한 표정을 지었다. 안자이가 말대꾸했다고 여겼기 때문인지도 모른다. "대개 그렇잖아."

"나는 그렇게 생각 안 하는데."

"뭐 어쩌라고." 쓰치다가 화냈다. 불만 있느냐고, 너도 여자냐고.

나는 어찌할 바를 모르고 쭈뼛거리기만 했다. 설마 안자이가 그렇게 강하게 자기 의견을 내세울 줄은 몰랐다.

"원래는 선생님이 제일 먼저 그랬어. 3학년 때 구루메 선생님이." 쓰치다가 입을 삐죽거렸다.

그때 일은 나도 기억난다. 구루메는 상급생의 담임이었지만, 마침 전교 조회가 있었을 때 연분홍색 스웨터를 입은 구사카베에게 "넌 옷을 여자처럼 입었구나" 하고 말한 것이다. 놀리는 게 아니라 교과서를 읽는 듯한 말투였지만, 주변의 동급생들은 일제히 웃음을 터뜨렸다.

"아아." 안자이는 그제야 사정을 이해했다는 것처럼 말했다. "구루메 선생님은 그런 면이 있지."

"그런 면이라니, 그게 뭔데?" 쓰치다가 열을 냈다.

"이런저런 일을 일방적으로 단정해." 안자이의 말에 나는 "뭐?" 하고 되물었다. 일방적으로 단정한다니 무슨 뜻일까. 나는 그다음 말을 듣고 싶었지만 쓰치다가 바로 "야, 뭐야, 구루메 선생님을 무시하는 거야?" 하고 거품을 물고 따져서 이야기가 중

단됐다.

"아니, 딱히 구루메 선생님을 욕하고 싶은 건 아니야. 다만." 안자이가 말을 이었다.

"다만?" 내가 재촉했다.

"분홍색 옷을 입었다고 해서 여자 같다고는 생각하지 않는다는 거지."

"분홍색은 여자 색깔이야." 쓰치다가 반박했다.

"그럼 홍학은? 그리고 여자 같다 해도 상관없잖아."

"남자인데 여자 같으면 당연히 이상하지."

"쓰치다, 네 생각은 그렇겠지. 하지만 난 그렇게 생각하지 않아. 여자 같은 남자든, 남자 같은 여자든 이상할 것 없어. 지구에 인간이 몇 명이나 있을 것 같아? 다양한 사람이 있는 게 당연하잖아. 쓰치다, 너 같은 인간도 있는 거고." 안자이는 알아듣게 설명하듯 한마디씩 또박또박 말했다. 나는, 이상하다고, 생각하지 않아.

장면이 바뀐다. 집 근처 어린이 공원이다. 거기서 안자이가 들려준 이야기가 잊히지 않는다. 대화의 세세한 내용은 다른 기억들처럼 어슴푸레하지만, 대충 다음과 같은 이야기였을 것이다.

"저, 가가." 안자이가 그네를 타면서 말했다. 나는 그 옆 그네에 서서 무릎을 구부렸다 폈다 하며 조금씩 반동을 주기 시작했다. "예를 들어 네가 해골 마크가 들어간 옷을 입었다고 치자."

"응? 뭐라고?" 그네를 움직이려고 힘을 쓰느라 내가 중요한 단어를 잘못 들었나 싶었다.

"해골 마크가 들어간 옷. 어떻게 생각해?"

"어떻게라니?"

"그걸 입고 학교에 가면, 예를 들어 구루메 선생님이나 쓰치다가 이렇게 말하겠지. 해골 마크가 들어간 옷을 입고 오다니 가가는 촌스럽구나."

"그야." 나는 상상했다. "싫은데. 창피해."

"그렇겠지. 그리고 반 아이들은 다들 이렇게 생각할 거야. 가가가 입고 온 해골 마크 점퍼는 촌스럽다고. 더 나아가 가가를 촌스러운 아이로 여기겠지."

"뭐, 그렇겠지."

"하지만 생각해봐. 해골 마크가 촌스럽다는 건 객관적인 평가가 아니야."

"그게 무슨 뜻이야?"

"객관적이란 건 누가 봐도 반드시 옳다는 뜻이야. 해골 마크를 보고 멋지다고 느끼는 사람도 있고, 촌스럽다고 생각하는 사람도 있겠지. 촌스럽다고 단정할 수 있는 일이 아닌 거야. 정답은 없으니까. 1 더하기 1이 2라는 것하고는 전혀 달라."

"뭐, 그야 그렇지만."

"우리는 남에게 지나치게 영향을 받아. 자신이 어떻게 생각하느냐보다 남들이 어떻게 생각하느냐에 더 신경을 쓰지. 넌 해골 마크가 촌스럽다는 말을 들으면, 그렇게 느낄 테고 다시는 그 옷을 못 입을 거야."

"난 해골 마크 옷 없는데."

"지금까지 여러 학교에 다녔지만 어디에든 있더라고. '그거 촌스럽다'는 둥 '이건 멋없다'는 둥 단정하며 잘난 척하는 녀석이."

"어느 학교나 그런 건가."

"그런데 그런 녀석들에게 지지 않는 방법이 있어."

나는 그때 이미 그네에서 내려와 안자이 앞에 서 있었을 것이다. 전자오락의 비밀 기술을 배우거나 교장 선생님의 성대모사를 전수받는 심정이었는지도 모른다.

"나는 그렇게 생각 안 해."

"응?"

"이 대사야."

"그게 비법이야?"

"예를 들어 너희 아빠가 회사에서 잘렸다고 치자."

"안 잘렸는데."

"예를 들면 말이야. 누군가 너한테 너희 아빠가 한심한 아빠라고 말했다고 쳐. 주변의 아이들은 조금 웃겠지. 그때 넌 이 말만큼은 꼭 해야 해."

"뭐라고 하는데?"

"'나는 한심하다고 생각 안 해'라고." 안자이의 말투는 자신감으로 가득했다. "차분하게 천천히, 상대방의 머릿속에 단단히 새겨지도록."

"그런다고 효과가 있을까?"

"있어. 너희 아빠가 한심한지 한심하지 않은지는 제각각 느껴야 할 바지, 누가 단정할 수 있는 일이 아니야. '가가네 아빠는 무직이다'라고 말할 수야 있겠지만 '한심한지 한심하지 않은지'는 알 수 없어. 무엇보다 그 녀석들은 너희 아빠에 대해 아무것도 모르잖아. 그러니 똑똑히 표명하는 거야. 난 그렇게 생각 안 한다고. 네가 어떻게 생각할지는 다른 사람이 정할 수 없으니까."

그때 나는 그렇구나, 하고 시원찮게 맞장구를 쳤을 것이다. 안자이의 말을 절반도 이해하지 못했으면서.

안자이가 중요한 이야기를 시작했다.

"구루메 선생님은 그 전형이야."

"전형?"

"자신이 옳다고 믿어. 만사를 단정하고, 자신의 의견을 모두에게 주입하려 하지. 일부러인지 무의식적인지는 모르겠지만 말야. 그래서 반 아이들은 구루메 선생님의 생각에 영향받지 않을 수 없어. 왜, 구사카베가 놀림을 당하는 것도 구루메 선생님이 '촌스럽다'는 꼬리표를 붙인 게 계기잖아."

"촌스럽다고 한 게 아니라 여자 같다고 했어."

"전학 온 후로 쭉 관찰했는데, 구루메 선생님은 구사카베를 얕보는 태도를 취할 때가 많더라고." 안자이가 말을 이었다. 예를 들어 같은 문제를 풀어도 구사카베가 정답을 맞혔을 때는 "너무 쉬운 문제였나 보네" 하고 말한다. 우수한 사쿠마가 정답을 맞히면 "잘 풀었구나" 하고 긍정적인 말을 덧붙인다. 그것만으로도 본인은 물론이거니와 반 아이들에게 그릇된 인상을 남길 수 있다. 구사카베는 늘 칭찬받지 못하고, 사쿠마나 쓰치다는 칭찬받는다. 결과적으로 구사카베는 위축되고, 주변 사람들은 이렇게 생각한다. 구사카베는 자신들보다 뒤떨어지는 아이니까 조금 무시해도 된다고.

"얼마 전에 텔레비전에서 봤는데." 안자이가 말했다.

"뭘?"

"뭐였더라. 교사, 교사 효과, 교사 기대 효과였나."

"몰라." 나는 당장 고개를 휘휘 저었다.

"교사 기대 효과라는 법칙이랄까, 규칙이랄까, 그런 게 있대. 선생님이 이 학생은 장래에 우수해질 것이라고 생각하고 대하면 실제로 우수해진대."

"어, 진짜?"

"뭐, 반드시 그렇게 된다는 건 아니지만. 하지만 평범한 학생이 문제를 못 풀면 신경을 안 쓰더라도, 우수해질 것이라 기대하는 학생이 문제를 틀리면 격려할지도 모르잖아. 열심히 문제를 함께 풀어줄지도 몰라. 뭔가 해낼 때마다 듬뿍 칭찬해줄 가능성도 있고. 그런 과정을 거치며 학생이 실제로 우수해지는 거야."

"과연, 그럴싸해."

"그 반대도 있어. 이 학생은 글렀다고 생각하고 대하면 그 학생이 착한 일을 해도 우연이라고 생각할 테고, 나쁜 짓을 하면 역시 그럴 줄 알았다고 느낄지도 몰라. 예언이 들어맞는 이치도 여기에 가깝대. 그만큼 선생님이 학생을 대하는 방식에는 영향력이 있다는 뜻이야."

"병은 마음에서 비롯된다. 그거랑 똑같은 건가."

안자이는 그네에 앉아 팔짱을 끼며 으음, 하고 고민하더니 "좀 다른 것 같기는 한데" 하고 고개를 갸웃했다.

말을 끊어서 미안하다며 나는(그때 확실히 어떤 표현을 썼는지는 잊어버렸지만) 안자이의 이야기를 재촉했다.

"그걸 고려하면, 가장 큰 적은."

"적?" 나는 순간적으로 제어 불가능한 거대한 몬스터를 떠올렸다.

"적은 선입관이야."

"선입관?" 그 말 자체가 뭔지 몰랐다.

"일방적인 단정, 이라는 뜻이야."

"그래서 뭘 어쩌자고?"

"구루메 선생님의 선입관을 무너뜨리자."

"그만두는 게 좋을 것 같은데." 나는 사쿠마에게 말했다. "우리 작전에는 끼지 않는 게 나아."

사쿠마는 '우등생'으로 분류되는 아이인 데다 부모님과 선생님도 예뻐하니까, 괜한 짓을 해서 나쁜 인상을 얻는 건 좋은 생각이 아니라고 서투르나마 힘 있게 주장했던 것 같다.

"좋을 게 없어. 전혀 없다고."

구사카베도 수긍한다는 듯이 고개를 끄덕였다.

하지만, 하고 사쿠마가 야무진 목소리로 말했다. "내가 보기에도 구루메 선생님이 좀 그렇다고 느껴지는 부분이 있거든. 아이들을 차별하는 것도 알겠고."

"역시 사쿠마, 예리해." 안자이가 손뼉을 쳤다.

장소는 분명 우리 집이었다.

안자이의 계획에 관해 협의하기 위해(그건 협의나 작전 회의라기보다는 '하겠다'는 의사를 확인하는 단결식에 가까웠지만) 구사카베는 물론이고 사쿠마도 왔다. 우리 집 2층의 마루를 깐 남향 방은 고등학교를 졸업할 때까지 내 방이었는데, 돌이켜보면 초등학교 6학년 때 왔던 사쿠마가 내 방에 들어온 유일한 여학생이었을지도 모르겠다. 어머니가 전에 없이 유난을 떨며 방에 과자를 가져온 것이 쑥스러운 감정과 함께 기억에 남아 있다.

어쩌다 사쿠마가 협력해주기로 한 건지는 확실하게 기억나지 않는다. 방과 후에 구사카베를 불러 교실에서 이야기하고 있는 모습을 보고 사쿠마가 "무슨 이야기야?" 하고 끼어든 기억이 있긴 한데, 우리 뒤에 마침 사쿠마가 서 있는 걸 알아차린 안자이가 "너도 끼지 않을래?" 하며 끌어들인 장면도 떠오른다. 추억이란 애매모호한 법이다. 아무튼 사쿠마가 "조금이라면 돕고 싶어" 하고 자청한 것은 확실하다.

교사와 보호자가 신뢰하는 우등생 사쿠마가 우리 작전에 협력해도 얻을 건 아무것도 없다고 나는 설득했다. 하지만 사쿠마는 "구루메 선생님은 우리 엄마처럼 뭐든지 자기가 옳다고 믿는 구석이 있거든. 그건 아니라고 언젠가 말해주고 싶었어" 하고 태연한 얼굴로 주장했다.

그래서 우리는 작전 회의를 시작했다.

안자이는 먼저 다음과 같이 선언했다.

이건 구사카베를 돕는 일이 아니다.

이건 구사카베를 위한 작전이 아니다.

"뭐?" 나는 놀라서 물었다.

사쿠마도 마찬가지인 듯 "어, 잠깐만, 안자이. 이거 커닝으로 구사카베가 높은 점수를 받도록 하는 작전 아니야?" 하고 당황스러워했다.

커닝이라는 단어가 크게 울려 퍼져 아래층의 엄마에게 들리지는 않았을까 나는 한순간 가슴이 철렁했다.

"그런 작전이 아니야." 안자이가 말했다.

"그럼 뭔데?"

"구사카베가 높은 점수를 얻도록 해서 구루마 선생님을 놀래주는 거였던가?" 내가 물었다.

"그래. 하지만 좀 달라. 놀래주고 싶은 건 아니야."

"그럼 뭔데?" 구사카베도 물었다. 키는 그렇게 크지 않지만 빈약한 체형은 아니었다. 다만 눈이 작고 늘 쭈뼛거려서인지, 뭘 해도 나약해 보였고 야구모자를 벗으면 납작하게 달라붙은 머리가 나약함을 더 돋보이게 했다.

"요전에도 말했지만 구루메 선생님의 문제는 자신의 판단이 옳다고 믿는 거야."

"자신의 판단이 옳다고 생각하지 않으면 그것도 문제 아닐까?"

"일방적으로 단정만 하는 경우도 있겠지. 구사카베를 소중하게 대하지 않는 건, 구사카베가 별 볼 일 없는 아이라고 단정했기 때문이야."

그때 나는 구사카베 앞에서 그런 소리를 해도 되나 싶어 마음을 졸이며 구사카베의 얼굴을 보았지만, 당사자인 구사카베는 수긍한 표정으로 응, 응, 하고 고개를 끄덕였다.

안자이는 거기서 또 교사 기대 효과를 설명했다. "애당초 구사카베가 위축된 건 구루메 선생님이 구사카베를 대하는 방식 탓이라고도 할 수 있어. 교사가 이 아이는 글렀다고 생각하면,

정말로 제구실을 못 하게 되는 경우가 많거든."

"그래서?"

"이대로라면 구루메 선생님은 자신의 판단이 옳은지 그른지 전혀 의심하지 않고 교사 일을 계속할 거야."

"그렇겠지. 우리 엄마를 보면서도 생각하지만, 어른은 사고방식이 변하지 않더라고."

"완벽한 인간은 없는데도 자신은 완벽하다, 틀릴 리 없다, 뭐든지 다 안다고 생각하는 것이야말로 최악이야. 먼 옛날의 철학자 소크라테스의 명언도 있지."

"소크라테스?"

"'나는 내가 아무것도 모른다는 사실만을 안다'라고 말했대."

"나는? 모른다는 사실만을 안다?" 안자이의 말이 말장난으로밖에 들리지 않아서 당황스러웠다.

"요컨대 뭐든지 다 안다고 생각하는 녀석은 틀렸다는 뜻이야."

"소크라테스는 플라톤의 스승이었던가." 사쿠마가 말했다.

"응, 맞아."

"그럼 선생님이라는 의미에서는 구루메 선생님이 소크라테스네."

"구사카베, 그건 아니야. 아까도 말했듯이 소크라테스는 자신이 완벽하지 않다는 걸 알았거든. 구루메 선생님은 그 반대고. 거꾸로야."

"아하, 거꾸로구나." 구사카베는 진지하게 답했다.

"그러니까." 안자이가 또렷한 목소리로 말했다. "여기서 우리가 구루메 선생님의 선입관을 뒤집어버리는 거지."

"선입관이 뭔데?" 구사카베가 묻자 안자이는 네가 대답해주라는 듯한 눈으로 나를 보았다. "일방적인 단정을 뜻해." 나는 그야말로 상식이라는 듯이 설명했다.

"자, 들어봐. 만약 구사카베가 어떤 활약을 한다면 어떻게 될까?" 안자이가 다시 말을 꺼냈다.

"내가?"

"구루메 선생님의 머릿속에는 물음표가 떠오를 거야. 모두의 앞에서 인정하지는 않을지도 모르지만 속으로는 '어라, 내 생각이 틀렸나?' 하고 불안해지겠지. 그렇지 않겠어?"

"그럴 거야." 나와 사쿠마는 즉시 대답했고, 구사카베도 고개를 끄덕였다.

"그렇다면 내년에 구루메 선생님이 다른 반 담임이 돼서 또 누군가를 글렀다고 단정하려고 할 때, 브레이크가 걸리지 않을까?"

"브레이크?"

"혹시 자기 판단이 틀렸을지도 모른다는 브레이크."

"구사카베도 내 예상과 달리 활약했었지, 그런 식으로?" 사쿠마는 눈치가 빨랐다.

"그래. 그러니까 이건 구사카베를 돕는 일이 아니야. 커닝을 해서 높은 점수를 받은들 실제로 공부를 잘하게 되는 건 아니니까, 구사카베에게 좋다고는 할 수 없겠지. 다만 앞으로 구루메 선생님에게 배울 아이들에게는 도움이 돼. 아이들에게 선입관을 품지 않고 좀 더 신중하게 생각할지도 모르니까."

"그렇구나." 사쿠마가 이해했다는 듯 말하고, 아까 우리 엄마가 가져온 전병을 먹었다. 여자애가 우리 집에서 음식을 먹고 있다는 게 묘하게 신선해서 가슴이 좀 콩닥거렸다.

"그렇구나, 날 위해서가 아니라." 구사카베의 목소리가 거기서 좀 강해졌다. "앞으로 구루메 선생님에게 배울 아이들을 위해서구나."

"맞아. 구사카베에게는 미안하지만."

"아니, 나도 그게 좋아."

구사카베가 비로소 우리에게 마음을 열어준 순간이었다.

만약 그게 칙칙한 학창 시절을 보내는 구사카베에게 좋은 추억을 만들어주고 싶다는 연민 비슷한 동기에서 시작한 일이었다면, 아마 구사카베는 참여하지 않았을 거다. 설령 함께한다 해도 그건 우리의 열의를 거부할 수 없어서 마지못해 협력하는 형태였을 것이다. 하지만 안자이의 목적은 구사카베를 구하는 것이 아니었다. 미래의 후배를 위한 일이다. 자신도 구하는 쪽이 될 수 있기에, 구사카베도 의욕이 생긴 것 아닐까.

사쿠마가 콜라가 담긴 잔을 들더니 "신난다. 이럴 때가 아니면 못 마시거든" 하고 불쑥 말했다.

"집에서는 안 마셔?"

"엄마가 정크푸드를 싫어해. 건강 제일주의라고 할까." 사쿠마는 그렇게 말하고 콜라를 입에 댔다.

그 옆에서 구사카베가 크게 벌어진 봉지에 손을 넣어 과자를 한 주먹 꺼내 먹었다. 보고 있으니 "맛있다" 하고 중얼거리고 바로 다시 손을 넣었다.

"너희 집도 건강 제일주의야?" 별생각 없이 묻자 구사카베는 입술을 일그러뜨리며 "근검절약 제일주의" 하고 단어를 골라서 말했다. 그러고 나서 숨을 내쉬더니 "채무 변제 제일주의" 하고 넉살맞게 웃었다.

"그런데 안자이는 어디까지 계획을 세운 거야?" 초등학교 6학년 때 우리 집에서, 사쿠마는 분명 그렇게 말했다. "커닝으로 100점을 맞게 해서 선생님을 놀라게 하는 게 계획의 전부야?"

"아니, 그것만으로는 구루메 선생님도 별로 마음에 두지 않을 테고, 그저 구사카베가 운이 좋았다고 여기고 넘어갈지도 몰라. 작전을 하나 더 펼쳐야지."

"하나 더? 뭔가 아이디어라도 있어?"

"지금 생각 중인 건."

"뭔데?"

"음, 선입관은 정답이 확실하게 나오지 않는 문제에 큰 영향을 준다고 봐. 결과가 숫자로 나오지 않는 문제. 반대로 말하면

35

우리가 수를 쓰기 쉬운 것도 이처럼 모호한 분야지."

"모호한?"

"예를 들면." 안자이가 콜라를 마셨다. "그림이야. 그림은 숫자로 평가할 수 없잖아."

구사카베가 산수 시험에서 만점에 가까운 점수를 받았다. 그 결과에 구루메가 어떻게 반응했는지는 사실 잘 기억나지 않는다. 아니, 기억나는 부분도 있지만, 쾌재를 부르고 싶을 만큼 우리가 기대하던 반응은 아니었다.

선생님은 아이를 한 명씩 앞으로 불러내서 시험지를 돌려준다. "잘했어"라느니 "아깝다"라느니 한마디씩 해주는 교사도 있었지만 구루메는 거의 아무 말도 하지 않았다. 회사원이 된 후에 복사기의 소트 기능*을 보고 어쩐지 어릴 적에 본 것 같다고 느꼈는데, 구루메가 시험지를 돌려주는 모습과 똑같았다.

그때도 "구사카베" 하고 아무 흥미 없다는 듯이 불렀다. 나와 안자이는 부자연스럽게 느껴지지 않도록, 일부러 관심 없는 척 구사카베를 보지 않았다.

방과 후에 우리는 구사카베를 공원으로 데려가서 "구루메 선

---

* 여러 장으로 구성된 자료를 갈무리해 한 부씩 인쇄하는 기능.

생님의 반응은 어땠어?" 하고 물었다.

"아무것도." 구사카베는 고개를 저을 뿐이었다.

"아무 말도 안 했어?"

"전혀."

"하지만." 사쿠마가 말했다. 그네를 둘러싼 울타리에 앉은 사쿠마를 보고 나는 왠지 가슴속이 일렁일렁했다. "내가 보기에는 구루메 선생님이 구사카베의 반응을 몹시 신경 쓰는 눈치였어."

"뭐?"

"의심하는 건지 놀란 건지는 모르겠지만, 왜, 전에 교실에 벌이 들어온 적 있었잖아. 그때 벌을 밖으로 쫓아내려던 구루메 선생님의 표정과 비슷했어."

"구사카베를 벌처럼 무서워했다는 뜻인가." 안자이가 말했다.

"겁을 먹었다고?"

"그런 느낌은 아니었는데. 뭐랄까, 찬찬히 관찰하며 어떻게 할까 고민하는 것 같은 표정."

"그렇구나." 안자이는 만족스러운 듯이 턱을 당겼다. "만약 그렇다면 작전은 성공이야. 선입관이 무너져서 동요한 거지. 이 기세를 이어가야 해."

"그런가." 구사카베는 어쩐지 자신 없어 보였다.

"하지만 안자이와 구사카베의 답이 똑같으면 구루메 선생님도 의심하지 않을까?" 사쿠마가 걱정했다.

"그건 괜찮아." 안자이는 앞뒤로 조금 흔들렸다. 그네를 타고 있어서였는지도 모르겠다. "나는 일부러 틀렸거든. 구사카베는 98점, 나는 75점이니까 의심하지 않을 거야. 사쿠마는 몇 점 받았어?"

"나는 100점."

대단해, 하고 내 입에서 감탄하는 말이 튀어나왔다. 반사적인 행동이었지만 미인 우등생에게 잘 보이려고 아첨을 떠는 듯 느껴져서 창피했다.

"좋아, 그럼 다음 작전이다." 안자이가 말했다.

"요전에 말했던 그림 작전이구나." 사쿠마가 몸을 내밀었다. "엄마한테 말하면 되는 거지? 작년처럼 데생 대회를 열면 좋겠다고."

"사쿠마네 엄마가 구루메 선생님에게 슬쩍 눈치를 주면 올해도 할지 몰라."

데생 대회란 아이들이 각자 집에 있는 물건이나 바깥 경치를 연필이나 목탄 등의 도구로 데생하고, 학교에 가져와서 간단한 품평회를 여는 이벤트였다. 구루메는 잘 그린 작품이 있으면 자치회 콩쿠르에 응모할 속셈도 있는 것 같았지만, 아무튼 학부모에게는 호평을 받았는지 다른 반에서도 데생 대회를 열기 시작했다.

"아참, 그런데 구사카베는 그림 실력 좋지 않나?" 마침 생각이 났는지 사쿠마의 목소리가 커졌다. "5학년 초에 교과서에 자동차 그림 그렸잖아. 그거 잘 그렸는데. 귀여웠어."

예상치 못한 지적에 구사카베는 뻣뻣이 굳어버렸다. 벌겋게 달아오른 얼굴로 꼼짝도 하지 않았다. 구사카베가 굳어버렸다고 내가 손가락으로 가리키자 안자이도 표정을 누그러뜨렸다.

"그 그림을 보고 구루메 선생님이 지우라고 혼냈어." 이윽고 구사카베가 나지막하게 말했다. "교과서에 서툰 그림 그리는 거 아니라면서."

나는 안자이를 보았다.

"그 말을 듣고 무슨 생각이 들었어?" 안자이가 물었다.

"뭐, 나는 그림을 못 그리는구나, 그런 생각?"

"그랬겠지. 하지만 그건 구루메 선생님의 감상에 지나지 않아." 안자이는 눈을 반짝이며 '나는 그렇게 생각 안 해'라는 대사에 대해 거기서도 한 차례 연설했다. "그러니까 다음에 비슷한 일이 생기면 지우개로 지우면서 반드시 말해야 해. '나는 서투른 그림이라고 생각 안 해'라고. 만약 입 밖으로 꺼낼 수 없더라도 속으로는 꼭 그렇게 말하는 거야."

"속으로 생각만 해도 되는 거야?"

"그게 중요해. 남이 일방적으로 단정하는 말을 절대로 그냥 받아들이면 안 돼."

미술관에 사전 조사를 다녀오는 길에, 나는 안자이가 고안한

'그림 작전'의 내용을 처음으로 들었다. 다음과 같은 내용이었다.

구루메는 아이들의 데생을 모아서 교실 벽에 붙일 것이다. 5학년 때와 같은 방식을 사용한다면 그렇다. 그리고 모두에게 프린트물을 나누어주고, 제일 좋다고 생각하는 작품의 번호와 감상을 쓰게 한 후 발표를 시킨다.

"그러니까 이번에는." 안자이가 설명했다.

"이번에는?"

"다른 그림을 구사카베의 그림으로 제출해보는 거야."

"다른 그림을?"

"왜, 미술관에 전시된 이 지역 출신 화가의 그림 말이야."

그 말을 듣고 나는 깜짝 놀랐다. 그렇다기보다 정신이 얼떨떨해서 "뭐?" 하고 얼빠진 목소리로 되물었다. "잠깐만. 그럼 아까 그 그림을 받아오자는 거야?"

"받는다기보단, 빌리는 거지." 안자이는 서슴없이 말했다.

"빌린다니, 미술관에서 그림을 빌려줘?"

"설마." 안자이는 즉시 답했다. "무슨 도서관도 아니고. 몰래 빌리는 수밖에 없겠지."

"어떻게!"

안자이가 다른 그림과 바꿔치는 계획을 설명했고 나는 다시 어안이 벙벙해졌다. 잡화점에서 산 저렴한 그림과 교환하자는 것이다.

"어쨌든 그 화가의 그림을 구사카베의 그림으로 제출할 거야."

"그다음에는?"

"나나 네가 대회 때 이 그림이 좋다고 생각한다면서 구사카베의 그림을 칭찬하는 거지. 그러면 분명 구루메 선생님이 트집을 잡을 거야."

"그 그림에 대해서?"

안자이는 힘 있게 고개를 끄덕였다. "구사카베가 그렸다고 생각할 테니까 틀림없이 못 그린 그림이라고 단정하겠지. 만화 같다느니 뭐니 하며 깎아내릴 거야."

"그럴까." 나는 순순히 고개를 끄덕일 수 없었다. "아무래도 눈치챌걸?"

"인간의 선입관은 무시할 수 없어. 사람은 자신의 판단이 옳다고 믿고 싶어 하니까."

"그건 무슨 소리야?"

"구루메 선생님은 이미 구사카베를 글러 먹은 아이라고 판단했잖아. 그러니 그 후로도 구사카베가 실패한 부분만 보고 '역시 구사카베는 글렀구나'라고 생각한다는 거지. 자신의 판단이나 결단에 유리한 요소밖에 받아들이지 못하게 되는 거야. 전에도 말했지만 특히 그림은 좋고 나쁘고가 모호한 법이거든. 판단하는 사람의 마음에 따라 좋게도 보이고 나쁘게도 보여. 가가, 너도 아까 그 그림이 유명 화가의 작품인 줄 몰랐다면 계속 낙

서 같다고 생각했겠지. 이 정도라면 나도 그릴 수 있겠다고 했
잖아."

"그건 그렇지만." 나는 말을 우물거렸다. "그럼 만약 네 말대
로 구루메 선생님이 그 그림을 깎아내린다면, 그다음에는 어떻
게 할 건데?"

안자이는 입매를 누그러뜨렸다. 그저 웃었다기보다는 몸속에
숨어 있던 장난꾸러기 기질이 슬그머니 모습을 드러낸 것 같았
다. "그럼 내가 이때다 싶은 순간에 말할 거야. '아 선생님. 방금
깨달았는데, 저 그림 구사카베가 그린 게 아닌 것 같아요!' 하
고."

"앗!"

"미술관에 있던 그림 아니냐고 알려주는 거지. 구루메 선생님
은 분명 안절부절못할 거야. 유명한 화가의 그림을 헐뜯은 셈이
니까."

완벽하게 이해하지는 못했지만, 어쩐지 그것이 안자이가 구
상한 '선입관을 뒤집어버리는 작전'이라는 감은 왔으므로 "과
연" 하고 알아들었다는 듯이 답했다.

"분명 어떻게든 얼버무리겠지만, 구루메 선생님은 틀림없이
자신의 판단에 자신이 없어질 거야."

"구루메 선생님은 앞으로 아이들이 이러저러하다고 일방적
으로 단정하지 않게 된다. 그런 뜻이야?"

"자신의 선입관이 얼마나 불확실한지 깨닫게 해주는 거지. 잘

하면 구루메 선생님도 소크라테스 같은 마음가짐에 도달할지도 몰라."

냉정하게 생각해보면 이 작전은 아주 무모했다. 가령 '유명한 화가의 그림을 구사카베의 그림으로 둔갑시켜 속인다'는 계획에 성공해서 구루메의 선입관을 뒤집는다 하더라도, 그 후에 '왜 그 그림이 여기 있느냐'는 질문을 받았을 때 어떻게 설명할지는 전혀 생각해놓지 않았으니까. 왜 구사카베가 그 미술관의 그림을 제출했지? 왜 아이들의 그림에 섞여 있는 거지? 왜 구사카베는 바로 말하지 않았지? 결과적으로 구사카베의 입장이 곤란해질 가능성이 높다.

그때 안자이는 그러한 '왜'를 중요시하지 않았다. '미술관에서 그림을 가져오는 것만 성공하면 뒷일은 어떻게든 된다'고 낙관적인 희망을 품는 낌새가 있었고, 나도 그러리라 믿었다.

그래서 우리는 다시 미술관을 찾아가 작전을 결행했다.

나는 안자이가 지시한 대로 직원의 주의를 끄는 임무를 수행했다.

그래서 어떻게 됐느냐?

결론부터 말하자면 안자이는 그림을 바꿔치지 않았다.

직원의 설명을 다 들은 후, 내가 긴장감으로 몽롱해진 정신을 다잡으며 구름 위를 걷는 듯한 기분으로 출구로 가서 안자이에게 "어떻게 됐어? 그림은?" 하고 묻자, 안자이는 고개를 저었다.

"실패야."

"실패? 바꿔치지 못한 거야?"

안자이가 고개를 끄덕였다.

"왜?"

"사인 때문에." 속상해 보이던 안자이의 그 얼굴은 잊을 수가 없다.

"사인?"

"그렇게 작은 데생에도 화가의 사인이 있더라고. 아까 봤더니 밑에 그려져 있었어."

그림에는 화가의 사인이 들어가는 법이라는 걸 몰랐기 때문에 무슨 소리인지 단번에 알아듣지 못했지만, 안자이는 "사인이 들어가 있으면 구루메 선생님도 알아차릴 거야" 하고 완전히 포기했다.

그리하여 그림 작전은 좌절됐다.

안자이는 한 번의 실패로 기가 죽는 성격이 아니었다. 이미 끝난 일을 끙끙 고민하지 않고 "그럼 다음으로 가자" 하고 말하는 유형이었다.

그렇다면, 하고 내가 제안했다. 방과 후, 우리 집 근처 공원에서 나눈 이야기가 틀림없다. "그렇다면 이번에는 수업시간에 구사카베가 어려운 문제를 풀어서 구루메 선생님을 놀래주는 건 어떨까?"

"그게 아니면." 사쿠마는 그때 길이가 긴 코트를 입은 기억이 난다. 별 특징 없는 감색 코트였지만, 그때는 어른스러워 보였다. "영어 노래를 외워서 술술 노래한다든가?"

안자이는 팔짱을 낀 채 "으음" 하고 앓는 소리를 내더니 "아니, 그건 커닝 작전과 똑같은 패턴이라 연달아 했다가는 들통날지도 몰라" 하고 복잡한 표정을 지었다.

"안자이는 제법 줏대가 있구나." 사쿠마가 감탄과 어이없음이 섞인 목소리로 말했다.

"줏대일까? 효과를 생각하는 것뿐이야."

별다른 묘안이 떠오르지 않아 그녀 주위에 멍하니 서 있었다. 계절이 계절이라 상당히 추웠지만, 다른 아이들에게는 비밀로 하고 의논한다니 들떴다. 더 나아가 반 아이들 모두가 동경하는 사쿠마와 함께 있다는 게 기뻐서 그저 즐겁기만 했다. 같은 생각이었는지 구사카베가 "그나저나 들키면 큰일인데" 하고 불쑥 말을 꺼냈다.

"들키면?" 안자이가 되물었다.

"지금 이 모습을, 예를 들어 쓰치다에게 들킨다면."

"걱정하지 마. 쓰치다가 지금 우리를 보더라도 그냥 공원에서 논다고 생각하겠지." 안자이의 말에 구사카베는 고개를 저었다. "그런 게 아니라, 그게, 사쿠마가 함께 있잖아."

"응?" 사쿠마가 자기 자신을 가리키며 "내가 문제야?" 하고 말했다.

"그게 아니라, 어, 사쿠마와 함께 있으면 다들 부러워하거든."
구사카베가 더듬더듬 설명했고 나도 "아아, 그런 면이 있지" 하
고 동의했다.

"그래?" 사쿠마가 의문을 표시하며 안자이를 보았다.

안자이는 생각에 잠긴 표정으로 침묵을 지켰다. 잠시 후 "이
건가?" 하고 자기 자신에게 묻듯이 중얼거리더니 "이거야!" 하
고 고개를 끄덕였다.

"이거라니?"

"이거라면 써먹을 수 있겠어." 안자이는 시선을 조금 위로 올
렸다. 머릿속의 생각을 정리하고 있는 것 같기도 했다. "사쿠마
는 세간에서 말하는 우등생이야."

세간에서 말하는, 이라는 표현이 내게는 신선했다. '세간 살
림 중에서 따지면'이나 '세간살이로 말하면' 같은 이미지가 문
득 떠올랐다.

"신기하게도 우등생이라는 말이 별로 기쁘지는 않네." 사쿠마
는 발끈하지는 않았지만 달가운 바는 아니었던 것 같았다.

"하지만 실제로 그래. 구루메 선생님뿐만 아니라 다른 선생
님도, 그리고 쓰치다도 다른 아이들도 사쿠마에게는 한 수 접고
들어가니까."

"한 수 접고 들어간다니?" 구사카베가 의미를 물었지만 안자
이는 대답하지 않았다.

그때 마침 전화가 울렸다. 나는 바로 사쿠마를 보았다. 반에서 휴대전화를 가지고 있는 사람은 얼마 안 됐고, 사쿠마는 그중 한 명이었기 때문이다. 사쿠마는 익숙한 손놀림으로 코트에서 휴대전화를 꺼냈다. 그 모습을 보자 역시 나하고는 성숙함에서 차이가 난다는 걸 깨닫지 않을 수 없었다. 사쿠마는 "응, 알았어" 하고 전화를 끊은 후 "엄마야" 하고 말했다.

"한눈팔지 말고 바로 돌아오래?" 나는 통화 내용을 상상했다.

"뭐, 그렇지. 옆 동네에 수상한 사람이 나타났다나 봐."

"어?" 구사카베의 얼굴이 창백해졌다.

"흔한 일인걸. 그런 정보를 학부모에게 메일로 일제히 보내는 모양이야. 변태니 뭐니 많잖아. 우리 엄마는 하도 걱정이 심해서 일일이 연락하지만."

"그야 걱정이지." 나는 말했다. 우리 어머니는 가끔 걱정하는 정도였지만, 내가 아들이 아니라 딸이었다면 좀 더 예민하게 굴지 않았을까?

"수상한 사람하고는 한 번도 마주친 적 없는데."

"그건 참 다행이네." 안자이는 대꾸하고 나서 말을 끊었다가 "좋아, 그거야" 하고 다시 입을 열었다.

"그거라니?"

"작전을 세웠어. 소문 작전이야." 안자이가 약간 흥분한 기색으로 설명을 시작해서 우리는 어리둥절한 표정으로 얼굴을 마주보았다. 사쿠마의 눈동자가 몹시 가까워서 가슴이 두근거렸다.

아침에 학교에 도착하자 관악 연습이 끝난 참인 듯, 복도에서 옆 반 여학생과 마주쳤다. 우리 집과 같은 구역에 살고 유치원도 같이 다닌 아이다. 이제는 이름도 잘 기억나지 않지만, 그때 걔가 "있잖아, 가가. 어제 있었던 일 들었어?" 하고 말을 걸었다.

내가 책가방을 멘 채 "무슨 일?" 하고 대꾸하자 "어제, 사쿠마가 수상한 사람에게 봉변을 당할 뻔했대" 하고 목소리를 낮추었다.

"사쿠마가?"

"그것도 가가네랑 우리 집 근처에서 말야. 사쿠마는 학원 갈 때 늘 자전거를 타고 그 술집 뒤편을 지나다닌대."

"그렇구나." 나는 태연한 척했다.

"그런데 웬 남자가 갑자기 튀어나와서 일부러 자전거에 부딪쳤대. 그래서 사쿠마가 넘어져서 큰일 날 뻔했다지 뭐야."

우리 반 교실에서도 아이들이 여기저기서 비슷한 이야기를 나누고 있었다. 남자는 특별히 해코지할 것 같은 낌새는 보이지 않았지만, 명백히 거동이 수상했다고 한다. 즉, 바바리맨 특유의 움직임을 보이며 사쿠마에게 접근한 것 같다. 그런 이야기였다.

"야, 가가, 들었어?" 수업이 시작되기 직전에 쓰치다도 내게 와서 말했다. "그런데 그때 누가 도우러 왔다나 봐."

"이야, 누굴까."

안자이와 사쿠마가 어떤 경로를 골라서 소문을 퍼뜨렸는지는 확실치 않지만, 소문은 내 상상 이상으로 빠르게 교내에 퍼졌다. 분명 사쿠마의 어머니도 본의 아니게 소문을 퍼뜨리는 데 한몫했을 것이다.

종소리가 울리자 구루메가 들어와서 교단에 섰다. 담임이 알기 쉽게 공포 정치를 펼쳤던 건 아니지만, 우리 반은 구루메의 등장과 함께 조용해졌고 아이들은 자리에 앉았다.

"다들 이미 들었을지도 모르지만." 구루메는 바로 말을 꺼냈다. "어제, 수상한 사람이 나타났어. 우리 반 사쿠마가 봤지."

누가 수상한 사람과 마주쳤는지 이름을 공개하는 것이 적절하지 않게 느껴지기도 하지만, 어쩌면 사쿠마 본인이 어머니를 통해 학교에 슬쩍 제안했는지도 모른다. '수상한 사람과 마주쳐 몹쓸 짓을 당한 게 아닌가'라는 의혹을 불식시키기 위해서라도 '마주쳤지만 무사했다'라고 교사가 아이들에게 공식적으로 발표하는 편이 낫다. 사쿠마가 어머니에게 말했고, 어머니가 선생님에게 부탁했다. 구루메도 동의하지 않았을까? 물론 사쿠마의 본래 목적은 자기가 봉변을 당할 뻔한 일이 반에서 화제가 되도록 하는 것이었다.

"사쿠마, 다치지는 않았니?" 구루메가 묻자 모두의 시선이 사쿠마에게 쏠렸다.

사쿠마는 앉은 채로 "괜찮아요. 놀랐지만" 하고 또렷또렷한 목소리로 자연스럽게 대답했다.

"누가 도와준 거야?" 쓰치다가 소리 높여 말했다. 원래는 안자이가 물어보기로 했지만, 그럴 수고를 던 셈이었다.

무슨 이야기냐고 구루메는 묻지 않았다. 이미 그 소문도 들었던 것이리라.

그러자 사쿠마가 교실 한가운데 쪽으로 몸을 기울였다. "어, 그게" 하고 잠깐 말을 망설였다. "어, 그게" 하고 같은 말을 한 번 더 했다. "누군지는 말할 수 없지만 마침 지나가다가 봤는지, 그 사람에게 뭐 하는 거냐고 따끔하게 말했어요."

이야 굉장해, 용기 있는 사람이 지나가서 다행이네, 하고 사쿠마 주변의 여자애들이 수군거렸다.

"그리고 콱 때리면서 겁을 주니까 상대가 달아나더라고요. 다행이었죠."

"오호. 그것 참 백마 탄 왕자로군." 센스가 있는 건지 없는 건지 모를 구루메의 감상에 반 아이들이 웅성거렸다.

"아아, 그럴지도 모르겠네요. 의외였지만." 사쿠마가 대답했다. 요란한 반응을 보이지 않고 차분하니 무심한 태도를 유지했는데, 대단한 연기였다. 사쿠마는 의미심장하게 말끝을 흐리며 다시 반 한가운데를 힐끗 보았다. 당연히 구루메를 비롯해 반 아이들도 그 시선에 뭔가 의미가 있는 게 아닐까 주의를 기울였다. 그리고 그 시선 끝에는 조금 웅크린 자세로 의자에 앉은 구사카베가 있었다.

구사카베와 관련 있나? 모두 그렇게 생각했을 것이다.

구사카베는 안자이가 사전에 지시한 대로 교과서를 활짝 펼쳐놓고, 마치 '관련 없는 척하고 싶다'는 것처럼 얼굴을 가린 자세였다. 하지만 오른쪽 주먹에는 여봐란듯이 붕대를 감았다.

나는 웃음을 참느라 죽을 뻔했다.

그 전날, 공원에서 안자이가 '소문 작전'에 대해 설명했다. "적군의 적은 아군이라잖아. 그 반대로 '자기가 좋아하는 사람이 좋아하는 건 자기도 좋아하게 된다'는 법칙이 있어."

"대체 무슨 말이야?"

"간단히 말하자면 이래. 쓰치다도 구루메 선생님도 사쿠마를 높이 평가하잖아. 그런데 사쿠마가 구사카베를 높이 평가한다면? 어떻게 될까?"

"쓰치다와 구루메 선생님이 구사카베를 좋아하게 된다는 거야?" 나는 미심쩍은 기분으로 물어보았다.

"좋아할지 어떨지는 모르겠지만, 조금이라도 달리 볼 가능성은 있겠지. 구사카베가 사쿠마를 변태에게서 지켰다는 소문이 퍼져 봐, 보는 눈이 조금은 달라질걸."

그렇게 잘될까 나는 반신반의였지만, 실제로 반에 묘한 당혹스러움이 퍼진 건 사실이다.

사쿠마의 의미심장한 발언, 그리고 사쿠마의 시선 끝에 앉아 있는 구사카베, 더 나아가 구사카베의 주먹에 감긴 붕대가 다른 이의 상상력을 자극했다. 적지 않은 아이들이 '설마' '어쩌면' 하는 마음을 품었을 가능성이 높았다. 구루메 역시 그랬을지도 모른다.

"소문 작전은 성공이야."

방과 후에 안자이가 선언했다. 눈에 보이는 형태로 뭔가 달라진 낌새는 없었지만, '구사카베를 재평가할 실마리'를 반에 심은 건 틀림없는 듯했다.

다만 내가 보기에는 사쿠마를 구한 것이 구사카베라는 설정에서 전혀 현실감이 느껴지지 않는 데다, '주먹에 붕대를 감는다'는 연출은 콩트라고 해도 될 만큼 대놓고 작위적이었으므로 왜 아이들이 이게 자작극인 줄 모르는 건지, 왜 웃음을 터뜨리지 않는 건지 신기하기 짝이 없었다.

"넌 자초지종을 다 아니까 그렇게 느끼는 거야." 안자이가 말했다. "다른 애들과 구루메 선생님은 사쿠마가 거짓말까지 하면서 구사카베의 평가를 올리려고 할 줄은 예상도 못 하겠지. 이유가 없고, 목적도 모르거든. 이게 좀 더 단순한 깜짝카메라라면 모를까, 이렇게 연막을 쳐놓으면 이상하다고 여길지언정 각본까지는 알아차릴 수 없는 법이야."

흠 그런 건가, 하고 나는 대답했다.

그때 구사카베는 붕대를 언제까지 하고 있으면 될지 내내 고민했다.

프로 야구선수가 방문하기로 했다. 학교에서 그렇게 발표한 건 그림 작전이 실패로 끝나고 소문 작전이 성공한 지 얼마 지나지 않아서였다. 내 기억이 올바르다면 말이다.

프로야구는 페넌트레이스를 마치고 시즌이 종료됐다.

선수 이름을 말하자 반 전체가 술렁거렸다. 야구를 거의 모르는 내가 무심코 옆자리의 구사카베에게 "그 선수 유명해?" 하고 묻자, "굉장해. 타점왕이야" 하고 구사카베가 눈을 반짝여서 창피했다.

팀의 주축으로 활약한 타점왕 선수는 프로 생활을 충실히 한 덕분에 마음에도 여유가 있었는지, 본인이 직접 쓴 어린이용 그림책을 막 출판한 참이었다. 그 책의 홍보차 전국 각지를 돌아다니며 학교에 그림책을 기증하고, 야구 교실을 열고 있었던 것이다.

내가 다니던 초등학교는 추첨운이 좋았는지, 입지 조건 때문인지, 아니면 신문사의 높은 사람인 쓰치다 아버지의 입김 덕이었는지, 이유는 확실하지 않지만 타점왕 선수가 방문하는 학교로 선정됐다.

야구를 잘 모르는 나조차 일류 야구선수가 체육관을 찾아온 당일은 가슴이 설렜다. 강연도 재미있었다. 어린 시절 수업 때 졸지 않으려고 방법을 궁리한 이야기, 처음으로 리틀야구 경기에 출전했을 때 긴장한 나머지 1루가 아닌 3루를 향해 달린 이야기 등등 교훈적인 내용보다는 초등학생도 공감하기 쉬운 추억담을 들려주었기 때문인지도 모른다.

유일하게 아쉬웠던 점은 날씨가 좋지 않아 일정에 있던 야구 교실이 취소된 것이다.

타점왕 선수도 그 사실이 마음에 걸렸는지 이야기 마지막에 "실은 오늘 날씨가 좋으면 밖에서 야구 교실을 열 예정이었는데 안타깝네요" 하고 말했다. 그러자 아이들이 노골적으로 불만과 아쉬움을 표현했다. 평소 자기주장을 하지 않는 구사카베마저 투덜투덜 불만을 늘어놓을 정도였다.

교장 선생님과 교사들이 조용히 하라고 언성을 높일 때까지 야유가 이어지자 타점왕 선수는 "어, 하지만 내일은 맑으려나? 혹시 오전에 날씨가 맑으면 내일 올게요" 하고 급히 제안했다.

아이들이 박수갈채를 보냈다. 구사카베 역시 놀랄 만큼 쾌활하게 박수를 쳤다. 나는 '내일도 비가 오면 어쩔 생각일까' 하고 쓸데없는 걱정을 했지만, 안자이는 완전히 다른 생각을 하고 있었다.

"좋아, 이거야. 저 선수에게 부탁해보자."

"부탁하다니? 뭘 어쩌려고?"

"다음 작전이야."

내가 어리둥절해서 어쩔 줄 모르는데도 나는 아랑곳없이 안자이는 생각을 행동으로 옮겼다.

강연이 끝나자 타격왕 선수가 교장실에서 나오기를 기다렸다가 뒤를 쫓은 것이다. 뭐가 어떻게 돌아가는 건지 상황을 이해하지 못한 나로서는 안자이에게 끌려가다시피 따라가는 수밖에 없었다.

교문에서 타격왕 선수가 택시에 탔을 때, 이제 못 따라가겠다고 단념했다. 그런데 안자이가 "빨간불에 걸렸어!" 하고 빗속을 달려가는 바람에 허둥지둥 따라갔다.

물웅덩이를 밟으며 차도의 택시로 달려가 뒷좌석 창문에 대고 선수의 이름을 불렀다. 창문을 두드리는 건 아무래도 너무 지나친 행동 같아서 손을 흔들었다. 비로 머리가 흠뻑 젖은 채 "○○선수! ○○선수!" 하고 둘이서 열심히 불렀다. 내가 그 선수의 열렬한 팬이라고 착각할 정도였다. 포기하기 직전에 문이 열렸다. 안에서 "너희들 뭐야? 아무튼 타렴" 하고 타점왕 선수가 말했을 때는 감격한 나머지 눈물을 찔끔거렸다.

"대체 무슨 일이니?" 타점왕 선수는 혼자였다. 구단 관계자인지, 그림책 출판사 직원인지 남자 한 명이 학교에 동행했지만, 택시에는 타지 않은 모양이다. 우리는 뒷좌석에 앉은 선수 옆으로 쑥쑥 들어갔다. 문 닫는다, 하고 택시기사의 무뚝뚝한 목소리가 들리는 것과 동시에 차가 출발했다.

"이런 식으로 찾아오지 않아도 너희 학교에는 내일 또 갈 거야. 날씨가 맑으면 야구 교실을 열자."

텔레비전으로만 보았던 프로 야구선수를 눈앞에서 실제로

보자 덩치가 너무 커서 우리는 압도당했다. 프로 운동선수는 이 정도로 존재감이 넘치는구나 싶어 눈이 부실 지경이었다.

"그것 때문이에요." 안자이가 힘 있는 목소리로 호소했다. "야구 교실과 관련해서 부탁이 있어서요."

안자이는 실패한 그림 작전보다도 더 발칙한 계획을 세웠다. 프로 야구선수를 끌어들이려는 것이다.

"저희 친구를 칭찬해주셨으면 해요." 안자이가 단도직입적으로 말했다. 그제야 안자이의 머릿속에 무슨 계획이 번뜩였는지 나도 상상이 갔다.

"칭찬해달라고?"

"저희 반에 구사카베라는 남자애가 있는데요. 내일 야구 교실 때 구사카베의 스윙을 보면 소질이 있다고 칭찬해주세요."

"그건." 선수는 말하면서 머리를 정리하는 것 같았다. "구사카베를 위해서?"

"그렇게 생각하셔도 상관없어요." 안자이는 모호하게 대답했다. 엄밀하게 따지면 구사카베를 위한 일은 아니기 때문이리라.

내일 있을 야구 교실을 떠올렸다. 구사카베가 야구방망이를 휘두르는 모습을 보고 구루메는 '잘하지 못한다'고 느낀다. '역시 구사카베는 뭘 해도 글렀다'고 재확인한다. 어쩌면 "구사카베의 폼은 엉망이야" 하고 실제로 말할 가능성도 있다. 그때 선수가 다가와서 한마디 한다. "너, 제법 소질이 있구나" 하고.

그러면 어떻게 될까. 선입관이 뒤집힐 것이다.

그게 안자이의 계획이리라.

"그…… 누구라고 했더라."

"구사카베요."

"구사카베는 야구를 하고 있니?"

나는 안자이와 얼굴을 마주 보았다. "야구는 좋아하는 모양이지만." 구사카베와 함께 야구를 한 적은 없었다.

"어떠려나."

"구사카베를 데려올걸 그랬어."

"아무튼 구사카베를 칭찬해주시면 안 될까요?" 안자이가 다시 부탁했다. 우리가 비에 젖은 책가방을 메고 있어 뒷좌석이 비좁아졌지만, 선수는 싫은 내색 하나 없이 그저 살짝 쓴웃음을 지었다. "물론 칭찬이야 해줄 수 있겠지만."

"있겠지만?"

"거짓말은 할 수 없어. 소질이 있다느니, 그렇게 거창한 소리는 못 해."

"소질이 있는지 없는지는 아무도 모르지 않을까요." 안자이는 끈질겼다. "그럼 거짓말은 아닌 거죠."

선수는 난감한 표정을 지었다. 초등학생에게 냉혹한 현실을 알려주기가 망설여졌기 때문이리라. "나도 프로니까 보는 눈이 있어. 소질이나 재능이 있는지 없는지는 대번에 알 수 있지."

"그럼 칭찬 조금만이라도." 안자이는 더욱 물고 늘어져, 물론 그 정도는 해줄 수 있다는 언질을 받아내고서야 약간 안도했다.

우리는 안자이 집 근처에서 내렸다. 선수는 "내일 보자" 하고 다정한 목소리로 인사했다.

택시가 떠난 후, 우리는 집으로 향했다. 안자이가 사는 연립 주택 앞을 지나간 건 그때가 처음이자 마지막이었다. "우리 집 여기야. 잘 가" 하고 2층 계단을 올라가는 안자이를 나는 별 의미도 없이 멍하니 바라보았다. 빈말로도 근사하다고는 하기 힘들고, 오히려 여기서 가족이 생활할 수 있을까 싶을 만큼 작은 집으로 보였다. 보강하기 위해서인지 현관문에는 접착테이프를 붙여놓았고, 녹슨 자전거가 굶어 죽기 직전의 당나귀처럼 쓰러져 있었다. 문을 열고 들어가는 안자이의 뒷모습이 몹시 작아 보였다.

피부와 살점이 벗겨져 고스란히 드러난 마음이 현을 난폭하게 튕기는 것처럼 바람에 덜덜 떨렸다. 그렇게 느껴질 만큼 쓸쓸하고 허전한 심정에 사로잡혔다.

야구 교실 날은 맑았다. 여러분이 평소 착실하게 생활한 덕분이라고 교장 선생님은 전형적인 훈화를 했다. 어른은 왜 자꾸 저런 말을 하고 싶어지는 걸까 의문스러웠지만, 아무튼 전날과는 달리 쾌청했다.

오전 중 두 시간, 희망하는 아이는 야구방망이를 들고 운동장으로 나와서 선수가 지도하는 대로 타격 자세를 연습했다.

담임 교사들 중 몇몇은 예전에 한가락 했는지, 아이들 사이에 섞여 야구방망이를 휘둘렀다. 구루메도 그중 한 명이었다. 평소 고지식한 얼굴로 분필만 잡고 있을 뿐이고 체육시간에도 호루라기를 부는 정도라 운동을 잘하는 인상은 아니었지만, 학창시절에 야구부에서 이름을 날렸다는 게 거짓말은 아니었는지 멋진 타격 자세로 야구방망이를 휘둘렀다.

"구루메 선생님, 멋있다." 여자애들의 감탄한 목소리에 나와 안자이는 얼굴을 마주 보았다. 왠지 재미없었다.

안자이도 나와 엇비슷하게 어설픈 자세로 스윙을 하다가, "가가, 운동장에서 모두 함께 야구방망이를 휘두르고 있으니 어째 이상하네" 하고 말했다.

"새로운 체조 같아."

"모두 함께 야구방망이를 휘둘러서 전기라도 생산하고 있는 것처럼 보이기도 해."

타점왕 선수는 착실한 사람인지 건들건들 돌아다니며 형식적으로 지도하는 척하지 않고, 한 명 한 명 팔꿈치나 무릎을 교정해주며 자세에 대해 꼼꼼하게 충고했다.

한 시간이 지나서야 겨우 우리 쪽에 왔다.

타점왕 선수는 나와 안자이를 보고 얼굴을 약간 씰룩거렸다. 어제 택시에 올라탄 아이들임을 알아본 것이다. 어제는 반가웠다고 인사하듯 웃음도 지었다. 그리고 "자, 스윙해봐" 하고 말을 걸었다.

내가 응, 하고 고개를 끄덕인 후 타격 자세를 취하자 "응이 아니라 네라고 해야지" 하고 옆에서 누가 지적했다. 고개를 돌리자 구루메가 서 있었다. 운동복 입은 모습도 어울려서 타점왕 선수 옆에 서자 코치처럼 보였다.

"네." 나는 허둥지둥 다시 말했다. 보기에 민망할 정도로 서투르게 야구방망이를 휘둘렀지만, 타점왕 선수는 웃지도 않고 "좀 더 턱을 당겨보렴" 하고 충고해주었다. "몸 한가운데에 축이 있다는 걸 의식하고."

네, 하고 대답하고 야구방망이를 휘둘렀다. 나 자신은 달라진 걸 모르겠는데 선수는 "응, 그렇지" 하고 칭찬해주었다. 안자이도 나와 비슷한 지도를 받았다.

그리고 기다리던 순간이 왔다. 안자이가 드디어 본래의 목적을 향해 한발 내디뎠다. "구루메 선생님, 구사카베의 타격 자세 어떤가요?" 하고 물어본 것이다.

구루메는 갑작스러운 질문에 약간 놀라는 동시에, 정신이 번쩍 든 것처럼 구사카베가 뭐 어쩼느냐는 표정도 지었다. 구사카베가 있다는 사실 자체를 잊어버린 낌새마저 들었다.

우리에게서 조금 떨어진 곳에 있던 구사카베는 타점왕 선수가 다가가자 긴장했는지 얼굴이 새빨개졌다.

"해보렴." 타점왕 선수가 말을 걸었다.

구사카베는 고개를 끄덕였다.

"고개만 끄덕이지 말고 제대로 대답해야지." 구루메가 즉시 주의를 주었다.

구사카베는 흠칫하며 등을 쭉 펴더니 "네" 하고 떨리는 목소리로 대답했다.

허둥대며 야구방망이를 한 번 휘둘렀다. 내가 보기에도 엉성하니 균형이 맞지 않았다. 팔로만 휘두른 탓에 어쩐지 전혀 힘이 들어가지 않은 것처럼 보였다.

"구사카베, 여자애도 아니고 자세가 그게 뭐냐." 구루메의 낮은 목소리는 크지 않았지만 주변에 잘 들렸다. 근처에 있던 아이들이 "구사카베, 여자 같대요" 하고 수군거렸고 쓰치다인지 누구인지가 "구사코" 하고 놀렸다. 안자이가 혀를 차는 소리가 들렸다. 구루메가 의도적으로 꺼낸 말은 아니겠지만, 확실히 그런 발언 때문에 다른 아이들이 '구사케베를 얕잡아 봐도 된다'고 생각하는 경향이 있다.

안자이는 매달리는 듯한 눈으로 타점왕 선수를 올려다보았다. "구사카베는 어떤가요?" 하고 어제의 부탁을 상기시키듯 구사카베의 이름을 똑똑히 말했다.

타점왕 선수는 눈썹을 조금 내리고 입술을 일그러뜨렸다. 이 스윙을 칭찬하기는 어렵다고 생각했는지도 모른다.

"자, 구사카베, 한 번 더 해봐." 구루메의 지시에 안자이가 "선생님은 좀 가만히 계세요" 하고 대꾸했다.

구루메는 자신에게 반발하듯 말한 안자이에게 시선을 주었다. 자신을 향한 창끝이 어떻게 생겼는지 가만히 확인하는 것 같은 눈치였다. 화가 났는지 아닌지는 알 수 없었다.

"선생님이 그렇게 재촉하면 구사카베가 긴장하잖아요." 안자이의 눈에 힘이 들어갔고, 목소리도 갈라졌다.

"그 정도로 긴장해서 어쩌자는 거야. 긴장이고 뭐고."

"선생님." 안자이는 용케도 주눅 들지 않고 말을 계속했다. 그 순간은 지금 돌이켜봐도 감탄밖에 안 나온다. "구사카베가 뭘 해도 안 된다는 식으로 말하는 거, 이제 그만두세요."

"안자이, 그게 대체 무슨 소리야?"

"아이들 모두에게 기대를 가져주기를 바라지는 않지만, 안 된다고 단정하는 건 너무하잖아요."

안자이는 여기가 승부처라고 각오를 다졌는지도 모른다. 맞서기로 마음먹었음을 알고 나는 가슴이 조마조마했다.

타점왕 선수는 대범한 건지 둔감한 건지, 서로 불꽃을 튀기는 안자이와 구루메는 거들떠보지도 않고 구사카베 곁으로 다가가서 "한 번 더 스윙해볼까" 하고 말했다.

네, 하고 구사카베는 턱을 당기고 타격 자세를 취했다. 아까보다는 몸이 덜 뻣뻣해 보였고, 두 발의 간격도 나쁘지 않았다.

선입관을, 나는 기원했다. 그 야구방망이로 날려버리라고.

물론 구사카베가 프로 선수 뺨칠 만큼 멋진 스윙을 선보여 운동장에 있던 모두의 얼을 빼놓고, 일약 학교의 스타가 된다는 식의 극적인 일이 일어나기를 기대한 건 아니었다. 물론 그런 일은 일어나지 않았다. 구사카베의 스윙은 아까 팔로만 휘두른 것에 비하면 훨씬 나아졌지만, 눈이 휘둥그레질 정도는 아니었다.

안자이를 보자 또 타점왕 선수를 올려다보고 있었다.

팔짱을 끼고 있던 타점왕 선수는 구사카베를 보고 "한 번 더 해보자" 하고 말했다.

고개를 끄덕한 후 구사카베가 또 야구방망이를 휘둘렀다. 약하나마 바람 소리가 났다.

"야구를 좋아하니?" 타점왕 선수가 묻자 구사카베는 또 고개만 끄덕이려다 바로 "네" 하고 대답했다.

"연습도 자주 하고?"

"텔레비전으로 경기를 보고, 방 안에서만 가끔." 구사카베가 나직한 목소리로 대답했다. "제대로 해본 적은 없어요."

"그렇구나." 타점왕 선수는 잠깐 생각에 잠겼다. 그리고 몸을 틀어 안자이와 나를 힐끗 보더니 구루메와도 시선을 맞췄다. 그 후에 구사카베의 팔꿈치와 어깨 위치를 수정해주었다.

구사카베가 야구방망이를 휘둘렀다.

아주 좋아졌다는 걸 나도 알 수 있었다. 동시에 타격왕 선수가 "좋았어!" 하고 투명한 풍선이라도 터뜨린 것처럼 힘찬 목소리로 크게 소리쳤다. 주변 아이들이 시선을 집중했다.

"중학교에 올라가면 야구부에 들어가봐." 타점왕은 그렇게 말한 후 우리가 염원했던 그 말을 꺼냈다. "너한테는 소질이 있어."

내 주변의 풍경이 갑자기 밝아졌다. 안자이도 마찬가지였을 것이다. 가슴속에서 하얗게 번쩍이는 빛이 뿜어져 나온다. 보답받았다는 마음이었을까, 해냈다는 마음이었을까. 혈관을 흐르는 피를 타고 충족감이 온몸 구석구석까지 퍼졌.

구사카베는 동그래진 눈을 몇 번이고 깜빡거렸다. "정말요?"

구루메의 표정이 어땠는지는 못 봤다. 어쩌면 봤을지도 모르지만, 이제는 기억이 나지 않는다.

"프로 선수가 될 수 있을까요?" 구사카베의 얼굴이 붉게 물들었지만, 부끄러워서라기보다 감정이 고조되었기 때문일 것이다. 구루메가 서 있는 쪽에서 코웃음 치는 소리가 들린 것도 그때였다. 뭔가 구사카베를 나무라는 소리를 했을지도 모른다.

"선생님, 구사카베는 야구에 소질이 있을지도 몰라요. 물론 없을 수도 있고요. 다만 일방적으로 단정하지는 말아주세요."

"안자이, 왜 그렇게 열을 내는 거니?" 구루메가 냉정한 태도로 담담하게 대꾸했다.

"구사카베, 야구를 제대로 배워보는 게 어때?" 사쿠마가 어느새 우리 뒤에 서 있었다. "프로 선수가 소질이 있다고 보증했잖아."

구사카베는 힘 있게 고개를 끄덕였다.

머뭇머뭇 쳐다보자 우리의 예상과 달리 타점왕 선수의 표정은 밝았다. 이왕 해주기로 했으니 실컷 칭찬해주자는 기분이었을까. 또는 선생님과 안자이의 대화를 듣고 거짓말을 해야겠다고 판단한 걸까, 아니면 구사카베에게 숨겨진 능력을 실제로 꿰뚫어본 걸까. 아니 어쩌면 호탕하고 마음 넓은 타점왕 선수는 별로 깊게 생각하지 않은 건지도 모른다. 그는 구사카베에게 "그럼. 노력하면 분명 좋은 선수가 될 거야" 하고 덧붙였다.

구루메는 그래도 침착한 태도를 유지했다. "그렇게 치켜세워주셔서 감사합니다" 하고 타점왕 선수에게 고개를 숙였다. "구사카베, 너무 진심으로 받아들이면 안 돼" 하고도 말했다. "어디까지나 격려 차원에서 하신 말씀이니까."

유념하라는 듯 타이르는 말투가 우스워서였는지 몇 명이 웃었다. 분위기가 누그러졌다고 하면 누그러진 건 맞지만, 굳이 그런 소리를 할 필요가 있나 싶어서 나는 불만스러운 기분이었다.

"선생님, 하지만." 그때 구사카베가 입을 열었다. "저는."

"구사카베, 뭐라고?"

"선생님, 저는" 구사카베는 천천히 또박또박 말했다. "저는 그렇게 생각 안 해요."

안자이가 인상을 풀고 한껏 웃음을 짓는 모습이 눈에 들어왔지만, 금방 보이지 않게 됐다. 왜냐하면 나도 눈이 감길 만큼 활짝 웃었기 때문이다.

야구 교실이 끝나고 나서 우리는 교실에 돌아가지 않고 운동장에서 해산했다. 기억하기로는 그랬다. 돌아가는 타점왕 선수를 아이들 모두가 박수로 배웅한 후에 교장 선생님의 인사가 있었다. 아이들은 삼삼오오 집으로 돌아갔지만 나와 안자이, 구사카베는 좀 더 운동장에 남아 있었다.

누가 시키지도 않았는데 구사카베가 타격 자세를 연습하는 걸 보고, '프로 야구선수가 칭찬했으니까'라는 선입관이 생겨서인지 "그러고 보니 구사카베, 스윙이 제법 괜찮은데" 하고 감탄했고 "좀 더 일찍 정식으로 야구를 했으면 좋았을걸" 하고 괜한 칭찬까지 입에 담았다.

"그나저나 참 신기해." 구사카베는 그날, 물을 준 식물처럼 갑자기 활력을 얻었는지도 모르겠다. 말투도 또랑또랑해졌다. "조금 칭찬받았을 뿐인데 엄청 기쁘네" 하고 웃었다.

"구사카베, 진짜로 프로 선수가 되면." 옆에 서 있던 안자이가 말했다.

"못 되겠지만."

"아니, 그야 모르지." 안자이가 진지한 표정으로 대꾸했다. "하여튼 프로 선수가 되면 카메라를 향해 사인을 보내줘."

"사인? 종이에 하는 그거?"

"그 사인이 아니라." 안자이는 손가락을 두 개 세우거나 주먹을 불끈 쥐는 등 이런저런 동작을 했다.

"그건 뭐야?" 궁금했는지 구사카베가 스윙을 멈추고 물었다.

"언젠가 네가 프로야구 경기에서 활약하게 되면."

"예를 들면 말이지." 나는 웃었지만 안자이는 여전히 진지한 표정이었다. "아마도 그때 우리는 지금처럼 매일 만나지는 않을 테니까, 우리에게 신호를 보내줘."

"신호?"

"활약한 후에 예를 들어." 안자이는 자신의 얼굴을 씻는 시늉을 한 후 손가락 두 개를 앞으로 쭉 내밀었다. 눈이라도 찌르는 것처럼.

"이런 동작을 한다든가."

"그 동작에 뭔가 의미라도 있어?" 내가 물어보았다.

"얼굴을 씻고 두 눈으로 똑똑히 보라는 뜻이지. 네가 어른들의 선입관에 지지 않았다고, 우리에게 사인을 보내줘."

"아아, 그렇구나." 구사카베는 눈을 가늘게 뜨고 귀를 기울였다.

"그때 구사카베는 프로 선수 생활을 하느라 바빠서 나를 기억하지 못할지도 모르지만." 안자이는 그 당시 이미 초등학교 졸업 후에 이사 가기로 결정됐던 걸까.

"왜 기억을 못 해?" 구사카베는 그럴 리 없다는 듯이 말했지만 안자이는 고개만 갸우뚱했다. "만약 구루메 선생님이 텔레비전을 보고 있다면 놀라겠지" 하고 말했다. "분명 기분이 상해서 텔레비전을 꺼버릴 거야."

그때 시선이 느껴져 나는 휙 돌아보았다. 바로 뒤에 구루메가 서 있었다. 안자이도 야단났다는 표정을 지었지만 변명을 늘어놓지는 않았다.

틀림없이 이야기를 들었겠지만 구루메는 거기에 대해서 아무 언급도 하지 않았다. 대신에 몹시 사무적으로 안자이의 들뜬 기분에 찬물을 끼얹는 말을 꺼냈다. 무슨 말이었는지는 기억나지 않는다.

나는 다시 구사카베를 바라보았다. 구루메의 말을 귓등으로도 듣지 않는 그 모습에 마음이 든든해졌다. 프로 야구선수에게 칭찬받은 일이 안자이가 말하는 '교사 기대 효과'처럼 구사카베에게 좋은 영향을 준 것 아닐까. 그때 나는 처음으로 빨리 어른이 되고 싶다고 생각했는지도 모르겠다.

5년 전, 바쁜 시간에 짬을 내 개인적으로 고향에 들른 구사카베와 술집에서 만났다. "초등학교 6학년 때 안자이가 없었다면." 술에 취한 구사카베가 몇 번 그런 말을 꺼냈다.

초등학교를 졸업한 후 당연히 같은 중학교에 갈 것이라 생각했지만, 안자이는 부리나케 전학을 갔다. 인사도 없이 홀쩍 떠났다. 처음 한동안은 연하장이 왔지만, 어느 해에 성씨가 바뀌었음을 알린 후로는 연락이 끊겼다.

안자이 아버지가 긴 징역형을 받아 사회에서 격리됐다는 사실은 꽤 나중에야 알았다. 세상을 떠들썩하게 만든 사건의 범인으로, 사망자도 나와서 한때는 매스컴에서도 크게 다루었다고 한다. 그래서 안자이와 안자이 어머니는 이곳저곳 전전하며 살았던 걸까.

"그러고 보니 성인식 때 만난 쓰치다가." 내가 이야기했다. "도쿄 번화가에서 안자이와 닮은 남자를 봤대. 안자이 이름이 생각이 안 나서 '6학년 때 전학생'이라고 그러더라."

"어떻게 변했을까."

"어디서 어떻게 봐도 양아치 같았다던데."

"안자이가 양아치라. 사람을 잘못 본 거 아니야?"

"쓰치다 말로는 아버지가 범죄자니까 비뚤어져서 엇나간 인생을 사는 게 당연하다더라."

"그런가." 구사카베가 길게 늘어지는 투로 말한 후 이렇게 덧붙였다. "나는 그렇게 생각 안 하지만."

구사카베가 아주 자연스럽게 그 말을 꺼냈다는 걸 알아차렸지만 지적은 하지 않았다.

"안자이는 어떻게 지내려나." 구사카베는 술을 마시는 내내 그 말을 되풀이했다. 하지만 보고 싶다는 말은 한 번도 하지 않았다. 그건 나도 마찬가지였다. 그 말을 꺼내는 순간 영원히 못 만나게 될 것 같은 묘한 예감이 들었다. 안자이와의 재회는 이루어질지 말지 모르는 소망이 아니라 말하지 않아도 이루어질 필연이라고 생각하고 싶었는지도 모르겠다.

현재 직장인인 나는 회사 일에 치이고, 연인과 싸우다 스트레스를 받고, 때때로 행복을 느끼면서 하루하루를 보내고 있다. 초등학교 시절의 추억에 젖는 일도 거의 없다.

하지만 가끔 외출 중에 갑자기 비가 내리면, 책가방을 메고 머리가 흠뻑 젖은 채 택시 창문에 대고 야구선수의 이름을 부르며 열심히 손을 흔들었던 내가, 그리고 옆에 있던 안자이가 떠오른다.

슬로하지 않다

지금

"돈 콜레오네, 왜 운동을 잘하는 사람과 못하는 사람이 있는 걸까요."

"어느 한쪽이 더 대단한 건 아니다."

"하지만 발이 느리면 무시당하는걸요."

"무시하는 녀석이 있더냐."

"특히 여자가 무시합니다."

"그런 여자가 있나."

"네."

"그렇다면 없애라."

말한 후에 유타가 웃음을 터뜨렸고 나도 깔깔 웃었다. 체육시간, 운동장 구석에 앉아 있다. 다른 아이들과는 조금 떨어져서 단둘이 소곤소곤 이야기를 나누는 중이었다. 나는 영화 〈대부〉를 본 적이 없다. 유타 말로는 영화 첫 부분에 다양한 사람들이 마피아의 보스 돈 콜레오네를 찾아와서 이것저것 부탁한다는 모양이다. 돈 콜레오네는 관록이 넘치고 믿음직스러워서 우리 고민 정도는 순식간에 해결해줄 것 같았다고 유타는 말했다. 우리는 가끔 싫은 일이 생기면 "부탁드립니다, 돈 콜레오네" 하고 둘이서 돈 콜레오네 놀이를 하며 답답한 마음을 발산했다.

'준비, 땅' 하는 신호와 함께 반 아이들이 달려갔다. 척 보기에도 빨랐고, 햇살이 눈부신 탓인지 반짝이는 빛줄기 같았다. 함께 출발한 남자애와의 거리가 쭉쭉 벌어진다. 조금 떨어진 곳에 있는 여자애들이 시원스럽게 달려가는 그 모습을 바라보고 있었다.

"돈 콜레오네, 역시 발이 빠르면 인기가 있는 걸까요."

"음. 그렇다면."

"네."

"없애라."

우리는 아까 받은 50미터 달리기 기록에 각각 눈길을 떨어뜨렸다. 초등학교 5학년 남학생의 평균에 훨씬 못 미치는 기록을 보자 우리의 존재가 몹시 작게 느껴졌다.

"쓰카사는 나보다 빠르니까 좋겠다." 유타가 위로했지만 0.2초 정도 차이라 도토리 키 재기다.

"유타는 머리가 좋잖아."

"머리가 좋아도 반에서는 알아주지 않는걸, 뭐."

유타는 중학교 수험을 준비할까? 궁금했지만 물어본 적은 없다. 수험을 준비하려 해도 학원에 다니려면 돈이 들기 때문에 나는 애초에 공립 중학교에 갈 예정이었다. 내가 그러기로 마음먹은 게 아니라 이미 결정된 일이었다. 우리 학년에서도 절반 이상이 수험을 준비한다고 들었는데, 유타 없이 학교생활을 하는 내 모습을 상상하자 몸에 구멍이 뻥 뚫린 것처럼 허전했다.

"어떻게 하면 빨리 달릴 수 있을까?"

"타고난 부분도 있을 테니 방법이 없지. 유전이야, 유전." 유타가 한탄했다.

"만화를 보면 주인공이 실은 다리에 추를 달고 있었다든가, 그런 장면이 자주 나오잖아."

"피콜로의 망토처럼?"

만화 〈드래곤볼〉에 등장하는 피콜로는 무거운 망토를 두른 채 수행하다, 싸울 때가 되면 망토를 벗는다. 망토가 땅에 떨어지면 쿵, 하고 믿기지 않을 만큼 묵직한 소리가 나고, 망토를 벗은 피콜로는 드디어 진정한 힘을 발휘한다.

내 몸 어딘가에 숨겨진 스위치를 누르는 순간, 방해되는 껍데기가 떨어져나가고 만능의 내가 나타나는 건 아닐까 몽상하고 싶어졌다.

미래

"선생님, 초등학생 때는 운동을 못하면 치명적이었어요."

나는 힘주어 주장했다. 상대는 초등학교 5학년부터 졸업할 때까지 2년간 담임이었던 이소켄이었다. 당시 대학을 졸업하고 사회에 나온 지 얼마 되지 않아 형처럼 젊디젊었던 선생님은 이제 머리가 대부분 하얗게 세었고 인생 선배로서 관록이 넘쳤다. 이소켄은 성씨를 줄여서 만든 별명이었다. 이렇게 마주하자 '이소켄'이라고 부르고 싶어졌지만 그게 실례라는 걸 알 만큼은 나도 사회인의 예의를 익혔다.

"옛날은 특히 더 그랬지. 초등학생 때는 운동을 잘하는 아이가 인기고, 중학생이 되면 재미있는 아이와 멋진 아이, 고등학생이 되면 꾸밀 줄 아는 아이가 인기 있는 법이야."

"그때도 선생님은 그렇게 말씀하셨죠. 운동회가 싫다고 복도에서 꾸물대는 저와 유타 곁을 마침 지나가시다가."

"유타라, 옛날 생각 나는군."

"기억나세요?" 이소켄도 그 후로 많은 반을 맡아 수많은 제자를 만나왔을 것이다.

"전부 다 기억한다고는 못 하지만, 의외로 많이 기억나."

"저희처럼 눈에 띄지 않고 어두운 학생도요?"

이소켄은 웃었다. "눈에 띄느냐 띄지 않느냐와는 관계없어. 아무튼 너랑 유타는 똑똑히 기억나는구나. 초등학교 5학년 때였나? 이어달리기가 있었잖니."

"아아." 나는 쓴웃음을 지었다. "유타는 달리지 않았지만요."

"그랬나. 너희는 늘 함께였으니까." 이소켄이 눈을 가늘게 떴다. "그건 좋은 추억이지. 못 잊을 거야."

여기서만 하는 이야기인데.

5학년 때 이소켄은 복도에서 나와 유타에게 말했다. 이 세상의 비밀을 알려주겠다는 듯이 속삭이는 목소리였다.

"어른이 되었을 때 인기 있는 건 발이 빠른 남자가 아니야."

"네?" 유타가 되물었다.

"온 힘을 다해 달릴 일이 별로 없거든. 애당초 발이 빠른 걸 과시할 기회가 없어."

"그럼 어른이 되면 누가 인기 있는데요?"

이소켄이 눈을 반짝이며 "돈 있는 사람" 하고 대답해서 우리는 "설마" 하고 의심했다. 부자가 최강이라는 설정은 옛날이야기나 만화의 세계에서는 있어서 안 될 일로 여겨졌다. 이소켄은 웃음을 짓더니 "하지만 최종적으로는, 뻐기지 않는 사람이 이겨" 하고 덧붙였다.

"뻐기지 않는 사람이요?"

"뻐기는 사람은 결국 지지."

"선생님, 저희는 뻐기지 않는데요."

"나중에 커서 너희가 돈을 많이 벌거나 유명해져도 뻐기지 않는 게 좋을 거다."

자기가 그런 말을 했느냐고, 백발의 이소켄은 내게 물었다.

"말씀하셨어요. 덕분에 돈을 많이 벌지도, 유명해지지도 않아서 아예 뻐길 생각도 하지 않는 어른이 될 수 있었습니다."

내 말에 이소켄은 말없이 표정을 누그러뜨렸다.

"하지만 그때 유타와 이렇게 말했어요."

"초등학생 때?"

"그럼 발이 빠른 데다 뻐기지도 않는 곤도는 무적 아니겠느냐고요."

"곤도, 곤도 오사무 말이로군. 아아, 확실히 걔는 운동을 잘하면서도 뻐기지 않았지. 지금은 어떻게 지내려나."

"여전히 인기가 많겠죠." 내 말에 이소켄이 웃었다.

지금

50미터 달리기는 아직 진행 중이다. 키가 가장 큰 곤도 오사무가 달리자 주변에서 환성이 일었다.

학급위원이고, 우리에게도 상냥하고, 외모도 나쁘지 않다. 그렇지만 곤도 오사무처럼 되고 싶었던 적은 없었다. 왜냐하면 그런 생각을 하는 것 자체가 나 자신을 배신하는 짓임을 알고 있었기 때문이다. 그래도 곤도 오사무는 학교생활이 매일 즐겁겠다고 상상한 적은 수없이 많았다.

잠시 후에 유타가 고개를 들고 "아, 전학생이다. 쟤는 빠르려나"하고 말했다.

얼마 전, 여름방학이 끝나고 전학 온 여자애가 출발선에 서 있었다. 키가 작고 뽀얀 피부에, 첫인사도 목소리가 작아서 잘 안 들릴 정도였다. "뭐라고 하는지 안 들려" 하고 누군가가 말하자 겁먹은 듯이 몸을 움츠린 것이 인상적이었다.

"다카기네, 발이 빠를까." 이번에는 내가 말했다.

여자애와 남자애는 절실함 면에서 차이가 있을지도 모르지만, 그래도 운동은 잘하면 잘할수록 좋다. 모두가 한 수 위로 봐주면 반에서 지내기가 편해진다. 우리 말고 다른 아이들도(주로 여자애들이) 은근히 다카기 가렌에게 주목하는 눈치였다.

"이러다 엄청나게 빠르면 시부타니도 긴장하겠지." 유타가 기대감을 내비쳤다.

여자애들의 중심인 시부타니 아야는 운동을 잘한다. 부모가 무슨 일을 하는지는 모르지만, 부자의 딸이래도 한때 범죄자였던 사람의 자식이래도 위화감 없게 느껴진다.

"쓰카사, 시부타니 좀 봐봐. 진짜 관심 있는 표정이야." 유타가 말했다.

자기보다 운동을 잘하는지 못하는지, 발이 빠른지 느린지 신경 쓰이는 거겠지.

결과부터 말하자면 시부타니 아야의 불안은 괜한 걱정으로 끝났다. 다카기 가렌은 운동을 못하는 아이의 전형적인 자세로 달렸다. 기록을 보지 않아도 느릴 게 뻔했다.

"아쉬워라." 유타가 목소리를 흘렸다.

"시부타니는 안심했겠네."

"그리고 무라타도."

그 말에 나는 무라타 하나에게 시선을 주었다. 달리기를 마친 다카기 가렌과 나란히 앉아 있는 무라타 하나는, 확실히 평소처럼 어두운 얼굴이면서도 어쩐지 기뻐 보였다.

다카기 가렌이 전학을 오기 전까지 무라타 하나는 반에서 늘 혼자였다. 즉, 다른 아이보다 뛰어난 부분이 없는 데다 시끌벅적하게 분위기를 띄울 줄도 모르는 여자애였다. 이를테면 나와 비슷하지만, 내게는 유타가 있다는 것이 차이점이었다. 그러니 다카기 가렌이 전학 온 것은 무라타 하나에게 행운이었음이 틀림없다.

"돈 콜레오네, 왜 운동회같이 쓸데없는 짓을 하는 걸까요?"

"곤란한 일이라도 있나."

"제비뽑기 결과, 이어달리기 선수로 뽑혔습니다."

"이어달리기는 발이 빠른 아이가 선수로 나가는 것 아닌가."

"시부타니 아야가 제비뽑기를 제안했습니다."

"그 여자가. 음, 그렇다면."

"네."

"없애라."

이어달리기는 각 반마다 두 팀이 출전한다. 한 팀이 네 명이니까 여덟 명이 선발된다. 달리기를 잘하는 사람을 뽑으면 다섯 명쯤은 즉시 결정되지만, 그 외에는 다들 고만고만하다.

50미터 달리기 기록이 좋은 순서대로 쭉 뽑으면 그만이겠지만, 여섯 번째로 뽑힌 남자애가 "난 달리기 싫은데" 하고 거부해서 골치 아파졌다. 그래서 다음으로 기록이 좋은 남자애를 뽑으려 하자 개도 "나도 싫어" 하고 거부했다. 확실히 6등부터 9등은 기록에 큰 차이가 없으므로 왜 쟤가 뛰지 않는데 내가 뛰어야 하느냐고 불만을 품는 것도 이해는 갔다.

"그럼 차라리 두 번째 팀은 제비뽑기로 결정하자." 시부타니 아야가 그렇게 제안하는 데 그리 오랜 시간은 걸리지 않았다. "A팀은 빠른 애들로 승리를 노리기로 하고, B팀은 뭘 위한 팀이라고 하면 되려나."

"추억 만들기?" 시부타니 아야와 늘 함께 있는 여자애가 장단을 맞추듯이 말을 꺼냈다.

"그래, 그거야."

"하지만 아무래도 제비뽑기는 너무 막무가내 아닐까. 모두가 수긍할 만한 방법으로 하는 편이 좋을 것 같은데." 이소켄이 선생님답게 냉정한 태도를 유지하면서 부드러운 어조로 말했지만, 시부타니 아야는 더욱 침착하게 "그럼 제비뽑기를 할지 말지를 일단 다수결로 결정하죠, 선생님" 하고 말했다. "민주주의로요."

미래

"선생님, 저는 그때 민주주의의 결점을 알게 되었어요." 나는 이소켄에게 말했다.

"다수결이 문제라는 거니?"

"그게, 빠른 순서대로 B팀이 될 뻔했던 아이들은 밑져야 본전이라는 마음으로 제비뽑기에 기대를 걸 테고, 그 밖의 대다수는 결정되지 않고 시간만 끌면 귀찮다는 이유로 제비뽑기에 찬성할 테니까요."

"그럴지도 모르겠구나."

"그렇다면 정말로 곤란한 일부 아이들, 저나 유타같이 이어달리기 선수로 뽑히면 괴로워서 죽을 것 같은 소수의 마음은 반영되지 않잖아요."

"그렇게 싫었니?"

똑똑히 기억난다. 반대하는 사람이라고 이소켄이 말한 후, 일단 무라타 하나가 새빨간 얼굴로 제일 먼저 손을 들었다. 진심으로 이어달리기 선수가 되기 싫었던 거다. 부끄러움을 무릅쓰고 성격에 맞지 않게 자기 의견을 내세우면서까지 제비뽑기에 반대하고 싶었던 것이 틀림없다. 무라타 하나의 용기에 이끌린 듯 다카기 가렌도 고개를 숙인 채 오른손을 위로 내밀었다. 그리고 나와 유타가 거의 동시에 오른손을 위로 뻗었다. 그 후로도 역시 운동을 못하는 아이들이 드문드문 손을 들었지만, 수를 헤아릴 필요도 없이 다수결에서는 완패였다.

"게다가 네가 선수로 뽑혔으니 말이지."

"맞아요, 선생님. 그리고 무라타도요. 약한 사람은 늘 그런 운명이죠."

제비를 뽑은 직후, 눈앞이 깜깜해질 만큼 절망을 맛본 초등학교 5학년의 내게 가르쳐주고 싶었다. 어른이 되면 웃으며 이야기할 수 있는 때가 올 거라고.

나머지 두 명은 달리기 실력으로 말하자면 그럭저럭이랄까, 아주 빠르지도 느리지도 않은 남자애 사토와 여자애 가토였다.

"선생님, 그때 어떻게 생각하셨어요? B팀은 느려서 큰일 났다고 불안하셨나요?"

이소켄은 "아니" 하고 어깨를 으쓱했다. "무사히 결정돼서 다행이라고 안심했지. 그뿐이었어." 어디까지 진짜인지 모르겠지만 몸을 흔들며 웃었다.

지금

"돈 콜레오네, 어차피 질 게 뻔한데 연습할 필요가 있을까요?"

"맞는 말이로군."

"차라리 당일에 감기라도 걸려서 쉬고 싶습니다."

"흠."

"부모님에게 상의해도 열심히 하면 되지 않느냐고 할 뿐이
라."

"어머니가?"

"네."

"음. 그럼."

"아."

"왜?"

"어머니는 없애지 않아도 됩니다."

평소처럼 유쾌한 기분이 아니라서인지 건조한 웃음만 입에
서 나왔다.

"집에 가서 게임하고 싶다." 운동장으로 나왔을 때 내가 말했
다.

"그러게. 왜 방과 후에 달리기 연습 같은 걸 사서 해야 하는
건데."

"유타는 집에 가도 돼."

"아니야."

운동회를 열흘 앞두고 각 학년의 이어달리기 팀은 각자 연습
을 시작했다. 우리 B팀은 원래부터 이길 마음은 없었고, 굳이
말하자면 다치지 않고 완주하는 것이 목적이었으므로 연습할
필요성을 느끼지 않았지만, 배턴 주고받기 정도는 확인하는 편
이 좋겠다는 의견에는 모두 동의했다.

"나만 선수가 되지 않았잖아. 물론 마음이야 놓였지만, 어쩐

지 미안해서 그래. 그러니까 연습 정도는 함께할게." 유타가 말했다. 그런 마음을 솔직하게 입에 담는 것이 유타의 좋은 점이었다.

"유타만 그런 건 아닌데. 너 말고도 이어달리기에 나오지 않는 애는 많은걸."

"그런 뜻이 아니라, 나와 너 사이에서는 나만이잖아."

잘 이해가 되지 않았지만 그렇게 말해주니 기뻤다. 다카기 가렌도 유타처럼 마음이 불편했으리라. 무라타 하나의 옆에 붙어서 운동장으로 나왔다.

다른 두 사람, 사토와 가토를 중심으로 배턴 주고받는 연습을 몇 번 한 후에 시험 삼아 달려보기로 했다. 한 바퀴가 2백 미터인 트랙에 흩어져서 섰다. 본 경기는 세 명이 반 바퀴씩 달리고, 마지막 주자가 한 바퀴를 달리지만, 일단은 넷이서 한 바퀴를 이어 달려보기로 했다. 남자, 여자, 남자, 여자 순서다. 예전에는 늘 남자가 마지막 주자를 맡았던 모양이지만, 아마도 누군가가 남녀평등을 부르짖었는지도 모르겠다.

나는 세 번째 주자였다. 무라타 하나에게 배턴을 받고 땅을 박찼다. 팔을 크게 휘두르는 게 좋다고 들었으므로 난생처음이라고 해도 될 만큼 팔을 힘차게 휘둘렀다. 숨이 차서 이제 더는 못 뛰겠다 싶었을 때 가토가 보여서 배턴을 넘겼다.

허억허억, 하고 호흡을 정리하며 모였다.

"음." 사토가 복잡한 표정으로 "뭐, 예상한 대로네" 하고 옆에 있는 가토를 보았다. "그러게" 하고 가토도 맞장구를 쳤다.

그들 두 사람에 비해 나와 무라타 하나가 눈에 띄게 느려서 전체 기록이 나빠지는 것은 사실이었다. 하지만 그 점을 꼬집어서 지적하지 않고 "우리는 넘어지지 말고 완주하는 걸 목표로 하자" 하고 말해준 걸 보면 사토와 가토는 상냥하다.

상냥하지 않은 인물은 따로 있었다. 조금 떨어진 곳에서 연습하던 시부타니 아야였다. 우리 옆을 지나가며 "괜찮겠어? 그래서는 한 바퀴도 넘게 차이 나겠는데" 하고 말했다. 단순히 비웃는 게 아니라 "느리면 눈에 확 띌 텐데 괜찮겠어?" 하고 걱정하는 투라 불안감이 고개를 쳐들었다.

"그럼 시부타니가 우리 팀에 들어와." 사토가 말했다.

"안 돼. 그러면 두 팀 다 속도가 고만고만해질 뿐이잖아. 함께 망한다고."

맞아, 하고 다른 여자애가 맞장구를 쳤다. 시부타니 아야의 비위를 맞추는 것 같아서 나는 기분이 나빴지만, 아무 대꾸도 하지 못하고 고개를 숙인 채 신발로 운동장 흙만 파는 내가 더 한심하다는 것도 알고 있었다.

"저, 저기." 그때 다카기 가렌이 입을 열었다.

"응?"

"시부타니가 달리는 방법 같은 걸 가르쳐주면 어떨까?"

무라타 하나를 도와주고 싶은 마음이었는지도 모르겠다. 아무튼 다카기 가렌은 머뭇머뭇하면서도 또렷한 목소리로 제안했다.

"내가?" 시부타니 아야는 한순간 놀란 표정을 짓더니 환하게 웃으며 손을 좌우로 흔들었다. "안 돼, 무리야. 주법 같은 건 잘 모르거든. 빨리 달릴 줄은 알지만 그걸 남에게 가르쳐주지는 못해."

"그렇구나." 다카기 가렌이 아쉽다는 듯이 말하자 그 말투에서 비난하는 낌새를 느꼈는지, "다카기, 내가 잘못했다는 거야?" 하고 쏘아붙였다. 나는 물론 그렇게 느끼지 않았지만 시부타니 아야는 민감하게 받아들였나 보다.

"어, 그런 거 아닌데."

"전부터 느꼈는데, 다카기 너, 뭔가 하고 싶은 말이 있는 것처럼 자주 날 보더라? 내가 마음에 안 들어?"

"아니야." 다카기 가렌은 고개를 저었다. "난 그런 게 아니라."

시부타니 아야는 과장되게 어깨를 으쓱하더니 "뭐, 상관없지만" 하고 그 자리를 떠났다.

우리가 너무 기죽어 있었기 때문인지 다카기 가렌이 "다 함께 연습해서 조금이라도 빨리 달리자" 하고 제안했다. "달리는 순서도 바꿔보고." 의욕에 찬 목소리가 아니라 옆에 있는 무라타 하나에게 나지막하게 말했을 뿐이지만, 귀가 좋은 데다 감수성이 풍부한 시부타니 아야는 발을 멈추고 돌아왔다. "그거 우리 들으라고 한 말이야?"

"응?" 시부타니 아야가 갑작스레 따지고 들자 다카기 가렌은 어리둥절한 표정이었다. "그게 무슨."

"그런 거 아니야." 무라타 하나가 대답했다. 항의라기보다는 필사적인 변명에 가까웠다.

"그냥 연습하자는 뜻이었어." 우리 B팀에서 가장 빠른(그래 봤자 A팀에 비하면 느리지만) 사토가 힘을 보태듯이 말했다. 그 걸 든든하게 느껴서는 아니겠지만 유타도 "일일이 화낼 건 없잖 아" 하고 툭 내뱉었다.

연이어 말을 꺼낸 것이 문제였던 모양이다. 시부타니 아야는 B팀 전체가 저항하고 나선 것처럼 느꼈을지도 모른다. 나는 역 사 만화에서 본 농민 봉기를 떠올렸다. 시부타니 아야는 그 조 짐 같은 위기감을 느낀 걸까.

시부타니 아야는 발끈한 얼굴로 짐짓 한숨을 내쉬더니, "저 기, 다카기. 왜 우리 학교로 전학 온 거야?" 하고 물었다.

대체 그게 무슨 질문인가 싶어 나는 조금 김이 샜다. 전학은 보통 부모의 전근 때문에 하는 걸로 알고 있었으므로, 물어볼 필요도 없는 일을 굳이 왜 묻는지 이해가 되지 않았다.

"그런 건 왜 물어봐?" 유타가 말했다.

전근 때문일 거라고 생각하며 나는 다카기 가렌에게 시선을 주었다. 그런데 다카기 가렌의 얼굴이 창백해서 깜짝 놀랐다. 빈혈로 쓰러지는 게 아닐까 싶을 정도였다. 누구나 알 수 있을 만큼 심하게 동요한 표정으로, 옆에 있는 무라타 하나의 눈치를 힐끔힐끔 살폈다.

큰 약점을 지적당한 듯한 반응이었는데, 실제로 시부타니 아야는 그 커다란 약점을 노린 것 같았다.

"도망친 거지?" 시부타니 아야가 말했다.

"뭐?" 무라타 하나가 작게 소리쳤다. 다카기 가렌은 더욱 창백해져서 땅에 올라온 물고기처럼 입을 뻐끔거렸다.

"왕따를 당해서 전학 온 거야, 맞지?"

"어, 진짜?" 원래 알고 있었는지, 아니면 처음으로 알았는지는 모르겠지만 시부타니 아야 옆에 있던 두 여자애가 놀라서 요란을 떨었다.

"나, 엄마한테 들었어. 학교에서 비밀로 한 이야기를 들었다나 봐."

동요한 다카기 가렌의 모습에 만족했는지 시부타니 아야는 물러갔다.

남은 우리 B팀은 잠시 말이 없었다. "맞아?" 하고 다카기 가렌에게 확인할 수도 없다. 무라타 하나도 충격을 받은 표정으로 보건대 처음 듣는 이야기인 듯했다. 비밀이라면서 떠들기는, 하고 유타가 중얼거렸다.

다카기 가렌은 지병인 발작이라도 일어난 것처럼 안절부절 못하다가 "오늘은 이만 갈게" 하고 미안한 듯이 말하고 돌아갔다.

"돈 콜레오네, 왕따를 당하다 전학을 온 아이가 있습니다만."

집에 가는 길에 유타와 단둘만 남자 나는 말을 꺼냈다.

"그렇군."

"왕따는 왜 생기는 걸까요?" 물어보았지만 나와 유타는 아직 왕따를 당한 경험이 없었다. 아이들이 얕잡아볼 때는 있지만, 집중공격을 당해 피해를 본 적은 없다. 분명 반 아이들에게 분별이 있기 때문이리라.

"왕따를 시키는 녀석은 용서할 수 없다."

"그럼요."

"음. 그럼."

"네."

"없애라."

미래

시부타니 아야를 기억하느냐고 묻자 이소켄은 고개를 살짝 갸우뚱하더니 기억을 더듬는 표정을 지었다. 반의 중심적인 존재로 눈에 확 띄는 아이라 분명 기억할 줄 알았기에 그 반응은 의외였다. 잠시 후 "아아, 시부타니 아야. 당돌한 아이였지" 하고 그리운 듯이 말했다. "실은 시부타니 아야 같은 아이는, 매년은 아니지만 어느 시대에나 있는 법이야. 머리가 좋고 말솜씨도 뛰어나서 반을 휘어잡는 아이가."

"그런가요."

"그래서 오히려 인상이 어수선해져."

"〈도라에몽〉의 퉁퉁이와 〈키테레츠 대백과〉의 돼지고릴라가

헷갈리는 것 같은 느낌이려나요."*

이소켄은 웃고 나서 "돼지고릴라는 그런 별명을 받아들인 것만 봐도 너그럽고 통이 큰 인물이야" 하고 말했다.

"확실히 그렇네요." 나도 동의했지만 이소켄은 흠칫하더니 "그건 그것대로 돼지와 고릴라에게 실례인가" 하고 마음을 썼다.

"그때 선생님께 뭐라고 물어봤는지 기억하세요?"

"자꾸 기억하느냐고 물으니까 기억력 테스트라도 치르는 것 같구나."

"방과 후에 선생님을 찾아가서 '다카기가 저번 학교에서 왕따를 당해서 전학 왔다는 거 진짜예요?' 하고 물어봤죠."

"뭐라고 대답했는지는 기억이 안 난다만. 갑자기 그런 질문을 받고 놀란 건 기억나. 내가 시치미를 떼었던가?"

그때 이소켄이 어떤 반응을 보였는지가 내 머릿속에는 비교적 선명하게 남아 있다.

"'만약 다카기가 왕따를 당했다면 뭔가 달라지니?' 하고 저희에게 물어보셨죠."

"질문에 질문으로 답하는 건 좋지 않은데 말이지." 이소켄이 쓴웃음을 지었다. "너희는 뭐라고 대답했니?"

"기억이 안 나요." 나는 웃었다. 실제로 그때 뭐라고 대답했는지는 기억에 남아 있지 않다. 다만 이소켄의 말을 듣고 '뭐가 달

---

* 둘 다 후지코 F. 후지오 작가의 만화로, 비슷한 분위기의 캐릭터들이 등장한다.

라지느냐고 하면, 달라지는 건 없구나' 그렇게는 생각했다.

"선생님은 그 후에 '전학을 와서 다시 시작하려 한다면 그걸 도와주고 싶지 않니?' 하고 말씀하셨죠."

"옛날의 나는 제법 좋은 말을 했구나." 이소켄의 표정이 누그러졌다.

"그 이어달리기, 어떻게 생각하셨어요?"

"어떻게 생각했느냐니, 그게 무슨 뜻이니?"

"우리 B팀이 꼴찌가 될지 말지요."

"뭐, 꼴찌는 되지 않을 거라 생각했지."

"다른 팀이 넘어질 걸 기대하고서요?"

"쓰카사, 너희 팀이 열심히 연습했으니까."

"연습, 그렇죠. 자세까지 수정하면서 기를 썼으니까요." 갑자기 머리 위에서 햇볕이 내리쬐는 것 같은 느낌이 들었다. 지금은 밤이건만. 초등학교 5학년 때 아이들과 함께 운동장에서 달리기를 연습했던 시기의 더웠던 나날이 머리를 스친 걸까. 아니면 그때 안간힘을 다했던 우리의 모습이 눈부셨던 걸까. "다카기가 조사해왔거든요. 빨리 달리는 방법을."

지금

방과 후에 연습하기는 싫었다. 달리기 실력이 형편없는 데다 "쟤들 죽어라 연습하는데" 하고 주변의 비웃음을 사는 게 무서웠다. 실제로 그렇게 비웃었는지는 모르지만, 그런 기분이 들었다.

"조사해봤어." 다카기 가렌이 그렇게 말한 건 세 번째 연습 때였다.

"뭘?"

"빨리 달리는 방법을."

우리는 운동장 구석에서 이마를 맞댔다. 다카기 가렌이 공책을 펼쳤다. 공책은 다카기 가렌이 쓴 걸로 보이는 연필 글씨로 빽빽했다.

"다카기, 글씨 잘 쓰네." 사토가 감탄했다.

"정말로." 가토도 고개를 끄덕였다.

"어." 갑자기 칭찬을 받자 다카기 가렌은 동요한 표정이었다. 잠시 후에 "고마워" 하고 대답했다. 무라타 하나도 기쁜 듯이 "다카기, 글씨 진짜 예쁘게 쓴다" 하고 고개를 끄덕끄덕했다.

다카기 가렌이 조사해온 노하우는 '인체의 특성에 맞는 방식으로 달릴 것'이었다.

몸을 앞으로 기울여야 힘이 생기는 유형과 뒤꿈치 쪽에 중심이 있어서 몸을 뒤로 기울여야 하는 유형이 있으며, 그중에서도 몸의 중심이 안쪽에 있느냐 바깥쪽에 있느냐를 또 분류할 수 있다는 모양이다.

중심이 뒤에 있는 사람은 앞으로 기울인 자세로 출발하기보다, 뒤꿈치를 붙인 상태로 지면을 박차야 힘이 생긴다고 한다.

"어, 자기가 어떤 유형인지 구분하는 방법이 있는데."

다카기 가렌은 집에서 수없이 확인하고 왔는지, 우리에게 열심히 가르쳐주었다. 몸의 유형을 구분하는 방법은 상당히 어려웠다. 다 함께 앉았다가 일어서거나 몸을 서로 잡아당기면서 판단했지만, 정확하게 구분이 됐는지는 의심스러웠다. 아무튼 각자의 신체 특성에 맞추어 팔을 휘두르는 법, 땅을 차는 법을 연습했다. 선수로 뽑히지 않은 유타도 흥미진진하다는 듯이 함께 달렸다.

한 차례 연습을 마친 후, 시험 삼아 다 함께 트랙을 달려보기로 했다.

다카기 가렌이 출발 신호를 하고 스톱워치를 눌렀다. 지금까지는 우리같이 느린 팀이 기록을 신경 쓰는 것 자체가 꼴사납게 느껴져서 부끄러웠지만, 이때는 나도 흥미가 생겼다. 새로운 달리기 방법이 기록에 얼마나 영향을 줄까.

배턴을 주고받으며 달리다 마지막 주자가 골인하는 것과 동시에 다카기 가렌 곁으로 뛰어갔다. 기록을 보고 우리는 "와!" 하고 소리쳤다. 지금까지보다 훨씬 빨랐다.

굉장하다고 무라타 하나가 방방 뛰었고, "다카기가 비법을 전수해준 덕분이야" 하고 가토도 기뻐했다.

"비법은 무슨, 다 인터넷에 있는 거야." 다카기 가렌은 손사래를 쳤다.

"이야, 이거 운동회가 기대되는걸." 사토의 말에 나는 당황해서 "아무래도 그 정도까지는" 하고 부정했다. "하나도 기대 안 돼."

출발 연습만이라도 한 번 더 할까, 하고 말한 가토가 다카기 가렌을 보고 "그거" 하고 손가락으로 가리켰다. "목걸이야?"

"아, 이건." 다카기 가렌이 바로 자기 목을 손으로 더듬었다. 얇은 사슬을 잡아당기자 옷 속에서 작은 액세서리 같은 것이 나타났다. "부적."

"부적?"

"응, 소중한." 다카기 가렌은 그렇게 말하고 액세서리 부분을 꼭 움켜쥐었다.

"그거, 속에 소중한 사람의 사진이 들어 있다든가?" 사토가 물어보았다.

다카기 가렌은 "응" 하고 대답하지는 않았지만 부정도 하지 않았다. "이게 없으면 불안해져서 선생님께도 허락을 받았어."

우리는 "그렇구나" 하고 반응했을 뿐 더는 목걸이에 관해 언급하지 않았다. 다카기 가렌이 왕따를 당했다는 사정을 알고 있었기 때문에, 그저 힘든 일이 떠올랐을 때는 그런 도구가 있는 편이 나을 거라 생각했다.

"아주 즐거워 보이네. 연습은 제대로 하고 있는 거야?" 뒤에서 갑자기 목소리가 들려서 돌아보자 시부타니 아야가 서 있었다.

와 나타났다, 하고 무심코 소리를 지를 뻔했다.

"다카기가 비법을 알려준 덕분에 기록이 좋아졌어."

사토는 겉과 속이 똑같이 정직한 사람이라 솔직하게 말했지만, 나는 그런 식으로 말하면 시부타니 아야가 불쾌해할 거란 걸 알았다.

아니나 다를까 시부타니 아야는 "비법이라니, 뭐야 그게" 하고 무시하는 투로 말했다.

"아, 내 비법이 아니라 그냥 인터넷에 있는 걸 찾아봤을 뿐이야." 다카기 가렌은 어디까지나 저자세로 말을 골라가며 대답했다.

나는 유타와 얼굴을 마주 보았다. 성가셔 하는 유타의 마음이 전해져왔다.

"그렇게 순조롭다 그거지? 그럼 꼴찌는 하지 마라."

"무슨 그런 요구를 하냐?" 내가 바로 대꾸했다.

설마 내가 받아칠 줄은 몰랐는지, 시부타니 아야는 눈에 쌍심지를 켜고 노골적으로 불쾌한 표정을 지었다. 그리고 "꼴찌 하면 사과해" 하고 강압적으로 말했다.

"사과하라니 누구한테?" 사토와 가토의 목소리가 겹쳤지만, 시부타니 아야는 무시하고 다른 여자애들과 함께 본관으로 돌아갔다.

우리는 약간 어두운 기분으로 얼굴을 마주 보았다. 잠시 후에 "조금만 더 연습할까" 하고 누가 먼저랄 것도 없이 말을 꺼냈다.

"시부타니, 쟤 뭐야. 너무 막무가내잖아." 유타가 입을 삐죽거렸다. "저거 분명 자기 엄마 아빠를 흉내 내는 걸 거야."

"그래?" 무라타 하나가 되물었다.

"잘은 모르지만 시부타니의 원래 말투가 저렇지는 않겠지. 누군가를 리메이크한 거야." 유타의 말에 나는 웃었지만 다른 아이들은 고개만 갸웃거렸다.

꼴찌를 하면 사과하라니, 아주 불합리한 주장이었지만 목표가 생기면 사람은 의욕을 갖게 되는지도 모르겠다. 우리는 '꼴찌는 하지 말자'를 모토로 연습에 더욱 힘을 기울였다.

"돈 콜레오네, 우리를 얕잡아보는 자가 있습니다."

"누구지?"

"시부타니 아야라는 자입니다."

"여자인가."

"네."

"뭐, 상대하지 않으면 그만이다. 아마도 불쌍한 녀석이겠지."

"돈 콜레오네, 과연 현명하십니다."

"마지막에 웃는 건."

"네."

"우리다."

활기가 생겨서인지 집에 가는 길에 하는 돈 콜레오네 놀이도 훨씬 재미있었다.

미래

"선생님, 저희가 교무실에 가서 울었던 거 기억나세요?"

"'저희'라는 게 누군데?"

"저랑 유타, 그리고 무라타 하나요."

"왜 울었더라?"

"그럼 기억이 안 나시나 보네요." 내가 놀리듯이 말하자 이소켄은 "아무래도 세세한 일까지는 좀" 하고 미안한 듯이 대답했다. "운 적이 있었니?"

"운동회가 끝나고요. 속상해서 선생님께 항의했죠. 정확하게는 무라타 하나가 항의했고, 저희는 옆에 서 있기만 했지만요."

"아아." 이소켄의 얼굴이 밝아졌다. "생각났다. 무라타 하나가 웬일로 목소리를 높여서 눈물 어린 하소연을 했지."

"네네, 맞아요." 안간힘을 다해 하소연하는 무라타 하나를 보다가 나와 유타도 따라서 울었다. 무라타 하나는 친구인 다카기 가렌을 지키고자 하는 마음으로 가득했으리라. "그때 무라타 하나는 선생님께 자기가 어른이 되면 어떻게 되느냐고 물었죠."

그리고 "선생님, 전에 트럼프로 점을 쳐주셨을 때처럼 제가 어떻게 되는지도 점쳐주세요" 하고 부탁했다.

"왜 그런 부탁을 했을까."

"아마 그때 무라타 하나에게는 힘든 일뿐이었을 거예요. 그래서 미래가 깜깜해 보였는지도 모르죠."

당시 이소켄은 무라타 하나의 서슬에 눌리면서도 "좀 진정하렴" 하고 달랬지만, 이윽고 아이들의 심각한 기분을 느꼈는지 "알았어" 하고 고개를 끄덕이고 책상 서랍을 드르륵 열었다. 선생님의 서랍 속을 본 적이 없는 우리가 흥미진진하게 지켜보는 가운데 트럼프를 꺼냈다.

그리고 우리를 세워둔 채 트럼프를 책상에 늘어놓았다. 트럼프를 몇 더미로 나누어 쌓은 후, 무라타 하나의 생년월일을 확인하고 수를 헤아리며 트럼프 더미를 허물었다.

"미리 말해두는데." 이소켄이 진지한 어조로 말했다.

"네."

"선생님의 트럼프 점은 정말로 잘 들어맞아." 이소켄은 무라타 하나를 가만히 바라보았다. "만약 안 좋은 결과가 나오면 어떻게 할래?"

"괜찮아요." 무라타 하나는 즉시 답했다. "그야 지금이 훨씬."

훨씬 힘드니까, 라고 말하고 싶었을까. 내가 더 긴장됐다.

결과적으로 무슨 카드가 나왔는지는 기억나지 않지만, 이소켄이 그 결과를, 트럼프를 빤히 보며 대답한 것은 인상에 남아 있다.

무라타 하나가 "어때요?" 하고 물었다.

"웃고 있어." 처음에 이소켄의 대답은 짧았다.

"웃고 있다고요?"

"미래의 너는 웃고 있어."

"뭐예요, 그 점괘." 무라타 하나는 진지하게 물어보았는데 놀림을 당했다는 듯이 발끈했다. 지금까지 무라타 하나가 이런 적이 있었나 싶을 만큼 화난 표정이었다.

"어른이 된 네가 웃고 있다는 건 점을 쳐서 알았어. 어때, 상상이 가니?"

무라타 하나는 대꾸하려던 말을 삼키고 입을 다물었다. 그리고 고개를 저었다. "무슨 뜻이에요, 선생님?"

"지금 너는 울고 싶을지도 모르지만."

"선생님, 이미 울고 있는데요." 유타가 웃었다.

"어른이 된 너는 웃고 있어. 그건 틀림없단다."

무라타 하나는 생각에 잠긴 표정을 지었다. 입술을 깨물고 열심히 머리를 굴렸으리라. 잠시 후 "어떻게 하면 그렇게 될 수 있을까요?" 하고 다그치듯 이소켄에게 물어보았다. "어떻게 하면 제가 그런 어른이 될 수 있나요?"

"어떻게 하지 않아도 괜찮아. 그냥 이대로 어른이 되면 된단다."

"그게 무슨."

"미안하지만, 이 점괘는 들어맞을 거야."

그러고 나서 나와 유타의 생일을 물었지만 우린 점을 치기가 무서워서 꽁무니를 뺐다.

"그때는." 나는 이소켄에게 말했다. "얼렁뚱땅 넘어가신 것 같은 기분도 들었지만."

"얼렁뚱땅 넘어간 거야."

"하지만 나이를 먹고 돌이켜보니."

"나이를 먹었다니, 아직 청춘이면서."

"지금 아무리 힘들어도 미래에는 웃고 있다면, 마음이 든든할 것 같더라고요."

그런가, 하고 이소켄은 부드럽게 고개를 끄덕였다.

"그건 엉터리였나요?"

"미안하지만 그건 유서 깊은." 이소켄은 진지한 표정으로 말했다. "진짜 엉터리야."

지금

운동회 날은 쾌청했다. 뜨겁고 밝은 햇볕이 내리쬐어 양달에 시트를 깔고 앉은 학부모의 살갗이 조금씩 그을리는 게 눈에 보이는 것만 같았다.

본관 쪽 천막에 앉은 내빈들도 더워 보였다. 머리 위에 매단 만국기를 좀 더 크게 만들어서 해가리개로 쓰면 좋을 텐데 싶었다.

경기가 착착 진행되고 오후가 됐다. 이어달리기를 할 차례가 다가온다고 생각하자 나는 심장이 점점 빨리 뛰었다.

점심을 먹을 때 엄마가 "그러고 보니 이어달리기는 언제 하니?" 하고 물었다. 관심이 있었나 싶어서 놀랐지만, 식순을 건넸을 때는 이미 흥미를 잃은 것처럼 보였다.

학년별 이어달리기는 운동회 막판에 진행될 예정이었다. "선수는 입장 문으로 모여주십시오"라는 안내방송이 흘러나오자 긴장이 최고조에 다다랐다. 허공을 둥실둥실 걷는 심정이라 어쩌면 이건 꿈이 아닐까 싶었고, 정신이 얼떨떨하니 내가 긴장하고 있다는 사실조차 잊어버렸다.

내가 출발하는 지점으로 이동해서 자리 잡았다. 의자에 앉은 아이들이 둘러싸고 있다. 이어달리기를 할 때 나는 늘 저쪽에 있는 관객이었는데, 지금은 참가자 쪽에 있으니 참 묘한 기분이었다. 고대 로마의 투기장이 연상됐다. 관객들이 지켜보는 가운데 목숨을 걸고 싸워야 할 것 같은 심경이다.

허공을 둥실둥실 떠돌던 나를 현실로 되돌린 건 같은 세 번째 주자로서 가까이에 있던 곤도 오사무였다.

"무라타, 괜찮아?" 무릎을 굽혔다 폈다 준비운동을 하면서 내게 그렇게 말했다.

"뭐?"

"봐, 저기서 다리를 살펴보고 있잖아."

곤도 오사무가 우리 반대편, 반 바퀴 앞쪽 지점을 가리켰다. 두 번째 주자와 네 번째 주자가 출발하는 곳이다. 거기서 무라타 하나가 쪼그려 앉은 채 오른쪽 신발을 벗고 발목 언저리를 만지작거리고 있었다.

"다친 걸까?"

"그럴지도 모르지. 줄다리기할 때 넘어졌잖아."

나는 그 장면을 보지 못했지만, 무라타 하나의 상태가 심상치 않다는 것은 확실했다. 선수가 아닌 다카기 가렌이 도저히 가만히 있을 수 없었는지 무라타 하나에게 다가가 다리를 문지르고 있었다.

기껏이라는 말이 머리를 스쳤다. 기껏 그렇게 연습해놓고.

출발 신호가 들렸다.

이어달리기가 시작된 것이다. 우리는 아직 준비가 덜 됐는데.

첫 번째 주자인 사토가 달려나갔다. 힘찬 자세로 상위권을 따라갔다. 반 바퀴가 순식간에 끝나고 가토가 배턴을 넘겨받았다.

나는 어라 싶었다. 첫 번째 주자인 사토도 분명 동요했을 것이다.

원래 무라타 하나가 두 번째 주자였기 때문이다. 어디서 순서가 바뀐 걸까. 무라타 하나가 다쳤기 때문이라는 건 상상이 갔지만, 무라타 하나를 마지막 주자로 둬도 아무 의미 없다. 어쩌면 가토가 두 번 달릴 생각인 걸까, 하고 나는 상상했다.

나는 이어달리기 담당 교사의 지시를 받고 호흡을 가다듬으며 트랙에 섰다. 심장이 아플 만큼 세차게 뛰었다. 뒤를 보자 가토가 3등으로 달려오고 있었다. 각 반에서 두 팀씩 참가하니까 합쳐서 여섯 팀이다. 우리 반 A팀이 1등으로 도착했다. A팀의 곤도 오사무가 배턴을 받아들고 땅을 박찼다. 나를 남겨두고 순식간에 멀어졌다.

마음을 진정시키고자 심호흡을 하려고 한 순간, 눈앞에 배턴이 쑥 내밀어졌다. 가토의 손만 보였다. 배턴을 잡자 가슴이 쿵 울렸다. 갑자기 주변이 어두워져서 반사적으로 그 자리에 쪼그려 앉고 싶었지만 힘껏 버텼다. 뒤꿈치에 중심을 두고 땅을 박찼다. 연습 때처럼 몸 뒤쪽으로 당길 때 팔에 힘을 주었다.

시야가 좁았다. 트랙이 아주 가느다란 레일 같아 보였다.

주변에 있는 아이와 학부모가 소리 높여 응원했다. 하지만 그들이 쓴 모자와 가슴에 붙인 번호표, 들고 있는 카메라는 희미하게 보일 뿐이었다. 쭉쭉 뒤로 흘러간다. 내 발이 땅바닥을 마구 두드리지만, 감촉은 전해지지 않는다. 커브 구간에서 몸이 기울어졌다.

앞서가는 주자의 뒷모습이 어른어른 눈에 비쳤다. 빨리 쫓아가라고 머릿속의 내가 필사적으로 소리쳤다.

앞쪽에서 곤도 오사무가 마지막 주자인 시부타니 아야에게 배턴을 넘기는 모습이 보였다. 역시 빠르다. 숨이 차서 속상해하거나 감탄할 여유도 없었지만, 시부타니 아야가 앞으로 휘청하는 걸 보고 놀랐다. 발을 약간 헛디딘 것이다.

달리자. 의욕이 생겼다기보다, 그저 죽을힘을 다하자는 심정이었다. 머릿속 전체가 숨을 쉬는 것 같아서 아무 생각도 할 수가 없었다. 손발을 움직이며 미친 듯이 달렸다.

오직 추월당하고 싶지 않다는 마음뿐이었다.

직선 주로에 들어서면 다음 주자까지 금방이다.

나는 배턴을 든 손을 의식하며 무라타 하나의 모습을 찾았다.

무라타에게 넘겨야 한다, 무라타에게, 하고 생각했을 때 무라타 하나의 모습이 없다는 걸 깨닫고 정신이 멍해졌다.

무라타 하나가 없다.

소리도 없이 머릿속에 혼란이 가득 찼다. 뭐가 뭔지 알 수가 없었다.

장난치는 건가? 누군가가 나를 골탕 먹이고 웃고 있는 것 아닐가?

어두운 상상이 내 온몸을 맴돌았다.

"여기!" 그때 목소리가 들렸다.

네 번째 주자가 서 있는 장소에서 다카기 가렌이 손을 흔들고 있었다.

어째서 다카기 가렌이? 선수도 아닌데.

"여기!"

고민할 틈은 없었다. 열심히 손을 뻗는 다카기 가렌은 진지했고, 나도 정신없이 왼손을 힘껏 뻗었다.

배턴을 다카기 가렌의 오른손에 놓은 순간, 나는 비틀거리며 트랙 밖으로 나가서 쪼그려 앉았다. 경기가 어떻게 되어가고 있는지 신경 쓸 여력도 없이 숨을 골랐다. 하지만 주변에서 갑자기 환성을 지르고, 동요해서 술렁거리는 느낌이 전해져서 고개를 들지 않을 수 없었다.

다카기 가렌이 힘차게 달리고 있었다.

천막 안에서 마이크를 쥔 방송 담당 여학생이 "빠르다, 빨라" 하고 흥분된 목소리로 외쳤다.

나는 옴짝달싹도 못 하고 입만 떡 벌렸다.

다카기 가렌은 속도를 쭉쭉 높여 순식간에 2등을 앞질렀고,

시부타니 아야와 거리를 좁히는가 싶더니 아무 일도 아니라는 듯이 시부타니 아야를 제치고 직선 주로를 질풍처럼 달렸다.

나는 어안이 벙벙해서 그저 우와, 하고 소리를 내는 것이 고작이었다.

마지막 커브 구간을 돈 다카기 가렌은 속도를 줄이지 않고 골인 테이프를 끊었다.

나는 아무 말도 못 하고(막 달리기를 마쳐서 다리가 후들거린 탓도 있지만) 기다시피 해서 무라타 하나의 곁으로 갔다. 입에 손을 대고 우는 걸 보니 무라타 하나도 다카기 카렌이 이렇게 잘 달리는 줄은 몰랐던 듯했다.

다카기 가렌은 기뻐하지 않았다. 어깨를 축 늘어뜨린 채 터벅터벅 돌아오더니 "미안해"라고만 말했다. 대신 달려서 미안하다고 사과한 건지, 지금까지 발이 느린 척해서 미안하다고 사과한 건지는 모르겠지만, 다카기 가렌은 겁을 먹은 것 같았다. 사토와 가토, 그리고 유타가 다가와서 감동에 찬 말을 잔뜩 던졌지만 다카기 가렌은 움츠린 어깨를 펴지 않았다.

그리고 어떻게 되었는가.

우리는 실격당했다.

등록된 선수가 아닌 다른 아이가 달렸기 때문이다. 물론 본격적으로 기록을 측정하거나 등수를 가리는 대회가 아니라 그냥 운동회니까, 다른 아이가 달렸다고 해서 뭐라고 하는 사람은 없었지만 시부타니 아야 혼자 이의를 제기했다. 우리에게 졌다는 걸 인정하기 싫어서 이의를 제기한 것이리라. 선생님들에게 맹렬히 항의했고, 시부타니 아야의 엄마까지 와서 딸을 거들고 나섰다. 각 반의 총 득점을 보건대, 우리 팀을 실격 처리해도 전체 승패는 달라지지 않는다는 것도 크게 작용했던 것 같다. 이어달리기 순위를 조금 바꾼들 영향은 없었다.

영향이 있다고 한다면 1위에서 실격으로 굴러떨어진 우리 B팀의 '기분 문제' 정도였다.

그래서 무라타 하나는 울면서 교무실로 항의하러 갔다. 나와 유타도 따라갔고, 마지막에는 이소켄이 트럼프 점을 봐주었다. 집으로 돌아오는 길에 유타가 말했다.

"쓰카사, 오늘 다카기 가렌한테 엄청 놀랐지?"

"응. 그렇게 빠를 줄이야."

"멋지더라."

"와, 그거야말로." 나는 목소리를 높였다. "피콜로가 망토를 벗은 느낌이야."

"맞아." 유타는 동의하고 나서 "그런데 왜 느린 척했을까" 하고 의문을 꺼냈다.

다카기 가렌의 마음이 조금 이해될 것 같았다. 내가 발이 아주 빠르다면, 유타는 같이 있어주지 않을지도 모른다. 유타가 달리기를 아주 잘한다면, 나는 기가 죽어서 나 자신을 한심하게 느꼈을 것이다. 즉, 다카기 가렌도 그런 심정 아니었을까.

운동회 이후로 다카기 가렌을 둘러싼 분위기가 조금 달라졌다. 반 아이들이 한 수 접고 들어가게 되었지만, 다카기 가렌은 반을 휘어잡으려 하지 않고 예전과 다름없이 무라타 하나와 함께 지냈다.

그리고 운동회가 끝난 지 보름쯤 지났을 무렵에 그 일이 일어났다.

역시 일을 일으킨 건 시부타니 아야다. 청소하는 도중이었다.

"이거, 누구 거야?" 비난하는 듯한 목소리였다. 쳐다보니 시부타니 아야가 오른손으로 액세서리를 쳐들고 있었다.

나는 바로 다카기 가렌이 목에 걸고 있었던 액세서리임을 알았다. 옆에 있던 유타도 금방 "아, 저거" 하고 말했다.

어쩌다 보니 떨어진 것 같았다. 다카기 가렌이 "미안해, 그거 내 거야" 하고 작게 말한 후 돌려받으려고 걸음을 옮겼다.

"참나, 이런 걸 가지고 와도 돼? 액세서리는 금지잖아."

"선생님한테 허락받았어." 다카기 가렌이 굳은 얼굴로 손을 뻗었지만, 시부타니 아야는 뺏기지 않겠다는 듯이 액세서리를 든 손을 뒤로 뺐다.

"돌려줘."

"압수야."

"하지만 선생님한테……, 부적이란 말이야."

"부적? 그래서 뭐 어쩌라고?"

"돌려줘."

"돌려주세요, 하고 부탁해보든가?"

"돌려주세요."

이제 그만하라고 누군가가 말했다. 아쉽게도 내가 아니었지만, 그 말에 편승하듯 "그만둬" 하고 말한 사람은 나였다. 유타도 거들었다. "그쯤하고 돌려주면 되는데 그러네."

"관계없는 사람은 입 다물고 있어." 시부타니 아야가 따끔하게 말했다.

"관계없지는 않지." 유타가 받아쳤다. "것보다 너 그런 짓 좀 그만해."

"그런 짓이라니, 그게 뭔데."

"남을 괴롭히는 짓 말이야." 유타는 한판 붙을 각오를 다졌거나, 적어도 여기서는 물러서지 않겠다고 결심한 건지도 모른다. 무거운 망토를 벗어버린 것 같은 가뿐함마저 느껴졌다.

"괴롭히기는 누가? 이런 걸 학교에 가져오면 안 된다는 것뿐이잖아. 그런데 왜 내가 그딴 소리를 들어야 해? 다카기가 예전 학교에서 왕따를 당했으니까? 왕따를 당한 쪽에도 원인이 있을지도 모르잖아."

"없어." 그때 조용한 목소리가 교실에 내려앉았다. 어른스러우면서도 절실함이 넘쳐서 모르는 사람이 말한 줄 알았는데, 다카기 가렌의 목소리였다. "왕따를 당할 이유 같은 건 없어. 아무 잘못도 없이 괴롭힘을 당하는 경우가 많지."

우리는 다카기 가렌을 가만히 바라보았다. 무라타 하나는 뻣뻣하게 굳은 채 미동도 하지 않았다.

시부타니 아야는 "뭐야, 대체" 하고 쓴웃음을 지었다. "그렇게 구니까 왕따를 당한 거겠지" 하고 옆에 있던 여자애와 함께 고개를 끄덕였다. "그나저나 이거 부적이라고? 뭐가 들어 있는 거야?" 하며 액세서리를 만지작거렸다.

"안 돼, 하지 마." 무라타 하나가 말렸다.

하지 말란다고 시부타니 아야가 하지 않을 리 없었다. "이거, 속에 사진을 넣어두는 거지? 빽빽해서 안 열리네" 하고 짜증을 내는가 싶더니 액세서리를 바닥에 떨어뜨리고 실내화로 짓밟았다.

비명을 지른 건 무라타 하나였다. 여느 때처럼 무라타 하나는 금방 울음을 터뜨렸다. 나는 가슴속의 돈 콜레오네가 날카로운 눈빛을 지으며 고함을 지르는 것처럼 화가 나서 시부타니 아야에게 덤벼들려고 했다. 유타도 마찬가지였을 것이다.

하지만 그 전에 다카기 가렌이 "그런 짓은 절대로 하지 마" 하고 말했다. 애원하듯 서글픈 눈빛이었다. "정말로 그만두는 게 좋아."

"그만두는 게 좋다고? 뭘? 저주라도 걸어놨어?" 시부타니 아야가 바닥에서 액세서리를 주웠다. "아, 겨우 열렸네" 하고 주물럭거렸다.

남의 소중한 물건을 무참히 더럽히고도 태연자약한 그 모습에 나는 온몸에서 김이 피어오를 만큼 화가 났다. 다만 다카기 가렌의 차분한 태도가 마음에 걸려서 움직일 수 없었다. 침착하고 구슬퍼 보였다. 시부타니 아야에게 다가가려는 무라타 하나를 손으로 제지하기도 했다.

"무슨 일이 생기고 나서 후회해도 아무 소용 없어. 남을 괴롭히거나 해서는 안 돼." 다카기 가렌이 말했다.

시부타니 아야는 일부러 흘려듣는 건지 "어디 보자, 아, 사진이네. 누구 사진이지?" 하고 망가진 액세서리에서 작은 종이 같은 것을 끄집어내서 살짝 펼쳤다. 그리고 눈을 동그랗게 뜨더니 굳은 얼굴로 "어" 하고 목소리를 흘렸다.

"누구 사진인지 알겠어? 시부타니, 너 스스로 네 얼굴을 짓밟은 거야."

무슨 소리인가 싶어 나는 유타를 보았다. 액세서리에 시부타니 아야의 사진이 들어 있었다는 걸 그제야 깨달았다. 어째서?

"시부타니, 난 네가 어떤 짓을 할지 알아. 마음에 들지 않는 상대에게 어떤 짓을 할지. 상대의 소중한 것을 어떻게 망가뜨릴지. 당하는 사람의 괴로운 심정을 너도 이해했으면 해서 네 사진을 넣어둔 거야." 목소리는 냉정했지만, 다카기 가렌은 눈물을 흘리고 있었다. "네가 어떻게 행동할지는 알고도 남지. 하지만 그런 짓을 했다가는 돌이킬 수 없어."

"그건 또 무슨 소리야?"

"나도 너랑 똑같았거든."

"똑같다니 뭐가."

"전학 오기 전에 반의 중심에 서서 으스대고, 모두를 얕잡아

봤지. 내가 제일이라고 생각하고서."

무라타 하나는 입을 떡 벌리고 있었다. 나도 마찬가지였을 것이다.

"속인 거야?" 시부타니 아야의 물음은 조금 빗나갔다. 다카기 가렌은 딱히 속이고 싶었던 것이 아니다.

이소켄의 말이 떠올랐다. '만약 다카기가 왕따를 당했다면 뭔가 달라지니?'

만약 왕따를 시키는 아이였다면?

뭔가 달라지나?

달라진다고 나는 생각했다. 남에게 상처가 될 만한 짓을 했으니까 용서해서는 안 된다고.

한편으로 이소켄의 목소리가 다시 들렸다. '전학을 와서 다시 시작하려 한다면 그걸 도와주고 싶지 않니?'

다카기 가렌은 다시 시작하고 싶었던 걸까.

그 후에 시부타니 아야는 교실에서 나갔고, 남은 우리는 말없이 청소를 계속했다. 무라타 하나는 어느 틈엔가 없어졌다.

"돈 콜레오네, 왕따를 시키는 아이는 용서받을 수 있을까요?" 집에 돌아가는 길에 나는 물어보았다.

"용서받을 수 없겠지."

"하지만 다카기 가렌은 진심으로 새 출발을 하려 했습니다."

"음."

"앞으로 어떻게 대하면 될까요?"

"우리가?"

"아니요, 무라타 하나가요."

"음."

"지금까지처럼 친구로 지낼 수 있을까요?"

"모르겠군. 다만." 유타는 말했다. 그건 역시 영화 〈대부〉에 나오는 누군가의 대사 같았다. "절대로 적을 미워하지 마라."

"네?"

"절대로 적을 미워하지 마라. 판단력이 흐려지니까."

"판단력이?"

"음."

미래

"선생님은 물론 알고 계셨겠죠."

내 말에 병실 침대에서 몸을 일으킨 이소켄은 "다카기가 전학 오기 전에 무슨 짓을 했는지? 그야 뭐 연락은 받았으니까" 하고 대답했다.

다카기 가렌이 어느 정도 왕따에 가담했는지, 그 왕따는 상당히 악질적이었는지, 왕따를 당한 아이가 어떻게 됐는지, 우리는 그 후로도 모르고 지냈다.

"하지만 어쩐지 여러모로 생각하게 되네요."

"무슨 생각?"

"지금도 왕따를 당하던 아이가 자살했다는 뉴스를 보면, 가해자를 절대로 용서할 수 없다는 생각이 들어요."

"나도 그래." 어디까지 진심인지 모르겠지만 이소켄은 그렇게 말하고 웃었다. "가해자가 행복한 인생을 살다니, 마음이 받아들이지 못하니까."

"선생님이 그렇게 말씀하셔도 되나요?"

이소켄은 또 소리 내어 웃었다. 당시 이소켄이 전학 온 다카기 가렌에게 어떤 마음을 품었고, 다카기 가렌을 어떻게 대하기로 했는지 나는 모른다.

"왜 발이 느린 척한 걸까요?"

"모르겠구나. 다른 아이들에게 주목받을 짓을 해서는 안 된다고 생각했는지도 모르지."

"무라타 하나처럼 공기 같은 존재로 지내야 한다고 생각한 걸까요."

"그렇게 말하면 무라타에게 실례잖니." 이소켄은 눈초리에 주름을 잡았다. "아무튼 나는."

"뭔가요?"

"다카기 가렌이 행복해지면 좋겠다고 생각하기는 했어."

나는 그 시절의 나를 떠올렸다. 병실 창밖, 바람에 흔들리는 나무들을 바라보았다.

유타와의 이별은 느닷없이 찾아왔다. 초등학교를 졸업한 후다. 이유는 우리 아버지의 전근, 더 대놓고 말하자면 아버지 회사의 인사부 탓이다. 일본의 최남단 오키나와로 가라니 참으로 가혹한 지시이건만, 아무렇지도 않게 그런 지시를 내리는 회사는 또 얼마나 무서운 존재인가 싶어 나는 온몸이 벌벌 떨릴 정도였다. 처음 한동안은 유타와 편지를 주고받았지만 점차 생활이 바빠졌고, 거기다 아버지 회사의 인사부는 뭐가 그리 재미있는지 '인사이동'이라는 필살기를 차례차례 연달아 사용해서 나는 여기저기로 이사를 다녀야 했다.

이번에 이소켄을 만나러 온 건 회사 거래처의 지인이 이소켄의 제자였다는 우연 덕분이었다. 이런 우연이라도 없었다면 초등학교 시절의 은사를 만나러 올 수 없었으리라.

"아이들하고는 안 만나니?"

"대체 어떻게 지낼까 궁금할 때는 있지만요."

거짓말은 아니었다. 어린 시절의 추억을 더듬을 때마다, 유타가 있었고 '돈 콜레오네'라는 호칭이 생각났다.

"이거 볼래? 작년엔가 받은 건데." 이소켄이 사진을 꺼냈다.

무슨 사진인가 싶었는데 젊은 남녀 세 명이 찍혀 있었다. 남자 한 명과 여자 두 명이 이쪽을 향해 웃고 있었다.

남자가 유타라는 걸 알아차리기까지 그렇게 많은 시간은 걸리지 않았다.

"유타가 결혼했을 때 찍은 사진이래. 누구랑 결혼했는지 알아?"

"설마."

"무라타야. 거기 찍혀 있잖니."

"얘가요?" 듣고 보니 무라타 하나의 분위기가 느껴졌다. 그럼 나머지 여자 한 명은 누굴까? 얼굴을 봐도 옛 모습이 남아 있는지 잘 모르겠거니와 화장도 해서 긴가민가했지만 어쩌면 싶기는 했다.

사진 속의 그들이 웃고 있어서 기뻤고, 그들이 초등학생 때부터 지금까지 우정을 유지했다는 사실에 내 마음이 다 뿌듯했다. 동시에 그들이 공유해온 시간에 나는 끼지 못했음을 깨닫자 몸에 구멍이라도 뚫린 것 같은 쓸쓸함이 밀려왔다.

이제 그때로는 돌아갈 수 없다는 당연한 사실을 앞두니 가슴이 아팠다.

"왜 울고 그래?" 이소켄이 물었다.

아아, 돈 콜레오네, 하고 나는 불렀다.

"무슨 일이지?"

왜 눈물이 멈추지 않는 걸까요.

"음."

비非옵티머신

바닥에 물건이 떨어지는 소리가 들렸다. 배가 꽉 움츠러들었다. 또다.

칠판에 문제를 적던 구보 선생님이 돌아보았다.

나이토는 천연덕스럽게 필통을 주웠다. 양철 필통이다. 큰 소리를 내서 미안하게 여기는 기색은 없다. 일부러 그랬으니 당연하겠지.

구보 선생님은 한마디 하고 싶은 표정이었지만, 아무 말 없이 칠판으로 몸을 돌렸다.

그러자 다른 곳에서 양철 필통이 바닥에 떨어져서 소리가 났다.

구보 선생님이 돌아본 순간 또 다른 곳에서 양철 필통이 떨어졌다.

짜증이 났다.

나이토 일당이 즐기고 있다는 건 안다. 수업을 방해하고, 난처해하는 구보 선생님을 보며 재미있어하는 것이다.

그러거나 말거나 자기 마음이지만, 수업 진도가 안 나가면 곤란하다. 나이토 일당은 진학학원에 다니는 데다 중학교 수험에 대비해 선행학습을 했으니까 문제없겠지만.

하지만 나머지 아이들에게는 이만저만 민폐가 아니다.

"필통이 떨어지지 않도록 조심하렴." 구보 선생님이 말했다.

끝물 호리병박이라는 표현을 누군가가 알아왔다. 사전을 찾아보자 안색이 창백하고 기운 없는 사람이라고 적혀 있었는데, 구보 선생님이 바로 그렇다. 젊은데도 기운이 전혀 없다. 대학을 막 졸업하고 올해 우리 학교에 부임했다니까 초등학교 교사로서는 경험이 거의 제로, 미덥지 못하다는 말을 그림으로 그린 것 같은 선생님이었다.

"신임 선생님이면 처음에는 좀 더 저학년을 맡아야 하지 않으려나." 요전에 엄마가 나지막하게 말했다. "이렇게 말하면 뭣하지만 영 든든해 보이지가 않던데. 5학년을 상대로 잘할 수 있을까. 그래서는 아이들이 얕볼 거야."

이미 얕보고 있다. 그렇게 말하고 싶은 걸 참았다.

"첫 학부모회 때 깜짝 놀랐다니까."

"왜?"

"처음에는 그나마 나았는데, 도중에 갑자기 말수가 없어지더라고."

"뭐야 그건." 아빠가 미간에 주름을 잡았다.

"아마 엄마들뿐만 아니라 아빠들도 조금 있었으니까 위축된거 아닐까."

"쯧쯧, 그래서야 원."

"왜 고학년 담임을 맡긴 걸까. 다카오 반 선생님이 훨씬 야무지더라."

2학년인 남동생 다카오의 담임은 젊은 여자 선생님인데, 확실히 구보 선생님보다는 빠릿빠릿해 보였다.

정작 다카오는 나와 부모님의 대화에 흥미가 없는지 태블릿 PC로 게임을 하고 있었다. 태평해서 좋겠다, 하고 부러운 기분이 들었다.

"뭐, 학교라고 해도 회사랑 똑같잖아. 사원은 한정돼 있고, 한정된 인력을 어딘가에 배치해야 해. 그렇다고 우수한 사람한테 겸임시킬 수는 없지. 결국 어딘가에는 부진한 측면이 나타나기 마련이야." 아빠는 늘, 무슨 말을 해도 화난 것처럼 보인다. "최근에는 툭하면 체벌이니, 폭력이니 난리를 치니까 선생님도 힘들겠군. 내가 어릴 적에는 맞는 게 일상이었는데. 아이는 그러면서 배우는 거야."

"그건 그것대로 문제가 있다고 보는데." 엄마가 대꾸했다.

"내 말은, 아이들한테 얕보이면 끝장이라는 거야."

"아, 쇼타. 그러고 보니 전학생은 어떠니? 야스이랬나? 잘 적응했어?"

야스이 후쿠오는 5학년으로 올라가고 나서 도쿄 도내에서 이사 온 남자애다. 삐쩍 말랐고 덩치도 작다. 삼각형을 거꾸로 돌린 것 같은 얼굴에 입이 툭 튀어나왔다.

"아아, 그 전학생." 아빠도 요전에 엄마에게 이야기를 들은 것이리라. "늘 같은 옷을 입고 다닌다며."

늘 값싸 보이는 옷을 입고 다녀서 '싸구려 구려오'라고 나이토 일당에게 놀림당하고는 한다. 정말로 값이 싼지는 모르겠지만, 후쿠오는 늘 같은 옷차림에 옷감도 몹시 얇다. 오키나와 기념품인지 'OKINAWA'라고 박힌 로고조차 희미해져서 거의 보이지 않는다. 몇 번 빨았는지 알고 싶지 않을 정도다. 옷 정도는 좀 사지. 여자애 중 누군가가 그렇게 말한 적도 있었다. 나도 같은 기분이었지만, 싸고 비싸고를 사람이나 가정 형편에 따라 다르게 받아들이는 것도 사실이리라.

한편 후쿠오는 "저기, 내 옷은 저렴할 뿐만 아니라 얇따래. 그러니까 만약 별명을 붙이려면 싸구려 얇구려 구려오라고 해야겠지. 미들 네임을 넣어서" 하고 묘한 반론을 할 정도니까 성격은 터프하다고 할 수 있겠다.

그런 후쿠오가 지금 목소리를 높였다. 복도 쪽 제일 앞자리에서 벌떡 일어서서 몸을 돌리더니 "적당히 좀 해라. 양철 필통을 떨어뜨리는 게 뭐가 재미있냐" 하고 튀어나온 입을 더 내밀었다.

"갑자기 뭔 소리냐, 후쿠오." 나이토가 실실 웃으면서 대꾸했다.

"착실하게 공부하고 싶은 아이들한테 방해가 되잖아."

한순간 교실 안이 고요해졌고, 구보 선생님도 후쿠오를 빤히 바라보았다.

"너희 때문에 수업시간이 줄어들었으니까 돈 돌려줘." 야스이 후쿠오는 고개를 설레설레 저으며 한숨을 섞어 말했다.

잠시 후에 여기저기서 "돈이라니 무슨 돈?" "급식비?" "초등학교에 돈을 내고 다니던가?" 하고 당혹스럽게 대화를 나누는 소리가 들렸다.

"뭐야, 후쿠오, 왜 그렇게 나대냐."

"나대고 뭐고 간에 필통을 떨어뜨리고 싶으면 집에 가서 하든가."

"일부러 그러는 거 아닌데? 떨어지는 걸 어쩌라고."

둘 다 그만하라고 구보 선생님이 끼어들었지만, 감정이 실리지 않은 어벙한 말투라 부채로 살살 바람을 일으키는 힘 정도밖에 없었다. 말릴 생각이 없는 것 아닐까.

"뭐, 아무튼 수업을 진행하자." 구보 선생님이 마음을 다잡은 것처럼 말했다. "이왕 말을 꺼냈으니 후쿠오가 교과서를 읽어보렴."

후쿠오는 "네" 하고 대답하고 의자에 앉더니 "아, 그런데 교과서를 안 가지고 왔어요." 하고 말했다.

어안이 벙벙해진다는 건 이런 일을 두고 하는 말이다. 착실하게 공부할 마음 없잖아! 누군가가 야유했다. 구보 선생님도 씁쓸한 웃음을 지었다.

설마 그날 후쿠오와 가까워질 줄은 꿈에도 몰랐다.

학교가 끝나고 학원에 가려고 통학구역 내에 있는 어린이 공원을 지나가는데 후쿠오가 있었다.

평소와 다름없이 얇아진 티셔츠 차림으로 허리를 구부리고 공원 가장자리의 화단을 들여다보는 중이었다. 대체 뭘 하는 걸까. 궁금했지만 학원에 늦을까 봐 그냥 지나쳤다. 해가 거의 다 떨어지고서야 돌아오는 길에, 후쿠오의 흰색 티셔츠가 석양빛을 받고 빛나 보여서 깜짝 놀랐다. 아직도 있었나.

"뭐해?"

"아아." 후쿠오는 얼굴을 획 기울였다. "재미있는 벌레를 찾고 있는 중이야."

"재미있는 벌레가 있어?"

"그걸 찾고 있는 중이라니까. 쇼타는?"

"학원." 나는 에코백을 쳐들었다. "후쿠오는 뭐 안 배워?"

"우리 집은 무리야. 돈이 없어." 후쿠오는 시원스럽게 말하고

"그런 걸로 되어 있어" 하고 마음에 걸리는 표현을 덧붙였다.

"그런 걸로 되어 있다니?"

"이건 세상을 속이는 가짜 모습." 후쿠오가 술술 말했다.

세상을 속이는 가짜 모습. 어디서 들어본 듯한 말 같았지만, 뭘 의미하는지는 바로 감이 잡히지 않았다.

"다들 나를 못사는 집 애라고 생각하고 막 대하지."

"그렇지는 않을걸."

"적어도 깔보기는 하잖아. 하지만 그건 가짜 모습이야."

"사실은 부자야?"

"그럴지도 모르지." 야스이 후쿠오는 고개를 끄덕였지만, 시선을 돌려 외면하는 것으로 봐서 무리한다는 것을 알 수 있었다.

"아니야?"

"지금은 아니라도 나중에는 부유해질지도 모르지. 그렇잖아. 지금은 가짜 모습이니까. 트랜스포머 알지? 영화로도 나왔는데."

"차가 로봇으로 변신하는 영화잖아."

"정확하게는 그게 아니지만. 트랜스포머는 사이버트론 행성에서 온 우주인인데, 차로 변신해 있을 뿐이야."

"아아, 그렇구나." 뭐가 다른 걸까.

"사령관 옵티머스, 옵티머스 프라임은 평소에 트레일러 모습이지만, 유사시에는."

"너도 변신한다는 뜻?"

"예를 들자면 그렇다는 거지. 그렇게 되면 지금 나를 무시하는 사람은 민망해질 거야."

"그런가."

그때 날카로운 소리가 짧게 울렸다.

우리 바로 옆쪽, 도로에 자전거가 멈춘 것이다. 어느덧 주변이 완전히 캄캄해진 뒤라 나는 움찔했지만, 자전거를 타고 있는 사람은 어디서 본 얼굴이었다. 시선을 모으자 같은 반 준이었다. 얼굴이 반짝이고, 손으로 눈언저리를 닦고 있어서 나는 동요했다.

"준, 왜 우냐?" 후쿠오는 아무 배려도 없이 직설적으로 물었다.

설마 어두운 공원에 같은 반 아이가 두 명이나 있을 줄은 몰랐으리라. 작게 비명을 지른 준은 하마터면 자전거와 함께 넘어질 뻔했다. 그렇다기보다 거의 넘어졌다. 큰 소리가 나서 나는 무심코 주변을 둘러보았다.

나는 후쿠오와 함께 준을 일으켰다.

이런 곳에서 뭘 하는 거야. 나는 학원 다녀오는 길. 나는 벌레를. 벌레? 그런 대화를 나눈 후에 후쿠오가 다시 "왜 울었어?" 하고 물었다.

"무신경하기는." 내가 지적했다.

"하지만 울었잖아."

"부모님과 말다툼을 했을 뿐이야." 준이 나직하게 말했다.

"부모님? 엄마랑?"

"우리 집에는 아빠밖에 없어."

그렇구나, 하고 나는 말했다. 국어책 읽듯이 무미건조한 말투가 나온 건, 어떻게 반응해야 좋을지 몰랐기 때문이다. 부모님은 준이 어릴 적에 이혼했다고 한다. 부모님 중 한 명과 살아야 한다면 아이는 엄마가 맡지 않을까 생각했는데 틀렸다.

"그러고 보니 전에 만났었지. 준의 아빠랑." 나는 기억해냈다.

1년쯤 전이었나, 가족과 함께 DIY 매장에 갔을 때 준과 준의 아빠도 쇼핑을 하러 왔었다. 몸집이 크고 운동을 잘하는 준의 아빠답게 역시 운동 실력이 좋을 것 같다고 느꼈던 게 어렴풋이 기억났다.

"맞아." 준도 고개를 끄덕였다.

"아빠, 힘들겠다." 아이를 키운다는 게 뭔지는 모르지만, 둘이 협력해서 해결해야 할 게임을 혼자 조작한다면 진행하기가 쉽지 않으리라는 건 상상이 갔다.

"그야 힘들겠지만, 그렇게 어두운 얼굴로 사소한 일 가지고 불같이 화를 내니까 나도 못 참겠어." 준은 시선을 돌렸다. 야단을 맞고 아빠와 집에 둘이 있기 싫어서, 자전거를 타고 훌쩍 나온 모양이다.

"준, 중요한 사실을 잊어버렸구나." 후쿠오가 또 나서서 말했다.

"뭘?"

"부모도 인간이야."

"나도 알아."

"그럼 인간이 완벽하지 않다는 것도 알겠지. 화를 내고, 난처해하고, 고민도 해. 왜 저럴까 싶은 짓을 저지르지. 어떻게 생각해도 손해다 싶은 짓도 하고."

"그런가."

후쿠오의 말투가 너무 단정적이라 반발하고 싶기도 했지만, 확실히 금방 붙잡힐 게 뻔한데 살인을 저지르는 사람이 있는 것도 사실이다. 다들 발끈하거나 놀라거나 지긋지긋해져서 하지 않아도 될 일을, 하지 않는 편이 나은 일을 저지르고 만다.

"너희 아빠도 때로는 화풀이를 하고 싶어지는 거야." 후쿠오가 말했다. "싫은 일이나 괴로운 일이 있으면 다른 뭔가의 탓으로 돌리고 싶어지지. 그런 거야."

"자기가 잘못해서 넘어져놓고 가까이 있는 돌을 걸어찬다거나?"

"그래, 맞아."

"내가 무슨 돌이냐?" 준은 어이없다는 듯이 웃고 나서 "이만 갈게" 하고 자전거에 올라탔다.

"나도 가야겠다. 후쿠오, 너도 가야지."

준의 자전거는 금방 시야에서 사라졌다. 그 후로 지금까지 나, 후쿠오, 준 셋이서 이야기를 나눈 적은 없구나 싶다. 생각해보면 일식, 양식, 중식이 함께 진열되는 것과 비슷한 모양새다.

"준도 여러모로 고생이 많구나." 나는 중얼거렸다. 운동을 잘하고 키도 큰 준을 반 아이들 모두 한 수 위로 대한다. 하루하루가 즐거우리라고 멋대로 상상했는데, 실은 그렇지도 않은 걸까.

"그야 누구에게든 힘든 일이야 있겠지."

"하지만 나이토한테는 없지 않을까?"

예상과 달리 후쿠오는 내 말에 고개를 끄덕이지 않았다. "녀석한테도 고민은 있을 거야."

그런 걸까.

수업 중에 또 양철 필통이 떨어져서 소리가 났다.

또 이러나 싶어 진절머리가 났다. 짜증이 치민다. 분명 다들 나와 똑같은 기분이었을 것이다. 나이토와 그 주변에서 재미있어하는 웃음소리가 작게 들렸다.

"또야? 시끄럽잖니." 구보 선생님이 말했다.

시끄럽잖니. 그런 밍밍한 말투로는 안 된다. 더 따끔하게 야단쳐야 하지만, 창백하고 기운이 없는 '끝물 호리병박'에게는 무리일 듯했다.

"필통은 책상에서 떨어지지 않는 곳에 놓아두렴." 구보 선생님은 아주 당연한 주의만 주고 그대로 수업을 진행했다.

아이들에게 얕보이면 끝장. 머릿속에서 아빠의 말이 들렸다.

확실히 그렇다고 동의하는 마음도 들었다.

쉬는 시간에 나는 후쿠오의 자리로 갔다.

따져보면 교실에서는 혼자 있을 때가 많은 나와 굳이 따져보지 않아도 명백히 늘 혼자 있는 후쿠오가 함께 있으면, 최근에 텔레비전에서 들은 동병상련이라는 표현처럼 느껴지지 않을까 걱정되기는 했지만, 그렇게까지 신경 쓰는 것도 웃긴 일이었다.

"늘 그런 시간에 공원에 있어?"

그렇게 묻자 후쿠오는 다음 시간 교과서를 꺼내면서 "가끔" 하고 대답했다. "늘 그런 짓을 하는 건 아니야."

퉁명스러운 대답에 괜히 말을 걸었다고 후회했지만, 금방 물러가기도 좀 그랬다.

"야, 쇼타. 후쿠오한테 옷이라도 주려고?" 조심성 없는 말투로 놀리며 나이토가 다가왔다.

성가셔 죽겠네, 라는 본심이 새어 나올 뻔했다.

"이거, 다음 달 공휴일에 열리는데, 관심 있으면 와." 나이토가 광고지 같은 종이를 건넸다.

읽어보니 시민 광장에서 행사가 열리는 듯, 텔레비전에 자주 나오는 연예인이 몇 명 온다고 적혀 있었다.

"우리 아빠 회사에서 기획한 행사야." 나이토는 아무렇지도 않은 척했지만, 자랑하는 낌새가 역력했다. 말 한마디 한마디, 표정 변화 하나하나에서 자랑스러움이 김처럼 피어오르는 게 보이는 듯했다.

나이토 아빠는 누구나 다 아는 기업의 높은 사람인 모양이다. 엄마도 "나이토 아빠는 잘나가는 사람인가 봐" 하고 말한 적이 있다. "아들한테 별난 이름을 붙였길래, 틀림없이 그런 부모일 줄 알았는데 아니었네"라고도.

그런 부모의 '그런'이 무슨 뜻인지는 잘 모르겠다. 덧붙여 유명한 기업의 높은 사람이면 '그런'의 이미지가 달라지는 건가 하고 나는 이중으로 의문을 품었다.

딱 한 번 먹어본 적 있는 치즈가 떠올랐다. 냄새가 지독해서 상한 줄 알고 금방 뱉었다. 하지만 그 후에 엄마가 "그건 고급 치즈야" 하고 가르쳐주자 별안간 그게 독특한 맛으로 느껴졌다. 알맹이는 변하지 않았는데도. 정보 때문에 맛이 달라졌다.

그거랑 똑같은 걸까.

아빠도 나이토 아빠에 대한 이야기를 듣자 "쇼타, 나이토랑 친하게 지내는 게 좋겠다" 하고 말했다. 농담 섞인 말투였지만 본심으로도 들렸다.

"나이토랑은 친하게 못 지내. 성격이고 뭐고 완전히 다른걸."

"그렇게 단정부터 하면 손해 볼 거야."

마음속에 거대한 물음표가 떠올랐다.

단정하는 게 누군데?

"혹시 시간이 나면 갈게." 후쿠오는 내가 들고 있던 광고지를 낚아채듯 가져갔다.

나이토는 "잘 부탁해" 하고 폼 잡는 말투로 인사한 후 "참고로 행사는 공짜니까 안심해. 돈은 한 푼도 안 들어" 하고 덧붙였다.

"그거 다행이네." 이죽거리는 말에도 오히려 야단스레 대답하다니, 후쿠오는 참 대단하다.

나이토가 물러가자 후쿠오는 광고지를 책상 속에 아무렇게나 집어넣었다. "으스대는 녀석은 아무래도 거북해."

"나이토?"

"으스댄다고 할까, 건방져. 자기가 이 반의 옵티머스 프라임이라는 듯이 굴기는."

"트랜스포머 좋아해?"

"딱히."

"늘 비유에 사용하면서."

"그나저나." 후쿠오는 내 지적에 귀 기울이지 않았다. "나이토한테 본때를 한번 보여주자."

"본때라니? 싸우자고?" 싸우면 따끔한 맛을 보는 건 우리이리라. 아니면 후쿠오는 이래 보여도 싸움을 잘하는 걸까.

"그런 뜻이 아니야. 사회를 봐봐. 정치가가 실각하는 건 폭력 때문이 아니지. 뭐 때문일 것 같아?"

실각이라는 말이 무슨 뜻인지는 잘 몰랐지만, 실패와 비슷한 의미일 거라고는 상상이 갔다. 귀찮았지만 "나쁜 짓을 했다든가?" 하고 최근에 뉴스에서 머리를 숙였던 정치가를 떠올리며 대답했다.

"그래, 그거야." 후쿠오는 만족스러워 보였다. "중요한 건."

"중요한 건?"

"약점을 잡는 거야."

어휴, 라는 말밖에 나오지 않는 나와 대조적으로 후쿠오는 정치가와 싸우는 신문기자처럼 다부진 표정을 지었다. "옵티머스 프라임의 유명한 대사 알아?"

"뭔데?"

"내게 좋은 생각이 있어."

옵티머스 프라임이 그렇게 말하면 대개 일이 잘 풀리지 않는다는 건 나중에 알았다.

"쇼타, 왜 자꾸 두리번거려?" 후쿠오가 말했다.

역 앞 상점가 근처, 커다란 교차로의 모퉁이다. 학교가 끝난 후에 일단 집에 돌아갔다가 여기서 다시 만났다.

"가져왔어?" 후쿠오가 묻기에 나는 가방에서 무거운 케이스를 꺼냈다. "있더라. 요즘은 사용하지 않아서 찾느라 고생했지만."

"우리 집에는 비디오카메라가 아예 없어." 후쿠오는 내가 건넨 케이스 속을 들여다보았다. 비디오카메라다.

내가 다시 주위를 살피고 있었던 모양이다.

"쇼타, 뭘 그렇게 겁내냐?"

"하지만."

"그러면 기껏 세운 작전이 들통나."

해가 많이 기울어서 주변이 손잡이로 조정한 것처럼 제법 어두침침해졌다.

후쿠오의 작전은 복잡하지 않았다. 쉬는 시간에 나이토 일당이 오늘 밤 역 앞 게임센터에서 만나서 놀기로 약속하는 걸 들었다고 한다.

"통학구역 밖인 데다 학교에서 정한 시간보다 늦어. 이건 엄연한 나쁜 짓이지."

"그 장면을 찍어서 선생님한테 증거로 제출하려고?"

"그것도 나쁘지 않지만." 후쿠오는 진지한 눈빛이었다. "그냥 우리의 무기로 삼아도 되겠지."

"무기라니?"

"약점을 쥔다는 뜻이야. 나이토 일당이 제멋대로 행동하려고 하면."

"나는 옵티머스 프라임이다."

"그래. 그때 우리가 걔들이 나쁜 짓을 했다는 증거를 쥐고 있으면, 언제든지 제출하겠다고 견제할 수 있지."

견제라는 어려운 말을 사용할 만큼 후쿠오는 머리가 좋다. "그렇구나" 하고 대답했지만 통학구역 밖에서 행동한 모습을 찍은 영상 정도로 나이토 일당이 겁을 먹을까, 하는 의문은 들었다.

'얼마나 효과가 있을지는 미지수'라는 말보다 최근에 책에서 본 '노력에 비해 성과가 적다'라는 말을 하고 싶었지만, 그래도 후쿠오와 함께하기로 결정한 건 단순히 재미있을 것 같았기 때문이다.

학교에 친구가 여럿 있지만, 집에 돌아온 후에도 같이 놀 만큼 친한 친구는 별로 없었다. 원래부터 시끌벅적하게 노는 게 성미에 맞지 않기도 했고, 학교생활이란 그런 법이라고 생각했으므로 딱히 불만은 없었다. 하지만 후쿠오의 제안은 귀찮으면서도 기뻤고, 어쩐지 모험을 하는 듯한 느낌이라 거절할 수 없었다.

"저기 봐, 왔다."

나이토 일당이 상점가로 들어가는 모습이 보였다. 어른스러운 옷차림에 키도 나름대로 커서 중학생이라고 해도 통할 법했다.

비디오카메라가 든 케이스를 들고 후쿠오가 걸어갔다. 나도 허둥지둥 따라갔다. 심장이 빨리 뛰었다.

상점가에는 사람이 많았다. 앞쪽에서 걸어오는 어른들이 나와 후쿠오를 일제히 바라보는 것만 같았다. 그제야 나는 중요한 사실을 깨달았다. 왜 지금에야 깨달았을까, 그렇다기보다 왜 여기 오기 전에 깨닫지 못했을까.

후쿠오, 잠깐만.

내 딴에는 크게 불렀지만, 목소리는 오가는 사람들에게 차여서 굴러갔다.

후쿠오는 앞으로 쭉쭉 나아갔다. 나이토 일당을 놓칠까 봐 조바심이 나는 것 같았다. 보폭도 아주 커져서 쫓아가기 위해 나도 성큼성큼 걸었다.

나이토 일당이 가려는 게임센터가 어딘지는 파악하지 못했으므로 놓치면 추적은, 작전은 거기서 끝난다.

보기 좋게 놓쳤다.

정확하게는 신호등에 방해를 받았다.

폭이 넓은 도로에 설치된 신호등이 깜박이자 나이토 일당은 뛰어서 아슬아슬하게 건넜지만, 우리는 늦어버렸다.

"야단났네." 미행에 실패한 탐정 같은 기분으로 횡단보도 앞에 멈춰 섰다. 도로라는 큰 강 건너편에 있을 나이토 일당을 확인하려고 발돋움을 했지만 오른쪽에서 왼쪽, 왼쪽에서 오른쪽으로 흘러가는 차들이 시야를 가렸다.

"이런 실수를 하다니." 후쿠오는 속상해 보였다.

"하지만 다행이야. 중요한 사실을 깨달았거든."

"뭔데? 아아, 비디오카메라를 들고 있으면 들킨다는 거? 뭐, 눈에 띄기야 띄지만." 후쿠오가 부루퉁한 얼굴로 말했을 때 겨우 신호가 바뀌었다. "어떻게든 될 거야."

후쿠오가 땅을 박찼다. 아직 포기하지 않았는지 횡단보도를 폴짝폴짝 뛰듯이 달렸다. 나도 황급히 뒤따라갔다.

그게 아니야, 카메라가 아니라고.

도로 건너에 있는 상점가로 들어서자 오른편에 커다란 게임센터가 있었다. 후쿠오는 "여기일지도 몰라" 하더니 내 대답을 기다리지 않고 자동문으로 들어갔다.

뭐든지 자기 마음대로 진행한다. 역시 후쿠오와는 얽히지 않는 편이 좋겠다, 친해지는 건 그만두자. 나는 그렇게 결심하며 안으로 들어갔다.

후쿠오에게 전하고 싶은 사실은 간단했다.

우리는 나이토 일당이 〈학생들끼리 통학구역 밖으로 나가면 안 됩니다〉 〈정해진 시간이 지난 후에도 밖에서 놀면 안 됩니다〉 라는 두 가지 교칙을 어기는 장면을 촬영하러 왔다. 약점을 잡기 위해서라고 후쿠오는 말했다. 하지만 촬영한 우리도 그 두 가지 교칙을 위반한 것 아닌가.

약점을 잡는 동시에 잡히는 꼴이다.

나이토 일당이라면 틀림없이 "너희도 교칙을 어겼잖아" 하고 따질 것이 틀림없다.

이 작전에는 구멍이 있다. 아니, 작전이라는 이름의 구멍이었다.

나는 크레인 게임기가 늘어선 곳을 스르르 빠져나가는 후쿠오를 불러 세우고 싶었다.

그때 "아, 거기 너, 나 좀 보자" 하고 뒤에서 누가 부르는 소리가 들렸다. 돌아보자 제복을 입은 경찰관이라서 나는 한순간 머릿속이 새하얘졌다.

뭔가 일이 터진 걸 알아차렸는지 후쿠오도 나를 돌아보았다.

앗, 켕기는 표정을 지은 게 문제였을까.

"너도 같이 왔구나."

경찰관 두 명이 우리를 게임센터 밖으로 데려갔다. 저항도 반격도 도망도 할 수 있을 리 없으므로 얌전하게 따랐다. 이 시점에서 내 머릿속은 '다 끝났다'라는 생각으로 가득했다. 다 끝났다, 경찰에게 붙잡혔으니 큰일 났다. 학교에 못 다니게 돼서 엄마 아빠가 무섭게 화를 낼 거다. 우리가 어렸을 적에는 맞는 게 일상이었다고 여느 때와 다름없이 말할지도 모르지만, 그 이상으로 분명 슬퍼할 거다.

후쿠오를 보자 어깨를 축 늘어뜨리고 있었다. 안 그래도 얇은 후쿠오의 티셔츠가 비쳐 보이다 못해 몸이 투명해진 것 같았다. 안색도 좋지 않고, 역삼각형의 윤곽이 완전히 홀쭉해졌다. 내 얼굴도 비슷했을 것이다.

"너희 초등학생이지? 이런 시간에 이런 가게에 들어가면 안 된다고 학교에서 배웠잖니."

허리를 조금 구부리고 다정하게 말을 거는 경찰관을 똑바로 볼 수가 없었다. 부드러운 말투가 더 무서웠다. 앞을 지나가는 사람들이 죄지은 아이를 보듯이 우리를 곁눈질로 힐끔거리는 것처럼 느껴졌다.

게임센터의 게임기에서 흘러나오는 시끄럽고 방정맞은 음악이 우리를 놀리는 것 같았다.

목소리가 떨려서 대답할 수 없었지만, 고개를 위아래로 흔들었다. 후쿠오도 똑같이 반응했을 것이다.

"아, 죄송합니다." 그때 누군가 달려왔다.

경찰관이 그 사람에게 시선을 주었다. 나도 그랬다.

처음에는 절망적인 기분이 밀려왔다. 호랑이가 덤벼든 것도 모자라, 뒤에서 사자가 다가온 기분이랄까.

"아, 선생님."

"구보 선생님."

나와 후쿠오는 동시에 말했다. 두툼한 재킷을 걸친 모습은 오늘 학교에서 봤을 때와 다를 바 없었다. 경찰에게 혼나는 모습을 담임이 보다니 그야말로 엎친 데 덮친 격이다.

"선생님? 너희의?" 경찰관이 우리에게 물었다.

"네."

야단맞을 게 뻔하다 싶어 나는 어깨를 움츠리고 싶어졌다. 하지만 선생님의 입에서는 예상과 다른 말이 나왔다. "아이고, 죄송합니다. 얘들은 저를 도와주고 있었어요."

도와주고 있었다고?

구보 선생님은 자신의 성과 이름을 말한 후, 학교 이름을 밝혔다. "명함이 없어서 죄송합니다. 하지만 문의해보면 아실 거예요."

"도와주고 있었다니요?"

"저희 반 아이가 게임센터에 있다고 알리는 전화가 왔거든요. 무슨 탈이라도 생기면 큰일이니까 찾으러 왔는데, 찾을 수가 있어야죠."

"이 아이들이 아니라요?"

"이 두 아이는 부모님 심부름으로 마침 이쪽에 와 있었어요. 분담해서 게임센터를 살펴봐달라고 제가 부탁했습니다. 죄송합니다."

"이 시간에 초등학생이."

"게임센터는 안 되죠." 구보 선생님은 머리를 긁적이며 고개를 숙였다. "혼자 찾는 데는 한계가 있어서 도움을 받았습니다. 애들은 아무 잘못도 없어요."

두 경찰관이 얼굴을 마주 보았다. 나도 후쿠오와 눈을 마주쳤다.

결국 경찰관은 이번에는 봐주겠다는 태도로 물러갔다. "게임센터에 있었다는 그 아이는" 하고 궁금해했지만 구보 선생님이 "해결했습니다. 아무래도 사람을 잘못 본 모양이에요. 방금 연락이 됐습니다" 하고 설명하자 수긍한 눈치였다.

구보 선생님은 우리를 야단치지 않았다. 그뿐만 아니라 여기에 있는 이유도 묻지 않고 "조심해라"라고만 타이르고 보내주었다.

그리고 순식간에 모습을 감추었다.

여우에게 홀리다. 여우에 씌다. 뭐가 맞는 표현이더라.

"도와준 건 고맙지만, 구보 선생님의 반응은 뭘까." 원래는 나와 후쿠오가 왜 여기 있는지 캐묻고, 교칙을 어기면 안 된다고 화내거나 선생님으로서 지도해야 하지 않았을까.

"착하다기보다 무관심한 거야. 선생님으로서 자각이 없는 거지."

"그러게, 구보 선생님은 좀 이상해."

야단치지 못하는 게 아니라 야단치지 않을 뿐인지도 모른다. 무관심이라는 말이 가슴에 딱 와닿았다. 담담하게 일을 하지만 아이들 하나하나의 문제나 사정에 관여할 마음은 없다는 건가.

"저기."

두 번 일어난 일은 세 번 일어나기 마련이다.

그때 누군가 또 우리에게 말을 걸었다. 경찰관 다음은 학교 선생님, 학교 선생님 다음은 누굴까 하고 보니 모르는 여자였다. 정장 차림으로, 학부모치고는 너무 젊다. 누군가의 누나나 언니인가 싶었다.

후쿠오도 노골적으로 수상해하는 눈치였다.

"느닷없이 말 걸어서 미안해. 저어, 너희들, 구보의 제자니?"

선생님이라는 호칭을 빼고 부르자 신선하게 느껴졌다. 어떻게 대응해야 좋을지 나는 고민했다.

후쿠오는 고민하지 않는 듯했다. "구보 선생님하고 아는 사이예요?" 하고 대뜸 물었다.

"옛날에 조금."

"여자친구였다든가?"

"야, 후쿠오."

정장 차림의 누나가 숨을 가볍게 내뱉었다. 웃은 줄 알았는데 표정은 서글퍼 보였다. 고개를 좌우로 흔들었다. "아니야. 나는 대학 시절의, 같은 반 친구 같은 사이야. 내 친구가 구보의…… 구보 선생님과 사귀었지만."

"지금은 아니라는 거군요."

구보 선생님의 옛날 여자친구의 친구라는 관계가 머릿속에 그려졌다. 가까운 것도 같기도 하고 먼 것 같기도 하다.

누나는 또 서글퍼 보이는 표정을 지었다. 게임센터에서 흘러나오는 요란한 음악이 누나의 쓸쓸한 표정 속으로 빨려들었다.

"어쩌면 지금도 그렇다고 할 수 있을지도 모르지만."

"우리는 왜 불렀어요?"

"아, 구보 선생님은 잘 지내나 싶어서."

"뭐예요, 그 질문은."

"아까 저기서 강연회가 있었거든. 강연회라고 알아? 교사들을 대상으로 한 거였는데. 아, 이래 보여도 나도 학교 교사거든. 구보하고는 대학교 교직과정을 함께 들었어."

고집가정이라고 들렸다. 어쨌거나 아는 사이 같았다.

"그 강연회에서 구보랑 비슷한 사람을 봐서, 끝나고 말을 걸려고 했는데 쌩하니 나가더라고. 막 쫓아왔는데……."

"경찰과 이야기를 시작했군요."

"구보가 무슨 사고를 쳤나 싶어 깜짝 놀랐지."

"선생님은 그런 짓 안 해요."

"선생님 일을 제대로 하고 있는 거구나."

"제대로인지 아닌지는……."

"그래?"

역시 그렇구나, 하고 말하고 싶은 듯한 낌새였던 것이 나는 마음에 걸렸다.

"어째 무기력하다고 할까, 학생에게 관심이 없다고 할까." 후쿠오가 설명했다. "방금도 이런 시간에 돌아다니는 우리를 내버려두고 가버렸어요."

끝물 호리병박, 하고 나는 말할 뻔했다.

누나는 구슬픈 목소리로 "그렇구나. 그렇겠지" 하고 왠지 이해한다는 듯이 말했다.

그렇겠지는 무슨 뜻일까.

"저기, 원래 구보는 전혀 무기력하지 않았어. 초등학교 선생님이 되기를 고대했고, 나도 구보는 좋은 선생님이 될 거라고 생각했지."

"예상은 의외로 빗나가는 법이니까요."

'원래'라는 말이 찜찜했다. 지금은 원래가 아니라는 걸까?

"구보는 공부만이 아니라 여러 가지를 가르치고 싶다고 했지."

"여러 가지를요?"

"학생 때 구보는 당장 필요하지 않은 일을 열심히 고민하는 사람이었어. 체벌은 왜 해서는 안 되는가, 법률로 정해지지 않은 일은 어떻게 지키게 할 것인가 등등."

"뭐예요, 그게."

지금 말하는 구보와 구보 선생님은 다른 사람이 아닐까 의심이 들기 시작했을 때, 누나는 "하지만 그렇겠지. 아무래도 그때와 똑같지는 않겠지" 하고 말하더니 "붙잡아서 미안해" 하고 인사한 후 구보 선생님이 사라진 방향과는 반대 방향으로 걸어갔다.

"후쿠오, 방금 저 누나 대체 뭘까."

"모르겠어. 다만."

"다만?"

"선생님도 한 명의 인간이고 선생님에게는 선생님의, 학교 바깥의 인생이 있다. 그런 생각은 들었어."

"그야 그렇겠지" 하고 대답했지만, 나도 후쿠오와 비슷한 생각을 하기는 했다.

"다음 주 참관수업 날, 아빠도 가도 될까?"

만찬이 차려진 식탁 앞에 앉아(만찬이라고 할 만큼 훌륭하지는 않지만) 고기튀김인지 돈가스인지 명확한 이름이 없는 엄마의 특제 반찬을 우걱우걱 먹고 있자니 아빠가 그렇게 말했다.

우리 학교에서는 참관수업이라고 하지 않는다고 엄마가 설명했다.

"일은?"

"마침 휴가를 낼 수 있을 것 같아. 엄마 혼자 가면 다카오 반이랑 너희 반을 왔다 갔다 해야 해서 힘들 테니까."

엄마가 또 다른 특제 반찬을 하나 더 가져와서 "그리고 너희 담임, 구보 선생님은 좀 미덥지 못하잖니. 그래서 아빠도 한번 봤으면 싶어서" 하고 말했다.

나 모르게 아빠와 엄마가 상의한 건가.

내가 오지 말라고 대답해도 아빠는 올 것이다. 동생 다카오는 "아빠도 오는 거야?" 하며 이미 신이 났다. 사실 반대할 이유는 없다. 아빠가 구보 선생님을 보고 어떻게 느낄지도 흥미로웠다.

"하지만 학부모가 올 때는 평소와 다를 테니 참고가 될지 모르겠지만." 엄마가 말했다.

확실히 그렇다.

학부모가 오는 날에는 나이토 일당도 평소처럼 수업을 방해할 수 없겠지.

내 생각은 틀렸다.

다음 날 아침부터 나이토 일당이 이마를 맞대고 있길래 뭔가 싶었는데, '학부모가 수업을 보러 왔을 때 양철 필통을 떨어뜨리는 작전'을 세우고 있었다. 비밀회의인 척했지만 주변에 고스란히 다 들렸으니, 그들로서는 축제 준비 과정을 자랑스럽게 공개하는 기분이었을지도 모르겠다.

"짜증 난다." 후쿠오의 자리로 가자 후쿠오는 진심으로 질색하는 표정을 지었다. "저게 뭐 하는 짓이람."

"큰일이네."

"뭐가."

"우리 아빠가 오거든. 화낼 것 같아."

"누구한테?"

"선생님한테. 아이는 무섭게 혼내야 한다고 자주 그러거든. 물러 터졌으니까 얕보는 거라고."

"철권제재파로군."

"역시 그것밖에 없을까."

"무슨 소리야?"

"엄하게 대하지 않으면 나쁜 짓을 막기가 불가능한 걸까."

"그야 그렇지. 무섭지 않으면 누구든 자기 하고 싶은 대로 할 테니까. 예를 들어 양철 필통 떨어뜨리기를 어떻게 하면 막을 수 있을 것 같아? 어디서 장난질이냐, 다른 아이들이 공부하는 걸 방해하지 말라고 화내고, 따귀든 뭐든 좋으니 따끔한 맛을 보여주지 않으면 못 막을걸."

옛날 만화에 나오는 방식이라면 '복도에 서 있기'가 될까. 지금은 그것도 체벌로 취급된다. 그래봤자 나이토는 지루한 수업을 땡땡이칠 수 있어서 운 좋다며 복도에서 몰래 스마트폰을 꺼내서 게임을 할지도 모른다. 어차피 구보 선생님은 스마트폰을 가져오면 안 된다고 흐리멍덩하게 말할 뿐이리라.

때리거나 고함을 지르면 분명 상대는 무서워서 규칙을 지킬지도 모른다. 하지만 그걸로 해결이 될까. 마음만 답답할 뿐 내 의문을 제대로 설명할 수 없었다.

뒤에서 나이토 일당이 떠드는 소리가 들렸다.

문이 활짝 열리고 구보 선생님이 들어왔다. 나는 부리나케 내 자리로 돌아갔지만 나이토는 슬렁슬렁 움직였다.

"수업 시작하자." 구보 선생님의 말투는 변함없이 부드럽다기보다 기운이 없었다. 나이토는 "네네" 하고 무시하듯 대답했다.

역시 눈물이 쏙 빠질 만큼 엄해야 대해야 하는 걸까.

나도 모르게 '힘으로 억누르는 파'에 마음이 끌리는 것을 알 수 있었다.

덧붙여 구보 선생님은 수업 중에 몇 번이나 맹한 모습을 보여서 아이들에게 정신 좀 차리라는 식의 질책을 받았다. 미덥지 못한 것을 넘어서 걱정될 정도다.

"선생님 여자친구가 죽었다는 거 진짜예요?"

급식시간이었다. 관악부 소속 여자애가 갑자기 물어보았다. 평소 얌전하고, 수업시간은 물론 쉬는 시간에도 조용한 아이인데 어째선지 뜬금없이 말을 꺼냈다.

그 옆에서 만족스럽게 웃고 있는 나이토를 보니, 녀석이 시킨

게 분명하다. 약아빠진 방법이었지만, 그 이상으로 여자애가 물어본 내용이 신경 쓰였다.

선생님의 여자친구가 죽었다는 건 무슨 의미일까.

교실이 어수선해졌다. 반 아이 중 3분의 1 정도는 이미 알고 있는 듯했고, 나머지 3분의 2는 정보를 얻으려고 서로 속삭이기 시작했다.

소곤소곤 들려오는 이야기의 조각들을 모아보자, 누군가가 선생님에게 여자친구는 있느냐고 끈질기게 물어본 결과 입수한 정보인 듯했지만 그 또한 진짜인지 아닌지는 불분명하다.

"정보통이로구나." 구보 선생님은 웃어넘기려 했는지도 모르지만, 얼굴이 딱딱하게 굳었고 목소리도 떨렸다.

나이토가 꾀를 부려 날린 화살이 선생님의 아픈 곳에 박힌 것이리라.

"그래." 구보 선생님은 자기 자신에게 말하듯 나지막하게 중얼거렸다. "모두에게도 말해두는 편이 좋겠구나."

비밀을 공개하려는 걸까. 기대와 두려움 때문인지 반 전체가 고요해졌다. 그때 나이토가 분위기를 깼다. "꼭 말씀하시겠다면 야 들어드릴게요."

그 말에 말려든 듯 몇 명이 웃었다. 나는 불쾌했고, 후쿠오도 그랬는지 당장이라도 일어설 것 같은 표정이었다.

"선생님이 대학생일 때 사귀던 여자친구가 교통사고로 세상을 떠났어. 2년 전이었나."

그때 구보 선생님도 현장에 있었다고 한다. 여기 말고 다른 시의 큰길을 걷고 있을 때였다.

"어디선가 소리가 났어. 도로 건너편에서 택시를 잡은 남자가 돈을 떨어뜨린 모양이더라고. 동전 여러 개가 이쪽까지 굴러왔어. 선생님 여자친구가 바로 도로로 뛰어나가 동전을 주웠지. 마침 지나가는 차가 없어서 괜찮다고 생각한 거야. 돈을 떨어뜨린 사람에게 돌려주러 가려고 했지. 그때도 차가 지나가는지 확실히 확인했어야 했는데."

차가 돌진했다. 느닷없이 나타난 사람을 보고 운전자가 실수로 브레이크 대신 가속 페달을 밟은 모양이다. 그런 실수도 하나 싶었지만, 아무튼 선생님의 여자친구는 차에 치였고, 차는 옆쪽 벽에 충돌해 운전하던 할아버지도 죽었다.

급식시간에 할 만한 이야기는 아니었네. 구보 선생님은 그렇게 말했지만 표정에는 나타나지 않았다. "이건 그냥 우연이겠지만" 하고 말을 이었다. "2년 전 오늘이야."

뭐가? 나는 목소리를 내지 않고 되물었다. 다른 아이들도 그랬으리라.

고요한 가운데 선생님은 천천히 빵을 먹기 시작했다.

"쇼타, 구보 선생님 괜찮을까."

방과 후, 집으로 돌아가는 길을 터벅터벅 걷고 있자니 후쿠오가 쫓아와서 말했다. 밤에 공원에서 마주친 뒤로 빠르게 친해진

감이 든다. 옛날부터 친했던 친구를 대하는 듯한 후쿠오의 태도가 당황스럽기는 하지만 거부하기도 그렇다.

여느 때와 다름없이 옷은 얇아빠졌고 몸은 바람이 불면 휘청거릴 것처럼 삐쩍 말라서 전혀 든든해 보이지 않지만, 후쿠오의 말과 행동은 나와 딴판이므로 신선한 것도 사실이다.

"괜찮으냐니, 어떤 의미에서?"

"오늘 그 이야기 말이야. 선생님 여자친구."

"아아, 확실히 깜짝 놀랐어. 2년 전이라니, 아직 얼마 되지 않았잖아."

"내 걱정은 선생님이 오히려 담담했다는 점이야." 후쿠오의 관점은 달랐다. "좀 더 쓸쓸해 보인다거나, 슬퍼 보인다거나, 뭐 그렇지 않더라도 선생님이니까 이야기하고 나서 선생님다운 말을 했어야 하지 않을까."

"어떤?"

"뭐든지 말야. 교통사고처럼 언제 무슨 일이 일어날지 모르니까 여러분도 하루하루를 알차게 보내라든가, 자신의 생명과 다른 사람의 생명을 소중히 여기라든가."

나는 후쿠오를 빤히 바라보았다. "후쿠오 너, 어려운 말을 할 줄 아는구나. 굉장하다."

누구를 바보로 아는 거냐고 후쿠오가 발끈했지만 나는 정말로 감탄했다. 그건 선생님이 꺼낼 만한 말이다.

"하지만 구보 선생님은 싱겁게 그냥 넘어갔잖아. 그래서는 안 돼. 얼마 전에 뉴스에서 봤는데, 학교 선생님도 정신적으로 스트레스를 받아서 등교를 거부하는 경우가 많다나 봐."

"아아." 들어본 것 같다.

"구보 선생님도 스트레스가 심한 것 아닐까. 전부터 표정이 없다고는 생각했지만, 오늘은 유독 심했잖아."

"맹하게 굴었지." 분필을 몇 번이나 떨어뜨리고, 갑자기 입을 다물고, 창밖을 바라볼 때도 있었다.

"정신적으로 위태로운 거야."

"동감입니다." 걱정되는 마음이 반영돼 정중한 말투가 나왔다.

"그래서 좀 도와주려고."

"도와주다니? 누구를."

"구보 선생님을."

"어떻게?"

"가르쳐주는 거지. 나이토 일당이 부모님들이 올 때도 수업을 방해하려 든다고."

"부모님들이 온다니?" 말하고 나서야 학교 공개 수업임을 알아차렸다. 학부모가 수업을 보러 오는 날이다. 왜 청하지도 않았는데 학교까지 와서 지루한 수업을 보려고 하는 건지는 수수께끼지만 아무튼 부모님이 온다.

"그걸 일부러?" 알려준들 뭐가 달라질까.

"미리 알고 있는 거랑 모르고 당하는 거랑은 천지 차이야."

아아, 그러셔, 수고하시길. 내 기분은 그랬다. 하고 싶은 대로 하면 된다.

"그럼 구보 선생님한테 가자." 후쿠오가 나를 향해 손가락을 까딱까딱했다.

"어, 나도?"

"응." 당연하다는 듯이 말해서 떨떠름했지만, 내가 욱한 걸 알 아차렸는지 후쿠오는 바로 "부탁이야" 하고 머리 숙여 부탁했 다. 이러면 거절하기가 힘들다.

그리고 후쿠오는 "나한테 좋은 생각이 있어" 하고 목소리를 낮 추어 말하더니 내게 등을 돌리고 왔던 길을 되돌아갔다. 내버려 둘 만큼 마음이 모질지 않은 나로서는 뒤따라갈 수밖에 없었다.

학교로 돌아가는 도중에 준과 마주쳤다. 묘하게 홀가분해 보 인다 싶었는데, 알고 보니 책가방을 메고 있지 않았다.

"아아." 준이 말했다. "집에 갔다가 학교에 두고 온 게 생각나 서 다녀오는 길이야."

"뭘 두고 왔는데?"

"연락장. 하지만 교실에도 없더라고. 어디 갔을까."

"나한테 물어봐도 모르지."

"뭐, 그렇겠지." 준은 상쾌하게 웃으며 달려갔다.

후쿠오가 책략보다는 정면승부를 하자고 해서 둘이서 교무 실로 향했다. 교무실에 들어가려니 교실과는 달리 긴장됐지만, 문을 두드린 후 구보 선생님 계세요, 하고 말하면서 들어갔다.

구보 선생님이 없다는 건 금방 알았다. 자리에는 물론, 교무실 어디에도 없었다.

애당초 선생님의 업무 시간은 언제까지일까. 아이들이 집에 가면 퇴근해도 되는 걸까, 아니면 아빠처럼 정해진 시간이 지나도 남아서 일을 해야 하는 걸까.

헛수고를 해서 낙담한 우리는 복도를 걸어 본관 출입구로 향했다.

아이들이 대부분 돌아간 후라 아주 썰렁했다. 교문을 나서서 통학로를 나아갔다.

"안 추워?"

옆에 있는 후쿠오는 변함없이 반소매 티셔츠에 반바지 차림이다.

"별로. 늘 이러고 다니니까 익숙해. 쇼타, 사람은 어떤 일에든 익숙해지는 법이야."

세기의 발견을 알려주듯이 말해도 나로선 난감할 따름이다. "구보 선생님도 여자친구의 죽음에 익숙해지려나."

후쿠오는 잠시 생각한 후에 "아무래도 당장은 무리겠지만" 하고 말했다. "나는 겨우 익숙해졌어."

"응?"

후쿠오는 더 이상 설명해주지 않았다.

그 뒤로는 어느 유치원에 다녔다는 둥 무슨 방송을 본다는 둥 서로에 대해 이야기하면서 터벅터벅 걸었다. 게임 이야기도 하고 싶었지만, 게임은 나름대로 비싸니까 후쿠오가 가지고 있을지 신경이 쓰였다. 신경 쓰였다는 것 자체가 마음에 걸려서 나 자신이 조금 싫어졌다.

작은 네거리에서 내일 보자고 인사하고 우리는 헤어졌다.

학원에서 돌아오는 길, 완전히 컴컴해진 데다 비가 내릴 것 같은 날씨라서 자연스레 자전거 페달을 밟는 발에 힘이 들어갔다. 전조등은 켰지만 좁은 길로 들어서자 앞이 잘 보이지 않았다.

사고 나지 않도록 조심하라고 엄마가 늘 주의를 주지만, 물론 조심한다고 해서 다 괜찮은 것은 아니다. 방심할 때가 있다.

모퉁이에 접어들 때 힘차게 직각으로 꺾는 것이 멋있다는 생각으로 확인도 제대로 하지 않고 브레이크를 거의 잡는 둥 마는 둥 급히 좌회전했다.

하마터면 지나가는 사람을 칠 뻔해서 깜짝 놀랐다. 충돌하지 않은 것은 운이 좋았기 때문이리라. 몸속이 싸늘하니 심장이 붕 떠오르는 느낌을 맛보며 쓰러지다시피 옆의 전신주에 부딪혔다. 아픔이 밀려오는 것과 동시에 눈앞에 별이 번쩍했다.

자전거에서 내렸다. 다치지는 않았지만 두근거리는 가슴이 좀처럼 진정되지 않았다.

자전거 스탠드를 세웠다.

아까 그 사람은 괜찮을까.

모퉁이로 돌아가서 얼굴을 내밀었다.

남자가 우뚝 서서 위험하지 않느냐고 노려보는 상황을 상상했지만, 상상과는 달리 저 멀리 걸어가는 뒷모습만 보였다.

저쪽은 나와 부딪힐 뻔한 줄 몰랐던 모양이다.

다행인 듯하면서도 나만 손해 본 것 같은 기분이 들었지만, 그 남자가 가로등 아래를 지나갈 때 "어?" 싶었다.

구보 선생님?

날씬한 체격과 길쭉한 목이 낯익었다.

선생님 집은 요 부근이 아니다. 학생 집에라도 들른 걸까. 아니면 이제 가려는 걸까.

나는 즉시 자전거를 타고 공원으로 향했다.

후쿠오를 찾으러 간 것이다.

비가 내릴 낌새인데 설마 후쿠오가 공원에 있을까 싶어 반쯤 포기한 심정이었다. 구보 선생님을 봤는데 뭐 어쩌라는 거냐는 생각도 들었고, 서두르지 않아도 후쿠오는 다음 날 학교에서 만날 수 있다.

그래서 공원 화단 앞에 쭈그리고 앉아 있는 후쿠오를 보았을 때는 있어서 기쁘기보다, 없어도 상관없는데 귀찮게 됐다는 자기 위주의 감정이 밀려왔다.

"나라고 만날 여기 있는 건 아니거든." 후쿠오는 불만스러워 보였다.

"하지만 있었잖아."

이런 이야기를 할 때가 아니다. 나는 구보 선생님과 마주쳤다는 이야기를 했다.

"야간 선도 활동인가."

"글쎄." 말하고 나서 나는 또 조금 냉정해졌다. 숨을 헐떡이며 자전거를 타고 와서 굳이 후쿠오에게 알릴 만한 일은 아니었던 것 아닐까?

하지만 후쿠오는 "가보자" 하고 제안했다. 자전거에 올라타고 내가 설명한 방향으로 출발했다. '내게 좋은 생각이 있다'고는 말하지 않았다.

나도 페달을 밟았다. 손잡이를 쥔 오른손에 물방울 같은 것이 떨어졌다. 하늘을 올려다보았다. 구름이 울음을 꾹 참고 있다. 왜 그렇게 느낀 걸까.

주택가는 넓지 않았다. 자전거로 구석구석 돌아볼 수 있을 정도라, 구보 선생님을 찾는 데 시간이 그리 많이 들지는 않았다.

단독주택 앞에 서 있는 구보 선생님의 뒷모습이 눈에 들어왔다.

"가정방문인가?"

"그런 시기는 아니잖아."

우리는 소곤소곤 이야기를 나누며 떨어진 장소로 이동해 자전거에서 내렸다. 후쿠오와 미리 짠 것은 아니지만 우리는 소리가 나지 않도록, 구보 선생님에게 들키지 않도록 주의를 기울였다.

모퉁이에 숨어서 고개를 빼꼼 내밀고 구보 선생님을 엿보았다.

밤이 다 되어서 모습이 뚜렷이 보이지는 않았다. 하지만 아주 진지해 보였다. 후쿠오도 평소와는 다른 뭔가를 느꼈는지 목소리를 죽였다.

"도둑질하러 침입할 생각이라거나."

"설마." 나는 부정했지만 후쿠오가 그렇게 말하고 싶어 하는 기분도 이해는 갔다.

그냥 서 있을 뿐인데 선생님이 무섭게 느껴졌기 때문이다.

"뭘 하는 걸까."

"숨어들 생각 아닐까."

"그럴 리가 있나."

소곤소곤 나누는 말들이 조용하게 부는 바람에 휩쓸려 갔다.

"이러고 있는다고 뾰족한 수가 생기는 것도 아니니까." 후쿠오가 한 발짝 내디뎠다.

마치 그러기를 기다리기라도 한 것 같았다.

후쿠오 선생님이 바라보고 있는 집의 현관문이 열렸다. 실내에서 확 새어 나온 불빛이 선생님의 윤곽을 희미하게 그려냈다.

후쿠오는 걸음을 멈췄다.

안에서 나온 사람은 체격이 좋은 남자였다. 나이는 마흔 살 정도일까, 안경을 꼈다. 어디서 본 적 있는 사람이라 나는 얼른 기억을 더듬었다.

저 얼굴과 저 느낌에 유의하며 지금까지 만난 적 있는 어른을 하나씩 떠올렸다.

어디서 봤는데. 어디였더라.

DIY 매장이 떠올랐다.

"준 아빠다."

후쿠오가 나를 보았다. "준? 아아, 만난 적 있었다 그랬나."

"응, 틀림없어. 준 아빠야." 저기가 준의 집인가.

"선생님, 준한테 볼일이 있는 걸까."

"준, 오늘도 연습 아닌가? 리틀 농구." 분명 요일이 정해져 있었을 것이다.

"아, 잃어버린 물건을 찾고 있었으니까, 그거랑 관련된 거 아니려나?"

이러저러하고 있는 사이에 준 아빠가 집에서 밖으로 나왔다. 구보 선생님에게 다가가 머리를 숙였다.

이야기를 듣고 싶어서 나와 후쿠오는 조심스레, 우리야말로 몰래 숨어드는 도둑처럼 살금살금 다가갔다.

대체 뭐가 마음에 걸린 걸까.

나로서도 잘 알 수가 없었다.

다만 구보 선생님이 긴장한 듯 너무나 뻣뻣한 자세로 서 있었던 것은 신경이 쓰였다. 기묘하고, 무엇보다도 으스스하게 느껴졌다. 구보 선생님 모습이기는 하지만, 혼이 쑥 빠져나가 속이 텅 빈 것처럼 보였다.

준 아빠는 웃고 있었지만 표정이 어색했다. 분명 우리 아빠가 선생님과 만나도 저런 표정을 짓겠지. 인사의 의미가 담긴 웃음, 인간관계를 위한 웃음이다.

그때 구보 선생님이 움직였다. 들고 있던 종이봉투를 땅에 내려놓고 허리를 구부려 종이봉투에 손을 넣었다. 뭔가를 꺼내려 한다.

마주 서 있는 준 아빠가 조금 겁먹은 듯한, 걱정하는 듯한 눈으로 구보 선생님을 보았다. 무슨 일로 오셨느냐며 눈치를 살핀다.

선생님이 대답하는 낌새는 없었다.

허리를 구부린 채 종이봉투에 넣은 손을 천천히 들어 올린다.

그때다. 귀청이 찢어질 것 같은 소리가 울렸다.

으아, 하고 나는 목소리를 높였다. 소리가 발생한 곳은 내 발치였다.

양철 필통이 도로에 떨어져서 속에 들었던 연필이 어지러이 흩어졌다.

내가 들고 있던 에코백에서 후쿠오가 제멋대로 꺼내서 땅바닥에 떨어뜨린 것이다. 무슨 짓이냐는 눈으로 쳐다보자 후쿠오도 놀란 표정이었다. 일부러 그랬다기보다 알고 보니 어느새 저질렀다는 태도였다.

당연히 구보 선생님과 준 아빠가 이쪽을 보았다. 어두운 밤이 내린 동네에서 갑자기 큰 소리가 났는데 시선을 주지 않는 게 더 이상하다.

야단맞겠다 싶어 나는 어깨를 움츠렸다.

"아아, 쇼타와 후쿠오로구나."

선생님의 목소리가 들렸다.

그 자리에서 도망갈 수도 없었고, 애당초 도망칠 만큼 나쁜 짓은 하지 않았으므로, 나와 후쿠오는 구보 선생님에게 다가갔다.

양철 필통이 떨어졌다고 설명했다.

나중에 후쿠오는 내게 이렇게 설명했다. "잘 모르겠지만 무서웠어. 구보 선생님의 태도가 이상했잖아"라고.

확실히 그때 구보 선생님은 이상했다. 심각하고 진지하고, 무서웠다.

"선생님 여자친구의 기일이었고."

기일이라는 말을 처음으로 알았다. 급식시간에 꺼낸 '2년 전 오늘'이라는 말은 그걸 가리켰던 건가.

"그대로 있다가는 무서운 일이 벌어질 것 같아서 어떻게든 해야겠다 싶었어. 하지만 목소리는 안 나오지, 무릎도 덜덜 떨리지. 네 에코백에 양철 필통이 들어 있기에 냅다 꺼내서 떨어뜨린 거야."

무슨 논리가 그러냐고 생각하는 한편으로 이해도 됐다. 그때 구보 선생님은 정말로 무서웠다. 그냥 서 있을 뿐인데 학교와는 완전히 다른 분위기라, 종이봉투에 손을 넣은 순간은 오싹했다. 우리에게는 등을 돌리고 있었지만, 선생님과 마주 서 있는 준 아빠의 얼굴은 보였다. 웃음에 금이 가고 공포로 얼굴이 굳어졌다.

"이런 시간에 여기서 뭐하니?" 선생님이 물었지만 나는 고개를 들 수 없었다.

구보 선생님은 준 아빠에게 우리를 소개했다. 준과 같은 반 친구라고.

"선생님이야말로 준의 집에 무슨 볼일이에요?" 후쿠오가 물었다.

어, 아아, 하고 구보 선생님은 말하고 종이봉투가 아니라 들고 있던 가방에서 공책을 꺼냈다. "알림장을 두고 간 것 같아서."

분실물을 선생님이 일부러 집까지 가져다주다니, 지금까지 그런 소리는 못 들어봤다.

일부러 먼 걸음 하셨네요, 감사합니다. 준 아빠가 인사했다. "준은 지금 농구 연습 갔어요."

"아아, 그렇군요."

구보 선생님은 그걸 알고 있었던 것 같은 느낌이 든다.

"평소 같으면 돌아올 시간인데." 준 아빠는 아래를 보며 기운 없는 목소리로 말했다.

"무슨 일 있으셨습니까?"

"아, 그게." 준 아빠는 입을 한 번 다물었다. 뭘 그리 고민하는 걸까 싶을 만큼 고민하는 분위기를 풍기다가 "조금" 하고 결심한 듯이 말을 꺼냈다. "모질게 혼냈어요."

"그러셨군요." 구보 선생님은 감정이 담기지 않은 목소리로 대답했다.

"좋지 않은 줄 알면서도 감정적으로 나갔습니다. 남자 혼자 손으로 키우다 보니 여러모로 불안한 점들뿐이라."

"우리 집은 엄마 혼자예요." 후쿠오가 대뜸 끼어들었다.

쓸데없는 말은 아니었겠지만, 구보 선생님은 그제야 중요한 일이 생각났다는 것처럼 "아참, 쇼타랑 후쿠오는 빨리 돌아가렴" 하고 말했다. "많이 늦었으니까."

싫다고 거부할 수는 없었다.

미련이 남는다는 건 이런 거구나. 나는 곰곰이 생각하며 그 자리를 뒤로했다. 예상외로 후쿠오가 말귀를 잘 알아들은 건 의외였지만, 역시 속셈이 있었는지 준의 집에서 멀어지는 척하고 어둠을 틈타 첫 번째 모퉁이를 돌았다. 후쿠오는 종종걸음을 치며 "쇼타, 쇼타" 하고 손짓했다. 그리고 길을 빙 돌아 준의 집 뒤편으로 돌아갔다.

준의 집에는 담다운 담이 없고 나지막한 산울타리뿐이었다. 후쿠오가 산울타리를 잽싸게 뛰어넘었다. 허락도 없이 남의 집 마당에 들어가면 안 되는 것 아닌가 싶어 가슴이 철렁했지만, 빨리 오라고 속삭이는 후쿠오가 얼른 입을 다물기를 바라는 마음에 나도 따라서 준의 집 마당에 침입했다.

들키면 어쩌지.

절도나 무슨무슨 침입죄 아닐까?

불안해하는 나를 본체만체, 후쿠오는 쪼그려 앉은 자세로 이동했다.

현관까지 가면 대번에 들킨다. 큰일 나, 멈춰. 나는 소리 죽여 후쿠오를 불렀다.

"선생님, 가끔 저 자신이 싫어져서 화풀이하듯이 준에게 심하게 대하고는 합니다."

준 아빠의 목소리가 들렸을 때 우리는 움직임을 멈췄다. 가까이 있는 화분 같은 것에 부딪쳤지만 큰소리는 나지 않아서 안심했다.

"자기 자신이 싫으시다고요?"

"선생님께 말씀드릴 일은 아니지만요." 준 아빠는 몸 상태가 안 좋은 걸까. 괴로운 듯한 말투였다.

마당에 심긴 나무의 이파리가 살짝 흔들렸다. 마침내 구름이 비를 뿌리기 시작한 것이다. 누구에게도 밝힐 수 없는 비밀을 더는 간직하지 못하고, 이제 안 되겠다며 손에서 떨어뜨리는 것 같았다.

이슬비에도 못 미칠 만큼 조금씩 툭툭 떨어졌지만, 그래도 빗방울은 확실하게 우리의 몸을 적셨다.

"자기 자신이 싫어질 만한 일이라도 있으셨습니까?"

"네, 아아, 그렇죠." 준 아빠가 대답했다.

비에 젖는 걸 신경 쓰는 기색도 없었다.

뭔가 저질렀다. 범죄라든가? 준 아빠가? 설마. 머릿속이 어지럽게 빙글빙글 돌아갔다.

"사고를."

내 머릿속에 전기가 찌르르 흘렀다. 앞에 있는 후쿠오도 마찬가지였는지 나를 힐끗 돌아보았다.

구보 선생님의 여자친구는 교통사고로 세상을 떠났다. 빠른 속도로 달려온 차에 치였다. 그렇다면 혹시 그 운전자가 준의 아빠인가? 그런 생각이 번쩍 떠올랐다. 선생님은 그 때문에 여기 온 건가 싶었을 때 등골이 오싹했다. 범인을 만나러 왔기에 그렇게 무서운 분위기였구나.

선생님은 우리 반 담임이 됐을 때 준 아빠를 보고(첫 번째 학부모회에서였을까) 옛날에 사고를 낸 운전자임을 알아차렸을지도 모른다.

예상치도 못한 만남에 아주 놀라지 않았을까.

그리고 오늘 여기에 왔다. 준 아빠를 만나러? 뭣 때문에? 아까 구보 선생님을 휘감고 있던 살벌한 분위기가 떠올랐다.

뭔가 큰일을 벌일 생각이었던 것 아닐까?

아니, 이건 아니다. 나는 속으로 고개를 저었다.

운전자도 사고로 죽었을 것이다. 선생님 본인이 그렇게 말했다. 준 아빠일 리 없다.

그러자 준 아빠가 "제가 운전한 건 아니지만" 하고 말했다. "그래도 제 탓이었을지도 몰라요. 아니요, 모르는 게 아니죠. 제 탓이었습니다."

"무슨 일이 있으셨던 겁니까?" 구보 선생님은 국어책을 읽듯 이 말했다.

"업무차 출장을 갔었는데요. 역 앞 횡단보도 근처에서 제가 떨어뜨린 물건을 주워준 사람이 있었죠. 그 여자분이 제게 물건 을 돌려주려고 도로를 건너는데, 그때 차가."

어른답지 않게 준 아빠의 목소리가 벌벌 떨려서 마치 길을 잃어버린 아이 같이 느껴졌다.

비가 땅바닥과 지붕을 때리는 소리만 들렸다.

구보 선생님은 아무 말도 없었다.

또 후쿠오와 눈이 마주쳤다. 머리카락이 젖어 있다. 나도 그 럴 것이다.

머리에 떨어지는 비는 차갑다기보다 무겁게 느껴졌다.

후쿠오는 말없이 뭔가 하고 싶은 말이 있는 듯한 시선을 내 게 던졌다.

나도 몰라. 눈으로 그렇게 대답했다.

"차에 치인 여자분이 어떻게 됐는지 실은 잘 모릅니다."

선생님은 침묵을 지켰다.

"어느새 사고가 나기 직전에 잡은 택시에 타 있더라고요. 업 무상 볼일이 있었던 건 사실이지만, 그저 무서웠습니다. 도망쳐버린 거예요. 바쁘다는 핑계로 사고에 대해 알아보려고도 하지 않았죠."

역시 선생님의 목소리는 들리지 않았다.

"내내 마음에 걸렸습니다. 저는 그때 도망쳐버렸죠. 그 여자분은 저 때문에 사고를 당했는데도요. 내내 그 일이 가슴 한구석에 콱 박혀 있어요. 준은 저 같은 인간이 되지 말기를 바라는 마음이 너무 강해서 과하게 화를 내기도 해요."

준 아빠는 거의 울고 있었다. 비가 내리기 때문인지도 모르지만, 우는 걸 감추려고도 하지 않았다.

빗줄기가 굵어져서 구보 선생님이 말을 하는 건지 하지 않는 건지도 파악하기가 불가능했다.

두 사람도 이대로 계속 밖에 서서 대화를 나눌 수는 없을 테니 슬슬 이야기를 마무리할 것이다. 그러면 우리도 돌아갈 수 있으리라.

"제가 무슨 목사님도 아닌데." 드디어 구보 선생님의 목소리가 들렸다. "참회를 하신들."

준 아빠는 버림이라도 받은 것처럼 한순간 표정을 잃었다. 그 후에 한숨을 내쉬었다. "누가 들어줬으면 했을 뿐입니다. 오늘 종일 괴로웠거든요."

"오늘." 구보 선생님이 중얼거렸다.

"네, 오늘은 특히나 더."

"준 아버님은." 구보 선생님은 목소리를 쥐어짜는 것 같았다.

"아버님은 사고에 직접 관련이 없으신 거로군요."

"생각하기에 따라 다를지도 모르죠."

"간접적입니다." 구보 선생님의 말이 빨라졌다. "아예 무관하다고 할 수도 있겠죠."

"아니요."

"그래서. 하지만." 구보 선생님은 애써 말을 골랐다. 국어 시험 때 빈칸에 알맞은 말을 넣는 기분이 들었다. 그래서일까, 하지만일까, 그래도일까. "그렇게 내내 마음에 담아두시다니."

"네."

"저는 그것만으로도."

목소리가 한순간 끊어졌다.

산울타리 안쪽에 쪼그려 앉아 있어서 선생님의 모습은 보이지 않는다. 머릿속에 떠오른 구보 선생님은 눈을 내리깔고 있었다. 각오를 다진 듯한 표정이 떠올랐다.

"그것만으로도 훌륭하다고 생각합니다." 안간힘을 다해 짜내는 듯한 목소리였다.

그 후로 두 사람의 말은 들리지 않았다. 빗발이 더 굵어졌다. 이제 그만하라고 호령을 내리듯이 본격적으로 비가 내리기 시작했다. 도로는 단숨에 차갑게 젖었고, 빗방울 떨어지는 소리가 시끄러웠다. 옷이 축축해졌고 머리에서 물이 뚝뚝 떨어졌다. 불쾌한 기분과 유쾌한 기분이 뒤섞였다.

나와 후쿠오는 그날 밤 있었던 일을 그다지 입 밖에 꺼내지 않았다. 흠뻑 젖은 채 집에 돌아가 부모님에게 잔소리를 들었다는 건 공유했지만, 구보 선생님과 준 아빠 이야기는 화제로 삼지 않았다. 그 일을 어떻게 받아들이면 될까. 내 나름대로 추측은 했지만, 깊이 파고들 기분은 들지 않았다.

다만, 딱 하나 명백해진 것이 있다.

구보 선생님은 달라졌다.

지금까지 여기에 있어도 어딘가 다른 곳을 바라보는 것처럼 맹하니 '끝물 호리병박' 같던 느낌이 사라진 것이다. 그렇다고 활기차고 늘 의욕이 넘치는 건 아니지만, 다시 말해 차에서 로봇으로 변신하는 것만큼 극적인 변화는 아니었지만, 어쩐지 빠릿빠릿해졌다.

주변 아이들에게 그러한 변화를 이야기해보아도 "그래?"라는 반응만 돌아왔지만, 나는 달라졌다고 확신했다.

그리고 학교 공개 수업일이 찾아왔다. 사전에 각 조별로 정리한 '우리의 생각'을 국어시간에 발표할 예정이었다.

교실 뒤편에 학부모가 늘어섰다. 우리 아빠도 시간에 맞춰 왔는데, 지금까지에 비하면 아빠들 숫자가 많은 것처럼 느껴졌다. 우리 집처럼 미덥지 못한 구보 선생님을 평가할 작정인지도 모른다.

결국 나와 후쿠오는 나이토 일당이 계략을(그래봤자 양철 필통을 떨어뜨려서 수업을 방해하는 수준의 계획이지만) 세웠다는 사실을 선생님에게 미리 알리지 않았다.

그날 밤 일 때문에 어쩐지 그럴 분위기가 아니었다. 그렇다기보다 잊어버렸다는 것이 진상이지만, 실제로 양철 필통이 떨어졌을 때야 잊어버렸다는 게 생각났다.

발표가 모두 끝난 후에 딸그락, 하고 소리가 울렸다. 칠판에 글씨를 적던 구보 선생님이 돌아보았다.

귀에 확 꽂히는 소리라 학부모들도 한순간 몸을 움찔하는 기척이 등 뒤에서 전해져왔다.

양철 필통을 줍는 아이를 보고 구보 선생님은 뭔가 한마디 하고 싶은 눈치였지만 그냥 칠판으로 돌아섰다. 그러자 또 양철 필통이 떨어지는 소리가 났다.

아아, 시작됐다.

짜증 난다. 동시에 창피하기도 했다. 이것이 요즘 자주 화제가 되는 '학급 붕괴' 수준인지는 모르겠지만, 우리의 좋지 못한 행실을 부모님들이 본다고 생각하니 괴로웠다.

"소리가 나면 수업에 방해가 되잖아. 필통은 떨어지지 않는 곳에 놓아두도록 해."

구보 선생님은 지금까지보다 훨씬 따끔하게 주의를 주었다. 역시 구보 선생님은 어딘가 달라졌다고 새삼 느꼈다. 하지만 반 아이들은 학부모가 보러 왔으니까 열심히 하는 척하는 거라고 생각했을지도 모르겠다.

또 양철 필통이 떨어지는 소리가 들렸다.

어이쿠, 하고 학부모 한 명이 작게 소리를 낸 것 같기도 했다.

나이토의 옆얼굴을 살펴보자 바라는 대로 됐다는 듯 입꼬리를 살짝 끌어올린 표정이었다. 나이토 아빠는 오지 않았다. 아침에 교실 전체에 다 들리도록 "우리 아빠는 아마 못 올 거야. 오늘도 방송국 사람이랑 만나야 하는 모양이더라고. 엄마도 바쁘대" 하고 자랑스럽게 말했다.

일하느라 바쁘면 대단한 거냐고 따지고 싶었지만 참았다.

구보 선생님이 돌아보았을 때 "선생님, 수업 중에 죄송합니다만" 하고 익숙한 목소리가 뒤에서 들렸다.

모두 몸을 틀어서 돌아보았다.

우리 아빠였다. 쩌렁쩌렁한 목소리가 울려 퍼졌다. "좀 더 엄하게 지도하셔도 되지 않을까요?" 질문은 정중했지만 말투는 딱딱했다.

쥐구멍에라도 들어가고 싶다는 게 이런 기분일까. 나는 몸을 작게 웅크리고 싶었다.

학부모들이 약간 웅성거렸다.

여자 목소리가 "맞아요. 한 대 쥐어박으셔도 상관없어요" 하고 말했다.

지금까지 말하고 싶은 기분을 참고 있었는지 갑자기 학부모들이 입을 열었다.

"제가 어릴 적에는 수업 중에 장난을 치면 선생님께 맞았는 걸요." 다른 아빠가 말했다.

그러자 구보 선생님이 부드럽게 미소를 지었다.

확실히 지금까지와는 다르다.

"감사합니다." 그렇게 대답하더니 분필을 칠판에 내려놓고 손을 가볍게 털었다. "그럼 말이 나온 김에 남은 시간은 이 주제에 대해 이야기해보도록 할까?"

구보 선생님은 우리를 둘러보았다.

"지금 여러분의 아버지, 어머니께서 여러 가지 충고를 해주셨어요. 확실히 저는 선생님이 된 지 얼마 안 돼서 모르는 점이 많으니까 감사할 따름입니다. 소중한 자녀를 맡겨도 괜찮을지 불안해하시는 것도 당연해요."

선생님은 정면, 한가운데에 섰다.

"방금 수업 중에 필통이 몇 번 떨어졌어. 큰소리가 나면 수업에 방해가 되니까 그러면 안 되겠지. 그건 틀림없어. 모두에게 피해를 주니까. 만약 실수로 떨어뜨렸다면 대책을 세워야겠지. 떨어지지 않을 곳에 필통을 놓도록 늘 유의한다든가, 천 재질로 바꾸도록 규칙을 만든다든가. 하지만 일부러 그러는 거라면 어떨까? 일부러 양철 필통을 떨어뜨리는 사람이 있다면 그런 행동을 그만두게 하도록 어떤 방법을 써야 할까?"

대체 무슨 이야기를 하려는 걸까.

"학교는 교과서를 배우거나 시험을 위한 공부만 하는 곳이 아니야. 선생님은 그런 것과는 달리 정답이 확실치 않은 일에 대해서도 여러분이 배웠으면 해. 그러니까 생각해보렴. 일부러 주변 사람에게 피해를 주는 사람이 있다면 어떻게 해야 좋을까."

구보 선생님은 모두를 바라보았지만, 손을 들기를 기다리는 것 같지는 않았다.

나이토를 힐끗 보자 따분한 듯한 표정이었다.

"아까 아버지, 어머니 들이 말씀하셨듯이 엄하게 혼내는 것도 한 가지 방법이겠지. 체벌과 교육의 차이를 정의하기는 어렵지만, 누구든 따끔한 맛을 보기는 싫어할 거야. 그러니 다음부터는 그런 짓을 하지 않게 돼. 그러니 때리거나, 겁을 주거나, 창피를 주면서 가르치는 것도 한 가지 방법일지도 몰라. 하지만 선생님은 그래서는 해결이 안 될 거라고 생각해."

폭력을 써서는 안 되니까?

"폭력은 좋지 않다!" 구보 선생님이 말을 이었다. "그런 뜻은 아니야. 물론 폭력은 좋지 않지. 하지만 더 중요한 이유는, 폭력이 통하지 않을 때가 있기 때문이야. 극단적이지만 예를 들어 덩치가 아주 큰 초등학생이 있다고 치자. 선생님보다도 크고 근육질이라서 선생님이 아무리 힘껏 때려도 끄떡도 하지 않으면 어떨까?"

여학생 몇 명이 작게 웃었다.

"전혀 효과가 없겠지. 선생님이 폭력으로 말을 듣게 할 수 있는 건, 선생님보다 작고 약한 입장이라 덤벼들 수 없는 상대뿐인 셈이야. 선생님이 아무리 화내도 무섭게 느끼지 않는다면 어떨까? 덧붙여 만약 선생님이 여러분을 때리거나 무서운 말과 목소리로 야단쳐서 말을 듣게 한다면 여러분은 어떻게 생각할까? 장래에 여러분이 어른이 됐을 때도 그렇게 하면 되겠다고 생각하겠지. 하지만 커서 회사에 취직한 후에 뺨 때리기나 고함지르기로 해결할 수 있는 일은 별로 없어. 예를 들어 아까 한 대 쥐어박아도 상관없다고 말씀하신 어머님이 계셨는데요."

구보 선생님은 교실 뒤쪽을 보았다.

"만약 그 아이가 거래처 직원의 자녀라도 때리실 수 있겠습니까?" 선생님은 바로 웃음을 지었다. "아니요, 이건 농담입니다. 다만 상대에 따라서는 한 대 쥐어박을 수 없을지도 몰라. 세상에 나가면 통하지 않는 일이 많단다. 그리고 이건 기억해두었으면 하는데."

구보 선생님은 어려운 이야기를 하는 게 아니라, 굳이 따지자면 애매한 이야기를 하고 있을 뿐이었지만 나는 가슴이 조금 두근거리기 시작했다.

"상대에 따라 태도를 바꾸는 것만큼 볼썽사나운 건 없어." 선생님이 또 이를 보이며 웃었다. "상대가 약해서 힘이 통할 것 같을 때는 뺨을 때리지만, 상대가 강하거나 무서운 사람의 아이라면 뺨을 때리지 않는다. 그런 건 최악이고 위험해."

위험하다고? 그건 무슨 뜻일까.

"약해 보여서 강하게 나갔다고 치자. 하지만 실은 그 사람이 힘을 가지고 있다는 걸 나중에 알게 될지도 몰라. 동물의 세계라면 또 모르지만 인간의, 특히 현대 사회에서는 겉모습만으로 다른 사람의 힘이 얼마나 큰지 알 수 없으니까. 인간의 힘은 근육과 몸집만으로 결정되는 게 아니거든. 언젠가 그 사람이 업무 상대나 손님으로 나타날 가능성도 있어."

학부모들은 아무 말도 없었다. 놀란 건지 성가셔서 그런 건지는 모르겠다.

"모두 이걸 기억하렴. 사람은 다른 사람과의 관계 속에서 살고 있단다. 그럼 인간관계에서는 뭐가 중요할까?"

"연말 선물?" 후쿠오가 대답했다.

후쿠오는 진지했는지도 모르겠지만 모두 웃음을 터뜨렸다. 어깨와 배에서 힘이 조금 빠졌다. 그래서 내가 긴장하고 있었다는 것을 알았다.

"연말 선물, 그것도 중요하지." 구보 선생님이 그렇게 경쾌하게 우리 말을 받아치는 모습도 처음 보았다. "하지만 착해 보이고 싶어서 연말 선물을 보낸다는 게 들통나면 어떨까? 역효과가 날 거야. 그런 의미에서 가장 중요한 건" 선생님은 손가락을 세웠다. "평판이야."

아까보다 작지만 또 웃음소리가 들렸다.

"평판이 사람을 도와주거나 방해해. 그 사람은 착한 사람이다. 재미있는 사람이다. 무서운 사람이다. 요전에 어떤 나쁜 짓을 했다. 어른이 된 후에도 그런 평판이 영향을 줘. 만약 양철 필통을 일부러 떨어뜨리거나, 자기 손은 더럽히지 않고 남에게 양철 필통을 떨어뜨리라고 시키는 약아빠진 사람이 있다고 치자."

몇몇 학생이 나이토에게 시선을 주었을 것이다.

"선생님에게는 들키지 않더라도 다른 아이들이 알아. 누구누구는 수업시간에 양철 필통을 떨어뜨려서 수업을 방해했지, 누구누구는 약아빠진 녀석이지, 하는 식으로 기억해. 그게 좋은 평판이라고는 할 수 없을 거야."

구보 선생님이 이토록 활발하게 말을 많이 하다니 신선하게 느껴졌다. 대체 뭐가 어떻게 돌아가는 걸까, 평소와 다름없는 교실이지만 평소와 다름없는 교실이 아니다. 애당초 부모님들이 많이 와 있다는 것 자체가 이상한지도 모르겠다. 현실이 마구 뒤섞인 꿈을 꾸는 기분이었다.

"여러분 모두 주변 사람에게 피해를 주면 안 된다는 걸 알고 있을 거야. 그렇다고 착한 아이로 지내고 싶으니까 남에게 피해를 주지 않으려는 건 아니지. 그건 무리 지어 생활해온 인간의 습성 같은 거야. 무리 속에서 남에게 피해를 주는 인간은 동료에서 제외되니까, 대부분의 인간은 주변에 피해를 주면 안 된다는 마음을 지니고 있어. 다만 개중에는 일부러 피해를 주려고 하는 사람도 있지. 현대 사회는 무리에 약간 피해를 주더라도 당장은 동료에서 제외하지 않거든. 물론 그건 좋은 현상이지만, 그런 사람은 그저 그런 혜택에 기대어 응석을 부리고 있을 뿐이야. 여러분은 그런 사람 때문에 어려움을 겪을지도 몰라. 남에게 피해를 주고 재미있어하는 사람에게 여러분이 그런 짓은 좋지 않다고 말해도 그들은 달라지지 않아. 반성조차 하지 않을 때가 많지. 그러니 여러분은 마음속으로 불쌍하게 여기면 돼. 이 사람은 자기 혼자서는 재미를 찾지 못하는 사람이구나, 불쌍하다. 그렇게 남의 물건을 빼앗거나, 남에게 폭력을 행사하는 그들은 결국 자기 혼자 힘으로 인생을 즐기는 방법을 모르는 불쌍한 인간인 거야. 물론 우리 반에는 그런 사람이 없지만." 구보 선생님이 못 박듯이 말해서 우스웠다. "만약 아무렇지도 않게 남에게 피해를 주는 사람이 있다면 속으로 슬그머니 생각하면 돼. 불쌍하다고."

구보 선생님의 말투가 매끄럽고 명랑해서 어쩐지 밝은 이야기로 들렸지만, 내용은 심술궂었다. 나는 다시 혼란스러워졌다. 분명 다른 아이들도 마찬가지일 테지. 어쩌면 뒤에 서 있는 학부모들도 그럴지 모른다.

"나쁜 짓을 하면 법에 따라 벌을 받지. 스포츠에도 규칙이 있어. 하지만 법률이나 규정집에는 실려 있지 않은 일도 많단다. 약아빠졌고 못됐지만 법으로는 처벌할 수 없는 일도 있는 거야. 그리고 사람은 대개 규정집에 실려 있지 않은 상황에서 시험을 당하지. 선생님 생각은 그래. 얼마 전에 선생님이 만난 사람은 자기가 직접 관련되지 않은 일로 몹시 고민했어. 간접적이지만 자기 때문에 누군가 상처 입지 않았을까 괴로워했지."그렇게 말했을 때 문득 구보 선생님의 목소리가 무겁게 가라앉은 것처럼 느껴졌다. "선생님은 그걸 알고, 내가 야단스럽다고 할 수도 있겠지만, 조금 감동했단다."

　말끝이 흐려져서 구보 선생님이 우는 게 아닐까 걱정됐다.

　"인간관계는 의외로 좁아. 친구의 친구가 다른 친구일 때도 있지. 건너건너 지인이 알고 보니 직접 아는 사람일 때도 있고. 나하고는 상관없다고 생각했다가 큰일 날 때도 있어. 양철 필통을 떨어뜨리는 게 특별히 나쁜 짓은 아니지만, 간접적으로는 모두에게 피해를 줘. 법률을 어긴 것도 아닌데 뭘 어쩌라는 거냐고 고집스럽게 버틸 수도 있겠지. 하지만 미안한 짓을 했다고 반성하는 사람이 훨씬 훌륭해. 그리고 그 훌륭함이 평판을 만들지. 그 평판이 언젠가 여러분을 도와줄 거야."

　구보 선생님이 말을 멈추자 또 교실이 조용해졌다.

　"그렇게 생각할 수도 있겠지?" 구보 선생님이 유쾌하게 말을 이었다. "어때? 선생님이 이렇게 말을 많이 해서 놀랐니?"

　네, 아주 많이.

　하지만 아무도 대답하지 않았다.

　잠시 후에 한 명이 손을 들었다. "선생님."

　"뭐니, 후쿠오."

　"선생님, 왜 갑자기 변했어요?" 후쿠오는 모두의 의문을 단도직입적으로 꺼내놓았다.

보호자들 사이에서도 약간 웃음이 나오자 교실을 짓누르고 있던 무거운 분위기가 한 꺼풀 벗겨진 느낌이 들었다.

구보 선생님은 쑥스러운 듯이 눈을 가늘게 떴다. "어, 그러니까" 하고 잠깐 뜸을 들였다. 진실을 말할지 말지 고민했는지도 모른다.

분명 준 아빠와 만난 것이 선생님이 달라진 계기다.

비에 축축이 젖은 그날 밤 이후로 선생님은 저주가 풀린 것처럼 후련해 보였다.

후쿠오가 양철 필통을 떨어뜨리기 직전에 선생님은 종이봉투에서 뭘 꺼내려고 했을까. 실은 뭘 할 생각이었을까.

그 이야기를 할 줄 알았는데 아니었다.

"처음에 말했다시피 선생님은 여러분이 상대에 따라 태도를 바꾸는 사람이 되지 않았으면 해. 애당초 상대가 어떤 사람인지는 바로 알 수가 없거든. 상대를 얕보았는데 실은 무서운 사람일지도 몰라. 첫인상이나 이미지로 단정했다가는 큰코다치지. 그러니까 어떤 사람이든 친절하고 정중하게 대하는 게 제일 좋아. 그렇지 않으면 상대가 자기 생각과는 다른 사람인 걸 알았을 때 난처하고 민망해질 거야." 구보 선생님은 다시 미소를 지었다. "그래서."

그래서?

"지금까지는 조금 못 미더운 선생님인 척한 거야."

거짓말이라는 걸 나는 알아차렸다. 그런 이유가 아니다. 하지만 아니라고 큰 소리로 떠들 수는 없었다.

"선생님이 어수룩하면 얕잡아보고서, 이렇게 말하면 좀 그렇지만, 기어오르는 아이가 있을지도 모르지. 한편 선생님이 어떻든 착실한 아이는 착실하게 행동하겠지."

"그걸 확인하려고 일부러 시원찮은 선생님인 척했다고요?" 후쿠오가 불만스럽다는 듯이 말했다. "심술이 너무 심하잖아요."

"확실히." 선생님은 고개를 끄덕끄덕하면서도 웃음을 거두지 않았다. "나는 제법 심술이 심해."

"아, 선생님." 후쿠오가 더욱 활기찬 목소리로 말했다.

"왜?"

"지금까지는 세상을 속이는 가짜 모습이었다는 뜻이에요?"

구보 선생님은 쓴웃음을 지으며 고개를 갸웃하더니 무슨 뜻이냐고 물었다.

"사실은 외계인인데 차로 변신해 있었던 거예요?"

"전혀 아닌데." 구보 선생님이 무뚝뚝하게 부정하는 것이 웃겨서 교실 안이 시끌벅적해졌다.

"쇼타, 아까 구보 선생님이 한 이야기, 무슨 뜻인지 알아들었어?" 수업이 끝나고 집에 가려고 본관 출입구에서 신발을 갈아 신고 있는데 후쿠오가 다가왔다. 책가방을 제대로 닫지 않은 탓에 걸을 때마다 덮개 부분이 탁탁 부딪치는 소리가 났다.

"잘 모르겠더라."

"나도. 평판이 중요하다는 말은 일리 있다고 생각했지만."

"그런가."

"그게 진정한 구보 선생님의 모습일까?"

"진정한?"

게임센터 앞에서 만난, 구보 선생님을 구보라고 부르던 누나가 생각났다. '구보'는 초등학교 선생님이 되기를 고대했다고 말했다. 오늘 선생님에게서는 그런 분위기가 느껴졌다.

"진정한 옵티머스 프라임."

"끈질기기는."

출입구를 나서서 운동장을 통해 밖으로 향했다. 그때 나이토가 뒤에서 앞질러 갔다.

"야, 나이토." 후쿠오가 불러 세웠다.

"뭐야?"

"이제 그런 짓은 그만두는 게 좋겠어."

"그런 짓이라니?"

"수업 방해."

"누가 수업을 방해했다고 그래?"

"구보 선생님 말 들었잖아. 나이토 하면 수업을 방해하기를 좋아하는 녀석, 아무렇지도 않게 남한테 피해를 주는 녀석, 자칫하면 그런 이미지가 굳어질 거야. 입 밖에는 내지 않지만 속으로는 다들 불쌍하다고 생각하고 있을지도 몰라."

"안 그래." 나이토의 욱한 모습에는 평소와는 달리 여유가 없었다.

구보 선생님의 말은 우리보다도 머리 좋은 나이토에게 구구절절 와닿은 것 아닐까.

"그딴 것보다 후쿠오, 너는 그 꾀죄죄한 옷이나 좀 어떻게 해라."

"구보 선생님도 말했잖아. 상대에 따라 태도를 바꾸는 건 좋지 않다고. 겉모습이나 옷으로만 판단하고 무시하면 큰코다칠걸."

"웃기고 있네."

"웃기다니 무슨 일인데?" 어디선가 목소리가 들렸다.

"어, 아빠." 나이토의 목소리가 높아졌다.

큰 키에 피부가 구릿빛으로 그을린 멋진 남자가 서 있었다. 아주 당당해 보였다.

이게 그 유명한 나이토의 아빠구나 싶었다.

"나이토, 늦어서 미안해. 서두른다고 서둘렀다만."

"괜찮아. 대단한 수업도 아니었는걸."

나이토 아빠는 그런 식으로 말하는 아들에게 아무런 주의도 주지 않았다.

나이토 아빠가 우리에게 시선을 주며 "나이토 친구니?" 하고 물었다.

"같은 반. 친구는 아니고."

나이토의 대답에 우리는 발끈했고, 나이토 아빠는 후후 웃었다.

그때 어떤 사람이 종종걸음으로 다가왔다. 양복 차림 여자가 "어휴, 후쿠오, 미안해" 하고 사과했다.

후쿠오가 부끄러운 듯이 웅얼웅얼 대답했다.

"일하다 보니 역시 시간이 빠듯해서. 수업 보고 싶었는데."

아니야, 어쩔 수 없지.

후쿠오는 어른스럽게 말했지만, 조금 어려진 것처럼 보이기도 했다.

나는 후쿠오 엄마를 잠시 관찰했다. 얇아빠진 옷만 입는 후쿠오 엄마가 어떤 옷을 입었는지 궁금했기 때문이다. 후쿠오 엄마의 옷은 추워 보일 만큼 얇지 않았다. 뭐, 그야 그렇겠지 싶었다. 우리 엄마한테는 없을 것 같은 고급스러운 손가방도 들었는데, 제법 잘 어울렸다. 행동거지가 시원시원하고 허리도 꼿꼿했다.

"어." 나이토 아빠가 반응을 보였다.

왜 그러나 싶었는데 우리 근처로 다가와서 "야스이 씨 아니세요?" 하고 갑자기 머리를 숙였다.

"아아." 후쿠오 엄마도 친근하게 인사를 받았다. "이런 데서 뵙네요. 요전에는 참 감사했어요."

"아이고, 제가 드릴 말씀이죠." 나이토 아빠의 태도가 아까까지

보다 한층 공손해졌다. "정말로 야스이 씨 덕분에 살았습니다."

업무 관계로 아는 사이인가 생각하며 멍하니 바라보고 있으니, 나이토가 조금 걱정스럽게 "아빠, 아는 사람이야?" 하고 물었다.

"우리 클라이언트, 그러니까 고객이셔. 늘 많이 도와주시지. 그랬구나, 같은 학교의……."

"그랬군요." 후쿠오 엄마가 부드럽게 고개를 끄덕였다. "세상 참 좁네."

이야, 하고 후쿠오는 입을 쭉 내밀며 "엄마, 얘가 쇼타야. 요즘에 자주 같이 놀아" 하고 말했다.

"고맙구나. 얘가 늘 같은 옷만 입고 다녀서 꼴사나워 보이겠지만." 후쿠오 엄마는 겸연쩍은 듯이 웃음을 지었다. "예전에 아빠가 사준 옷이라서" 하고 덧붙여 말했다.

창피한지 후쿠오는 "그런 거 아니래도" 하고 손을 내저었다.

아빠가 사준 옷이라서 어떻다는 걸까. 물어보지도 못하고, 나는 그저 너무 빨아서 얇아진 데다 로고도 희미해진 후쿠오의 티셔츠를 바라보았다.

"설마 야스이 씨 아드님과 저희 아들놈이 같은 반일 줄이야. 나이토, 사이좋게 지내지?" 나이토 아빠가 약간 다그치듯 말했다.

"친구로구나?" 후쿠오 엄마가 후쿠오에게 물었다.

그러자 후쿠오는 살짝 웃더니 "내게 좋은 생각이 있어"라는 옵티머스 프라임의 바로 그 대사를 꺼낼 듯한 표정을 지었다.

나이토는 아빠를 신경 쓰면서도 후쿠오를 보고 있었다. 부탁한다고 비는 눈치임을 알 수 있었다.

　후쿠오는 웃음을 머금은 채, 대답하려고 숨을 쓰읍 들이마셨다.

언니포치맨라이크

시간이 얼마나 남았는지는 거의 신경 쓰지 않았다. 관객석에서 우리 부모님과 우리 팀 아이들의 부모들이 이래라저래라 외치는 소리가 날아들었다.

"경기를 뛰는 우리보다 한술 더 뜬다는 게 수수께끼야." 예전에 슌스케가 그렇게 투덜거린 적이 있었다. 다들 동감이었다. 농구를 한 경험이 없는데도, 부모님들이 왜 경기 동영상을 틀어놓고 "아유무, 왜 이때 슛을 안 했니?"라는 둥 "여기서는 패스를 해야지"라는 둥 지적하는 건지 이해할 수가 없다. 부끄럽지도 않은 걸까.

상대 팀이 타임아웃을 요청해 우리는 벤치로 돌아갔다.

점수를 확인했다. 남은 시간 1분에 3점 차, 지고 있다. 이제 틀렸다고도, 아직 기회는 있다고도 생각할 수 있었다.

"잘했어, 잘했어. 따라갈 수 있어." 코치 이소켄이 우리를 격려했다. 우리 학교 선생님인 이소켄은 농구 경험자지만 특별히 실력이 좋았던 건 아니라고 한다.

어깻숨을 쉬면서 우리 다섯 명은 얼굴을 마주 보았다.

"3점 차라."

"빨리 공을 뺏어야 해."

"앞으로 1분이네."

센터 다케오가 골을 넣었을 때 상대 팀이 타임아웃을 요청했다. 흐름을 빼앗길까 봐 위기감을 느낀 것이리라. 타임아웃이 끝나고 상대 팀 공격 때 점수를 빼앗기면 상당히 힘들다.

"지금 이대로 한 번 더 가자. 다쿠미, 아까처럼 나한테 패스해." 다케오가 말했다. 6학년에 키 165센티미터, 체격도 좋아서 그야말로 기둥같이 든든한 센터라 할 수 있었지만 상대 팀에 더 큰 선수가 있어서 이번 경기 내내 좋은 위치에서는 공을 받지 못했다. 종반에 접어들어서야 다케오가 겨우 상대를 따돌리기 시작했다.

"하지만 패스를 뺏길까 봐 무서워. 아까는 운이 좋았어." 몸집이 작은 다쿠미가 나직하게 말했다. 다쿠미의 패스는 언제나 날카롭고 정확하다. 바운드시키는 각도와 코스가 절묘하고, 공을 위로 붕 띄워서 수비진을 넘기는 실력도 좋은 다쿠미가 신중해질 만큼 적의 움직임이 좋다는 뜻이다.

"미쓰오, 외곽에서 쏠 수 있을 것 같으면 슛을 해." 이소켄이 내 옆에 있는 미쓰오에게 지시했다.

늘 웃는 상에 얼굴이 동그래서 몰랑몰랑한 과자 같은 분위기를 풍기는 미쓰오지만, 지금만큼은 진지한 표정으로 고개를 끄덕였다.

"3점 슛이 있었으면." 내 머리보다 입이 먼저 움직였다. 리틀농구 경기에는 3점 슛 규칙이 적용되지 않는다. 아무리 멀리서 골을 넣어도 2점이다.

"네가 아무것도 안 하니까 따라잡힌 거잖아!"

상대 팀 벤치에서 크게 고함을 지르는 소리가 들렸다. 쳐다보자 남자 코치가 손가락질을 하면서 키 큰 선수를 혼내고 있었다. 체육관이 조용해졌다.

"우리가 열심히 해서 따라잡은 거지, 쟤는 잘못이 없는데." 이소켄은 씁쓸한 듯한 표정을 지었다.

"옛날 생각나네." 슌스케가 불쑥 꺼낸 말에 우리는 픽 웃었다.

원래 우리 팀 코치는 이소켄이 아니라 다른 사람이었다. 미니농구팀은 중학교 이후의 동아리 활동과는 달리, 학교와 직접 연결돼 있는 것이 아니므로 일반인이 연습을 지도하고 경기를 지휘하는 경우가 많다. 우리 팀 코치는 옛날에 어디서 명선수였다는, 내내 고함만 지르는 할아버지였다. 할아버지라지만 우리보다 훨씬 기운이 넘쳐서 경기만 했다 하면 처음부터 끝까지 고함을 지르고, 실수한 선수를 큰소리로 나무랐다. 싫었지만 아이들과 농구를 하기 위해서는 이 할아버지의 욕설을 견디는 수밖에 없다고, 이런 법이겠거니 하고 체념해야 했다. 경기를 해보면 우리 팀 코치만 화내는 것도 아니었다. 전부라고는 하지 않겠지만, 그런 코치가 나름대로 많아서 우리로서는 보통 다 이러는 거라고 생각했다.

그런데 예상외의 사람이 의문을 던졌다. 바로 미쓰오의 엄마였다. 우리가 6학년으로 올라갔을 무렵이었다.

연습 중에 우리가 지시대로 움직이지 못해서 몹시 화가 났는지 할아버지 코치가 길길이 뛰며 고함을 질렀다. 그리고 실수를 한 미쓰오에게 이러쿵저러쿵 설교를 늘어놓았다.

그때 나타난 사람이 미쓰오와 똑 닮은 미쓰오 엄마였다. 아들을 데리러 온 김에 연습을 견학하고 갈 생각이었으리라. 나이도 젊어서 우리 부모님보다 열 살은 어리다. "이혼한 아빠는 불량아였다는데, 엄마는 아니야" 하고 미쓰오가 이야기한 적 있다.

미쓰오 엄마는 코치에게 이렇게 말했다. "아, 그거 효과 없어요."

모두가, 코치는 물론 우리와 그 자리에 있던 다른 학부모들도 놀랐다. 미쓰오 엄마는 "아, 죄송해요, 저도 모르게" 하고 입에 손을 댔다. 하지만 거기서 그만두지 않고, 세상 물정 모르는 귀한 집 아가씨가 주변 분위기를 신경 쓰지 않는 것처럼 코치에게 더 다가갔다. "코치님, 그렇게 고함을 질러도 우리 미쓰오한테는 전혀 안 통해요."

미쓰오는 표정을 확 풀고 고개를 끄덕였다. 미쓰오 엄마와 미쓰오가 긴박한 상황에도 아랑곳없이 태평하게 행동하자 무심코 웃음이 났지만, 코치의 굳은 얼굴을 보고 얼른 표정을 다잡았다.

"그런 식으로 말하면 흘려듣거든요. 무섭다고 느끼는 감각이 달라서 그런가. 저도 골치가 아파요."

미쓰오 엄마는 동화 속 나라에라도 사는 것처럼 늘 태평한 말투로 이야기하므로, 논리로 코치를 이기려는 것처럼 느껴지지는 않았다. 실제로 미쓰오는 그런 성격인 모양이었다.

코치는 화가 나서 얼굴을 붉으락푸르락하며 몸을 덜덜 떨었지만, 미쓰오 엄마는 말을 멈추지 않았다. "아, 하지만 코치님이 짜증을 발산하고 싶으시다거나, 감정을 억누를 수 없어서 고함을 지르고 싶으신 것뿐이라면 그러셔도 전혀 상관없어요." 이 또한 어린이집 선생님이 아이를 타이르는 듯한 말투였다. "우리 미쓰오는 하나도 무서워하지 않으니까 딱 좋을지도 모르겠네요."

나중에 아이들만 남았을 때 슌스케가 "듣고 보니 그러네" 하고 말을 꺼냈다. "다 큰 어른이 초등학생한테 얼굴을 바싹 갖다 대고 고함을 지르지 않으면 가르칠 수 없다는 것 자체가 창피한 일이지."

확실히 그렇다. "미쓰오처럼 겁을 내지 않는 녀석이 있으면,

겁주는 것 말고는 지도 방법이 없는 그 코치는 외통수에 걸린 거잖아."

"미쓰오, 너희 엄마 예리하시다."

결국 코치는 얼마 지나지 않아 그만뒀다. 코치로 있기가 껄끄러웠는지도 모르겠다.

그 후 새 코치가 없으면 농구를 못 한다는 우리의 아우성을 듣고 나선 사람이 이소켄이었다. 실은 농구 지도자 자격증이 있다면서.

이소켄은 미쓰오 엄마와 관련된 일화를 모를 텐데도, 언성을 높이지 않고 늘 차분하게 우리를 지도했다. 경기 때도 "넌 대체 왜 그러냐"라는 둥 "빨리 해"라는 둥 "어떻게 하면 좋을지 생각 좀 해라"라는 둥 추상적인 데다 위압감만 주는 식으로 무의미하게 큰소리를 지르는 대신, 달리는 라인이나 서야 할 위치 등 구체적인 플레이에 대해 알기 쉽게 지시했다. 큰 점수 차로 질 상황에 처했을 때도 "점수 차는 잊어버리자. 다음에는 이길 수 있도록 연습하면 돼" 하고 상대의 약점을 찾으며 연계 플레이를 몇 번이나 시도하게 해주었다. 그 결과, 참패를 안겨준 상대와 다음에 붙었을 때 이긴 적도 있었다.

타임아웃이 끝났음을 알리는 버저가 울렸다. 상대 팀 코치는 경기가 재개되기 직전까지 선수를 야단쳤다.

"지기 싫은데." 슌스케가 상대 팀 벤치에 시선을 주었다.

동감이었다. 결국 폭언으로 지도하는 방식을 채택한 팀이 강하다는 결과가 나오면 속상하다.

"남은 시간 1분." 이소켄은 우리를 코트로 내보낼 때 말했다. 여기서 지면 초등학교 시절의 공식적인 농구 경기는 끝이었다. "농구의 세계에서 남은 시간 1분을 뭐라고 하는지 아니?" 이소켄이 물었다.

뭐라고 하는데요?

나를 비롯해 모두가 돌아보았다.

영원이야, 영원.

이소켄이 그렇게 싱겁게 대답하는 소리를 들으며 우리는 코트로 나갔다.

상대가 엔드라인에서 공을 던지면서 경기가 재개됐다. 일단 공부터 빼앗아야 한다. 상대 팀이 득점해서 5점 차로 벌어지면 아주 어렵다기보다 절망적이다.

포인트가드인 나는 상대 팀 포인트가드를 마크했다. 공을 던질 때 스틸할 수 있으면 최고지만, 그렇게 일이 술술 풀리지는 않는다. 드리블하는 상대를 정면으로 보고 의식을 집중했다. 뚫려서는 안 되고, 유효한 패스를 허용하고 싶지도 않다. 몸 구석구석까지 팽팽하게 긴장되는 느낌이었다.

3점 차, 앞으로 1분, 시간은 점점 줄어든다. 초조해하면 안 되지만 초조하다.

앞에 있는 상대 선수는 드리블이 좋았다. 천천히 공을 튀기지만 섣불리 움직였다가는 빈틈을 간파당해 오히려 뚫릴 가능성이 있었다. 하지만 움직이지 않을 수 없다. 이대로 가만히 기다리다가 시간이 다 지나가는 건 싫다.

도박에 나서지 마.

예전 코치는 자주 그렇게 말했다. 경마나 파친코 같은 도박을 말하는 게 아니다. '잘되면 최고지만, 실패하면 최악의 상황이 발생'하는 플레이는 하지 말라는 뜻이다. 확실히 도 아니면 모라는 기분으로 나서고 싶을 때가 있다. 잘됐을 때 얼마나 기쁠지 상상하면 꼭 도전하고 싶어진다.

"그런 자기중심적인 플레이는 용납할 수 없어. 내가 하라는 대로 하면 돼."

할아버지 코치는 그렇게 말했다. 선수를 장기말로 보는 느낌이라 화는 났지만, 도박에 나서는 행동이 위험하다는 건 이해했다.

이소켄도 비슷한 소리를 하기는 했다. "무리는 하지 않는 게 좋아. 화려한 플레이보다 수수한 움직임을 착실하게 반복하는 편이 훨씬 강하니까"라고. 다만 "그래도 만약" 하고 말을 이었다.

그래도 만약 경기 중에 자신의 플레이로 경기의 흐름이 바뀔 거라 믿는다면, 그때는 시도해봐. 그건 도박이 아니라 도전이니까. 경기는 나나 부모님 게 아니라 너희 거야. 인생을 살면서 도전하는 건 자신만의 특권이지.

"잘 안 되면 나중에 모두에게 사과하면 돼. 실패하면 코치인 내 탓이고 성공하면 너희 실력이니까." 이소켄은 그렇게 덧붙이고 나서 "폼 잡고 한마디 하기는 했지만, 실패하면 내 탓이라는 말은 좀 심했나" 하고 쓴웃음을 지었다.

할 수 있다.

나는 공에 손을 뻗었다. 감촉이 없었다. 상대 선수가 빙글 몸을 돌려 빠져나갔다.

당했다.

내 탓이다. 다들 미안해. 한순간에 온갖 생각이 머릿속에 퍼져나갔다. 졌다. 쫓아가야 해.

끽, 하고 뒤에서 농구화가 코트 바닥을 비비는 소리가 났다.

미쓰오가 뚫린 나를 지원하기 위해 뛰쳐나온 것이다. 약간 균형을 잃은 상대가 옆으로 흘린 공을 미쓰오가 쳐냈다.

나이스 스틸! 나는 속으로 소리쳤다. 공이 굴렀다. 미쓰오가 달려들었다. 상대도 허겁지겁 공을 잡았다. 무릎을 코트에 댄 자세로 쟁탈전이 시작됐다.

온화하니 평화주의를 똘똘 뭉친 것처럼 생긴 미쓰오지만, 루스 볼을 차지하는 공 쟁탈전이 특기였다.

재빨리 몸을 날린다.

그리고 잡은 공을 놓지 않는다.

교착 상태에 빠지면 상대 팀의 공격으로 경기가 재개되므로, 어떻게든 공을 빼앗아주었으면 했다. 미쓰오라면 빼앗을 것이라고 나는 생각했다.

1초만 더 늦었어도 심판이 호루라기를 불어 재시작했을지도 모른다. 미쓰오가 공을 단단히 잡고 일어섰다.

"미쓰오!"

슌스케가 외쳤다. 앞으로 달리기 시작했다기보다, 루스 볼을 미쓰오가 차지하리라 믿고서 미리 출발했는지 이미 골대 근처에 다다랐다.

미쓰오가 망설임 없이 패스했다. 하지만 상대에게 코스를 읽혔다. 뛰어오른 상대 선수의 손이 공에 닿았지만 잡지는 못했다. 환성과 비명이 순식간에 교차했다.

하지만 이번에는 다쿠미가 공을 잡았다. 작은 체구를 살려 바닥을 미끄러지듯이 드리블했다.

골대 아래에 있던 슌스케에게는 마크가 붙었으므로 공을 줄 수 없었다.

"아유무!" 다쿠미가 내게 패스했다. 3점 슛 라인 조금 바깥, 45도 각도였다. 내게 붙을 수비수는 아까 미쓰오와 공을 다투느라 아직 위치를 잡지 못했다.

앞은 텅 비어 있었다. 안으로 드리블해 들어가면 상대 센터가 막아서리라는 것은 상상이 갔다. 이 위치라면 슛을 쏠 수 있다.

쏘라고 머리는 명령했다. 여기서 슛을 하지 않으면 언제 하겠느냐고.

몸이 즉시 움직이지 않은 건 '빗나가면?'이라는 생각이 순간 머릿속을 스쳤기 때문이었다. 3점 차의 접전, 이제 시간이 없는 상황에서 내가 귀중한 기회를 놓쳐도 될까 불안해졌다. 쏘지 않으면 골은 들어가지 않는다. 당연하다. 하지만 빗나간다면?

소중한 한 걸음을 내디딜 수 있도록. 부모님은 그럼 마음으로 내게 '아유무'라는 이름을 붙였다고 한다.* 그런데도 나는 정작 중요할 때 주저하고 만다.

반에서 연극 배역을 정할 때도 손을 들면 관심이 집중될까 봐 두려워서 희망하는 배역을 포기한다. 유원지로 소풍을 가서 탑승 인원이 한정된 놀이기구를 탈 때 "나도!" 하고 주장할 용기가 없어서 타지 못했다.

발을 내디디지 않으면 위험성은 줄어든다. 하지만 얻고 싶은 것은 얻을 수 없다.

한 발짝, 앞으로!

내 앞으로 돌아온 수비수가 손을 들고 자세를 잡았다.

기회를 잃었다. 그걸 아쉬워할 여유도 없다. 남은 시간은 모르겠다.

다시 다쿠미에게 공을 돌렸다.

다쿠미는 나와 달리 언제든지 냉정하고 망설임이 없다. 당장 낮은 자세로 드리블해서 안으로 파고들었다. 그대로 슛까지 쏘려나 했지만, 수비수가 막아서기 직전에 바깥으로 바닥을 기는

---

* 한자로 걸음 보(步)를 쓴다.

듯한 패스를 했다. 코트에 튕긴 공이 골대 정면 3점 슛 라인 근처에 서 있는 미쓰오에게 전달됐다.

골대 밑에는 다케오가 리바운드를 하기 위해 진을 치고 있었다.

"미쓰오도 아유무도 밖에서 쏠 수 있을 때는 쏴. 내가 리바운드할 테니까 걱정하지 말고."

다케오는 자주 그런 말을 했다. 그런 패기와는 반대로 다케오가 리바운드를 하지 못할 때도 나름 많았지만, 내가 리바운드할 테니 걱정하지 말라는 말만큼은 든든했다.

미쓰오는 주저 없이 슛을 쐈다. 공은 아름다운 곡선을 그렸다. 나는 시간이 멈춘 것만 같은 기분으로 공을 바라보며 들어가라고 염원했다.

공이 림에 맞고 튀어나왔다. 틀렸다고 낙담할 때가 아니다. 이 공을 누가 차지하느냐에 모든 것이 걸렸다.

다케오가 떨어지는 공을 가만히 올려다보았다. 키 큰 상대 선수와 밀치락달치락 자리를 다투었다.

상대 선수가 먼저 점프했고, 그 후에 다케오가 뛰어올랐다. 손을 뻗는다. 키는 뒤지지만 뛰어오르는 기세와 타이밍은 다케오가 이겼다. 손끝이 공에 닿았다.

튕겨 오른 공을 다케오가 다시 점프해서 쳐냈다. 공은 누구의 손에도 들어가지 않고 공깃돌처럼 허공에 떴다.

다케오가 마침내 두 손으로 공을 붙잡는 모습이 보였다. 두 발이 동시에 코트에 닿았다. 그대로 슛해! 나는 속으로 소리쳤다.

손을 번쩍 쳐든 상대 선수 두 명이 골대로 몸을 돌리는 다케오를 벽처럼 막아섰다.

그때 슌스케가 질풍처럼 옆으로 다가왔다. 골대를 향해 소리도 없이 달려온 것이다.

거기를 지나갈 줄 알고 있었다는 듯이 다케오가 슌스케에게 가볍게 패스했다.

슌스케, 부탁한다.

그 직후에 공을 받은 슌스케가 골대 아래로 돌아 들어갔다.

소리가 사라지고, 재빠른 슌스케의 움직임이 아주 느릿느릿해 보였다.

풀쩍 뛰어올라 몸을 비튼다. 백슛을 노린다.

공이 손을 떠난다. 들어가라고 기원하며 내가 지켜보고 있는 가운데, 공이 골망을 통과하는 소리가 났다.

두 주먹을 불끈 쥐고 기뻐하는 슌스케와 다케오가 눈에 들어온 다음 순간, 누군가의 환성이 들렸다. 나도 오른손으로 주먹을 쥐었다. 미쓰오의 표정이 누그러졌다. 다쿠미는 아무렇지도 않은 얼굴로 "앞으로 1점" 하고 말했다.

남은 시간은 약 20초였다.

상대 팀은 그동안 공을 우리에게 빼앗기지 않으면 이긴다. 엔드라인에서 상대가 공을 던지는 것부터 방해하고 싶었지만, 위치를 잡기 전에 패스했다.

공을 빼앗고 싶었다. 무리하면 아까처럼 허를 찔린다. 파울도 피하고 싶었다. 머릿속에서 스톱워치가, 그렇다기보다 모래시계의 모래가 무서운 속도로 떨어져 내렸다.

하프라인을 넘자 내가 마크한 선수가 발을 멈추고 제자리에서 공을 튀겼다. 이대로 시간이 흐르면 진다. 움직여야 한다고 생각하면서도 또 실수할까 봐 무서워서 승부에 나설 수 없었다.

그때 다쿠미가 옆으로 다가왔다. 둘이서 상대 선수를 감싸는 형태가 됐다. 드리블 중인 공격수에게는 더블팀이 허용되지만, 한편으로 다쿠미가 마크해야 할 선수는 무방비로 남는다. 위험성은 있지만, 물론 지금은 위험성이나 따질 상황이 아니라고 다쿠미는 생각한 것이다.

도박이 아니라 도전이다.

혼자서는 자신이 없었지만 두 명이라면 할 수 있지 않을까 싶었다. 등에서 뜨거운 자신감이 솟구치는 것 같았다.

조바심이 났는지 상대의 드리블이 약간 흐트러졌다. 다쿠미가 빈틈을 놓치지 않고 자세를 낮추더니 거의 손끝만으로 공을 쳐냈다.

굴러가는 공을 내가 잡았다.

"아유무!" 슌스케가 옆을 달려갔다. 상대 수비수도 놓치지 않겠다는 듯이 슌스케 옆을 뛰어갔다.

이런 장면에서는 언제나 슌스케가 득점한다. 지금까지 그랬으니까 이번에도 분명 그럴 것이다.

롱패스는 내 특기였다.

달려가는 슌스케의 앞쪽을 노리고 공을 던졌다. 가라. 슌스케가 공을 받아서 달렸다. 연기를 일으킬 만큼 빨라 보였다. 이대로 레이업 슛을 넣어서 역전하는 광경이 눈앞에 떠올랐다. 타이머를 보자 아직 5초는 남아 있었다.

할 수 있다고 생각한 직후에 슌스케가 넘어졌다. 바닥이 미끄러웠는지 균형을 잃었다.

아, 하고 체육관에 목소리가 울려 퍼진 것 같았지만, 그 후로는 아무 소리도 들리지 않았다. 내 귀가 막혀버렸는지도 모르겠다.

허둥지둥 일어서는 슌스케와 공을 줍는 상대 선수가 보였다. 상대 선수가 드리블을 하며 이동하려다 슌스케가 순간적으로 내민 발에 걸려서 나동그라졌다.

심판이 호루라기를 불며 오른손으로 자기 왼쪽 손목을 잡고 들어 올리는 동작을 했다.

언스포츠맨라이크 파울이다.

이렇게 그때 일을 떠올리고 있자니 미쓰오가 "아유무, 뭘 그렇게 멍하니 있냐?" 하고 물었다.

"그때 언스포츠맨라이크 파울을 받은 걸 생각하고 있었어. 5년 전에 말이야."

"언스포츠맨라이크 파울? 아아, 슌스케가 받은 거?" 미쓰오가 무심하게 되묻자, 슌스케는 혀를 차고 싶은 듯한 표정을 지었다.

"오랜만에 만났는데 굳이 그런 일을 되새길 것 없잖아."

"오랜만에 만났으니까 그렇지."

초등학교 6학년, 리틀 농구 마지막 대회 때 우리는 결국 져서 결승 토너먼트에 출전하지 못했다. 언스포츠맨라이크 파울은 그대로 번역하자면 스포츠맨답지 않은 파울이라는 뜻이랄까, 아무튼 무거운 반칙이다. 반칙을 당한 상대에게 자유투 두 개가 주어지는 데다 공격권도 가져간다. 그때 상대 팀은 자유투 두 개를 다 넣었고, 그대로 경기가 끝났다.

"나도 가끔 생각나." 다케오가 말했다.

"저기, 언스포츠맨라이크 파울은 그렇게 드물지도 않잖아." 슌스케가 따졌다.

특별히 난폭한 플레이가 아니라 상대 팀 속공을 고의 파울로 끊기만 해도 언스포츠맨라이크 파울은 선언되므로, 확실히 그렇게 드문 반칙은 아니었다.

"하지만 그렇게까지 대놓고 상대의 발을 거는 파울은 드물지."

"일부러 그런 거 아니래도."

중학교를 졸업하고 각자 다른 고등학교에 들어갔으므로 모두 함께 만나는 건 거의 2년 만이었다.

일요일 한낮, 우리의 재회를 축하하듯(축하한다기보다는 그저 방해하지 않는 정도의 배려일지도 모르지만) 하늘은 맑은 푸른색이었고 구름도 어디론가 몸을 숨겼다.

우리는 방금 전까지 이소켄의 집에 있었다. 창가 침대에서 몸을 일으킨 이소켄이 커튼 너머로 바깥을 힐끗 보고 "가을 하늘이로군" 하고 말했던 것이 생각났다.

"다케오, 넌 초등학생 때가 황금기였잖아. 이제 키는 내가 좀 더 커." 슌스케가 야유하듯이 말한 건 그때의 언스포츠맨라이크 파울로 놀림 받는 걸 피하고 싶었기 때문인지도 모른다. "이왕이면 중학교 마지막 대회에서 나온 내 바스켓 카운트*를 떠올려 줘. 동점을 만든 필살의 플레이였다고."

"결국 그때도 졌지만." 다쿠미가 말했다. 여전히 우리 중에서는 제일 작지만, 그래도 우리 중에서 제일 어른스럽고 산뜻한 미남이다. 사복도 세련돼서 혼자 앞서가는 기분이 들었다.

"그것보다 슌스케, 아까 농구부 관뒀다고 했잖아?"

"관뒀지, 관뒀어."

침대에서 몸을 일으킨 이소켄에게 각자 근황을 이야기할 때

---

* 슛 동작 때 반칙이 선언되고 골이 들어갔을 경우, 득점을 인정하고 추가로 자유투 하나를 주는 것.

슌스케가 "선생님, 저는 농구부 그만두고 지금은 학교랑 집만 왔다 갔다 해요" 하고 말했다. 허를 찔린 탓인지 나는 그 자리에서 바로 캐묻지 못했는데, 미쓰오도 마음에 걸린 것 같았다.

다케오는 알고 있었는지 "진짜 아깝다니까" 하고 작게 투덜거렸다.

"왜 그만뒀는데?"

"여러 가지 이유로." 슌스케는 짧게 대답했다.

"그럼 농구를 계속하는 건 다케오뿐인가." 미쓰오가 느긋한 투로 말했다.

다쿠미는 현에서 제일가는 진학교*의 특별 진학반으로, 아버지처럼 의사가 되기 위해 매일 열심히 공부하고 있다는 모양이다. 미쓰오는 고등학교에 입학하고 농구부에 들어갔지만, 엄마가 운영하는 카페를 돕기 위해 동아리 활동은 그만두었다고 한다. 나는 같은 반 친구와 밴드를 결성해 라이브 공연 흉내를 내고 있지만, 특별한 목표나 야심이 있는 건 아니다.

중학생 시절에도 농구부원은 많지 않았다. 리틀 농구를 할 때처럼 인원 부족으로 고생할 수는 없다는 심정에서 닥치는 대로 동아리원을 모집했지만, 테니스 붐이 한창이어서 결국 가입한 사람은 우리 다섯 명뿐이었다. 마지막 해에도 후배들을 끼운다고 끼웠지만 거의 우리 다섯 명으로 싸웠다. 내내 다섯 명이 함

---

* 명문대학교에 입학하는 학생의 비율이 높은 고등학교를 가리킨다.

께 해왔는데, 지금은 뿔뿔이 흩어졌으니 세상일은 참 알 수가 없다.

다케오는 슌스케처럼 농구 명문고에 들어갔다. 키가 크지 않아 고민이라고는 하나 준주전의 위치에서 연습에 힘쓰고 있다는 모양이다.

"고등학교에서 슌스케와 경기하는 날이 오기를 기대하고 있었는데." 우직한 다케오가 말하면 별것 아닌 말도 무게감 있는 고백으로 들린다.

슌스케는 말이 아니라 건조한 웃음소리로 답했다.

"이소켄, 괜찮으려나." 무슨 말이라도 하는 게 좋겠다는 생각에, 내 입에서 그런 말이 새어 나왔다.

"다쿠미, 이소켄의 상태는 좀 어때?" 다케오가 물었지만, 물론 의학부를 지망하는 머리 좋은 고등학생에 불과한 다쿠미가 이소켄을 진단할 수 있을 리 없다.

다쿠미는 자기가 어떻게 아느냐고 대답하는 것조차 귀찮아 보였다. "이소켄도 말했잖아. 이왕이면 집에 있는 편이 낫겠다고. 요컨대 그런 거 아니겠어?"

"그런 거라니, 그게 무슨 뜻인데?"

반년쯤 전, 이소켄이 병으로 교사 일을 쉬고 있다는 사실을 알았다. 우리 엄마가 몇 다리 건너서 들었는데 아무래도 무거운 병, 아마도 암인 듯하다는 이야기였다. 아직 젊은 이소켄이 암이라니 나는 충격을 받았다. 병문안을 가야 하지 않을까 싶었지만, 여느 때처럼 나는 한 발짝을 내딛지 못하고 어떻게 할지 고민했다. 그런데 마침 학원 다녀오는 길에 마주친 미쓰오가 "병문안 가야겠네" 하고 선뜻 결정해주었다.

엄마에게 상의하고 나서 이소켄의 집에 전화하자 이소켄의 부인께서 꼭 와달라고, 이쪽이 놀랄 만큼 확실하게 답하시기에 말이 나온 김에 리틀 농구를 함께 한 다섯 명을 소집하기로 했다.

이소켄은 활짝 웃으며 우리를 맞이해주었다. "너무 한가해서 지겹구나" 하고 농담처럼 말했지만, 진심으로 들렸다. 잠옷 차림의 선생님은 처음 본 탓인지, 너무나 느슨한 그 모습이 당혹스러웠다. 게다가 몸이 아주 작게 느껴졌다. 내가 컸기 때문인가 싶기도 했지만, 옷자락 아래로 보이는 발목이 놀랄 만큼 가늘어서 눈을 돌리고 싶을 지경이었다.

"선생님, 무슨 병이세요?"

다케오가 실례일 수 있는 질문을 아주 단도직입적으로 던진 것도, 야위고 가냘파진 선생님의 모습에 동요했기 때문이리라.

병문안을 온 건 좋지만, 환자 앞에서 어떻게 행동하고 어떤 말을 하면 될지 몰랐기에 우리는 가시방석에 앉은 기분이었다.

"암이야, 암." 이소켄은 무리하는 기색 없이 말했다. 어디에 암이 생겼는지도 알려주었지만 머릿속에 잘 들어오지 않았다.

돌아가는 길에 우리는 대형을 바꾸는 항공부대처럼 1열 횡대나 2열 횡대로 걸으면서 이야기를 나누었다. 역 근처 패스트푸드점에라도 갈까, 라는 누군가의 말에 오늘 시험이 있다는 다쿠미 말고는 모두 동의했다.

"그거 정말일까?" 다케오가 말을 꺼냈다.

"그거라니?" 미쓰오가 되묻자 "이소켄이 경기 본다는 이야기?" 하고 다쿠미가 정답을 맞혔다.

상태가 안 좋아지거나 약물치료를 받다가 힘들 때는 자주 너희 경기를 봤어. 이소켄은 그렇게 말했다.

"그 마지막 경기, 남은 시간 1분에 3점 차, 거기서부터 펼쳐지는 전개가 진짜 가슴을 뜨겁게 해. 기운이 나지. 정말로 기운이 난단다."

이소켄은 그때 임시 코치 같은 역할이라 우리가 졸업하고 얼마 지나지 않아 리틀 농구팀을 떠난 모양이었다. 어쩌면 그 무렵부터 몸 상태가 좋지 않았을지도 모른다. 아무튼 그런 만큼 우리 경기가 인상에 남은 것이리라.

경기를 녹화한 DVD를 보고, 그러기 힘들 때라도 머릿속으로 떠올렸다고 이야기했다. "너희가 그렇게 힘냈으니, 나도 힘내야겠다고 생각했지. 수없이 봤어."

수없이 수없이, 하고 이소켄은 강조했다.

어쩐지 겸연쩍어서 우리는 잠시 아무 말도 하지 못했다. 조금 시간이 흐른 후에 슌스케가 "기억 속에서는 제가 언스포츠맨라이크 파울을 안 했어요?" 하고 농담을 던졌다.

"완벽하게 파울했지. 발을 걸어서 넘어뜨리다니, 그건 심했어." 이소켄은 입을 크게 벌리고 웃었다. 웃는 얼굴은 옛날과 다름없었지만, 옛날보다 윤곽이 희미하게 느껴져서 서글펐다.

"어, 저기." 시민공원 옆을 지나갈 때 다케오가 공원의 잔디 광장 쪽을 가리켰다.

농구 골대가 설치되어 있었다. 비교적 새것 같았다.

"가보자." 다케오가 말했다.

"가서 어쩌자고?" 다쿠미가 입을 삐죽 내밀었다.

"공도 없잖아." 슌스케가 귀찮다는 듯이 대꾸했다.

하지만 공원을 가로지르는 게 지름길이므로 우리는 공원으로 들어가서 잔디 광장을 통과했다.

일요일 한낮치고는 한산하게 느껴졌지만, 그래도 어린아이들이 드문드문 뛰어놀고 있었다.

농구 골대가 있는 곳은 좀 더 안쪽이다. 길거리 농구 코트인 듯 3대3 게임을 하는 사람들이 멀리서도 보였다.

"끼워달라고 하자."

"다케오, 너랑 달리 우린 중학교를 졸업하고는 농구에서 손 뗐으니까 몸이 다 굳었다고." 나는 주장했다.

"그럼, 그럼. 얼마 전 체육시간에 농구했는데, 슛이 전혀 안 들어가더라." 슌스케가 쑥스러움을 감추려는지 기지개를 켰다.

"에이, 슌스케는 그러면 안 되지."

"왜? 미쓰오 너도 농구에서 멀어졌잖아."

"에이, 나랑 넌 다르지. 슌스케 넌 열심히 해야 해."

"어째서?"

슌스케는 농구를 그만둔 이유에 대해서는 말을 얼버무렸다. 그래서 파고들기 망설여졌지만, 미쓰오의 말투가 단호해서 나는 조금 놀랐다.

"그야 옛날부터 슌스케는 농구선수가 될 거라고 생각했으니까. 프로까지는 가지 않더라도 쭉 농구선수로 사는 거지."

"무리야."

"그럼 유튜버라도 하면 되잖아. 요즘 많아. 1대1 경기를 하거나, 슛 챌린지를 하는 유튜버."

"유튜버? 내가?"

"슌스케는 꽤나 시선을 잡아끄는 매력이 있으니까 잘 어울릴지도."

"미쓰오 너, 진짜 끈질기다." 슌스케는 퉁명스럽게 받아넘겼다.

"그래. 이 일에 관해서만큼은 끈질겨." 미쓰오가 말했다.

성가신 듯이 반응하는 슌스케도 농구 골대로 쭉 이어지는 길에서 벗어날 낌새는 보이지 않았다. 의외로 할 마음이 있는지도 모르겠다. 나는 오랜만에 슌스케와 다케오의 플레이를 볼 수 있다니 재미있겠다고 한가롭게 생각하며 뒤따라갔다.

"아유무, 잠깐만." 다쿠미가 갑자기 나를 불렀다. 내가 제일 가까이에 있었기 때문이리라.

뭔가 싶어서 보자 다쿠미는 광장 옆 벤치 근처에 있는 남자에게 시선을 주고 있었다.

그 남자는 막 일어선 것 같았다. 배낭을 들고 있었다. 이끼색 점퍼를 걸쳤는데, 파란 청바지는 몸에 잘 맞지 않았다. 체격이 좋고 어깨도 넓었지만, 등이 구부정한 탓인지 생기가 느껴지지 않았다.

나이는 나보다 조금 위, 20대일까. 아이를 데려온 아빠치고는 젊으니까, 휴일에 공원에서 느긋하게 휴식을 취하고 있는 건지도 모른다. 아니면 뭔가 시간이 되기를 기다리느라 앉아 있었던 걸까.

그래서 다쿠미가 "저 사람, 수상하지 않아?" 하고 말한 이유를 처음에는 이해하지 못했다.

"어, 뭐가?"

"왜 그래?" 미쓰오가 돌아보자 다케오와 슌스케도 멈춰 섰다.

저 남자, 하고 다쿠미가 예의는 제쳐놓고 앞쪽에 있는 남자의 등을 손가락으로 가리켰다. "수상하지 않아?"

"어떻게 수상한데?"

"최근에도 있었잖아. 도내에서."

뭘 이야기하는지 감이 딱 왔다. 보름쯤 전에 묻지 마 사건이 발생했다. 젊은 남자가 번화가에서 칼을 휘둘러 사망자가 나왔다. 체포된 범인은 죄책감이라곤 없이 뻔뻔하게 자기 인생을 원망하는 말을 늘어놓았다고 뉴스에서 보도했다.

"그런 사건이 한 번 발생하면 여기저기서 비슷한 사건이 발생해." 다쿠미가 말했다. "전염되는 건지, 아니면 그런 방법이 있었다는 걸 알아차리기라도 하는 건지."

이끼색 점퍼를 걸친 남자가 모래밭에 있는 아이를 향해 느릿느릿 걸어갔다.

우리 다섯 명은 얼굴을 마주 보았다.

큰일 날지도 모른다고 생각했지만 나는 바로 발이 움직이지 않았다. 남자는 배낭을 메지 않고 손에 들고 있었다. 그 모습이 어쩐지 부자연스럽다고 느꼈을 때 남자가 손을 배낭 속에 넣었다. 찜찜한 예감이 온몸을 내달렸다. 빨리 움직이라고 손발과 내장은 판단했지만, 머리가 제동을 걸었다. 신중하게 행동해야 한다고.

경기 장면이 떠올랐다. 초등학생 시절의 마지막 대회, 바로 그 경기다. 시간이 1분도 남지 않았을 때 내게 공이 넘어왔고, 앞에는 수비수가 없었다. 한순간의 빈틈, 기회라고도 할 수 있었지만 나는 슛을 망설였다. 소중한 기회를 내가 망칠까 봐 무서웠기 때문이다.

중요한 순간인데도 주변을 둘러보고 망설이는 게 나다. "한 발짝 내디디지도 못하면서 이름이 아유무래요!"라는 목소리가 머리를 스쳤다. 유치원에 다닐 무렵 입이 험한 누군가가, 유치원생 아니면 유치원생의 부모가 한 말이다. 말한 본인은 재미있는 표현이라고 생각했을지도 모르지만, 내 몸에는 그 말이 저주처럼 남아 있다.

그런 나를 내버려두고 다케오와 슌스케가 땅을 박찼다.

"어이, 거기." 다케오가 불렀을 때, 남자가 배낭에서 칼날이 길쭉한 식칼을 꺼내 쥐고 돌아보았다.

현실이 아닌 것만 같았다. 발이 땅에 닿지 않고 허공에 둥실둥실 떠 있는 기분이었다.

"위험해." 미쓰오가 옆에서 소리치며 역시 앞으로 달려가는 것을 보고서야 나도 겨우 따라갔다.

이쪽을 본 남자의 얼굴은 네모난 윤곽에 눈과 코만 달린 것처럼 느껴질 만큼 표정이 없었다. 넓은 이마가 두드러졌고 가느다란 눈은 파충류를 연상시켰다.

다시 등을 돌린 남자의 걸음이 조금 빨라졌다. 식칼을 쥔 채 성큼성큼 모래밭으로 간다. 일부러인지 우연인지 배낭이 땅에 떨어졌고, 열린 배낭에서 비슷한 칼들이 몇 개 굴러 나왔다.

비명이 들린 것 같기도 했지만, 내 머릿속에서만 울려 퍼졌는지도 모른다.

다케오와 슌스케는 겁먹지 않고 온 힘을 다해 달려갔다. 다쿠미와 미쓰오도 달렸고, 나도 그 뒤를 쫓았다.

슌스케는 망설임이 없었다. 앞을 걷는 남자를 따라잡자마자 남자의 몸을 힘차게 잡아당겨서 뒤로 넘어뜨렸다. 남자가 빙글 돌며 보기 좋게 나동그라졌다.

그러자 다케오가 엎어진 남자 위에 올라타고 꼼짝 못 하도록 붙잡았다. 슌스케가 칼을 빼앗아서 저 멀리 던졌다. 미쓰오는 남자의 다리 부분을 몸으로 눌러서 움직임을 봉쇄했다.

"아유무, 전화!" 슌스케의 말에 나는 즉시 스마트폰을 꺼냈지만, 이미 옆에서 다쿠미가 전화를 걸고 있었다.

뭘 해도 한 발짝 늦는 내가 싫어졌다. 나 말고 다른 네 사람은 언제나 해야 할 일을 하는데.

주변에 있던 보호자들이 비명을 지르는 것이 들렸다.

경찰차가 사이렌을 울리며 출동할 때까지 나는 멀뚱히 서 있었다. 뜀뛰기를 하는 것도 아닌데 몸이 위아래로 움직였다. 심장이 쿵쿵 소리 나게 뛰고 피가 온몸을 빙빙 돌고 있기 때문임을 깨닫기까지 시간이 좀 걸렸다.

이렇게 그때 일을 떠올리고 있자니 미쓰오가 "아유무, 뭘 그렇게 멍하니 있냐?" 하고 물었다.

우리 두 사람은 체육관 밖에 서 있었다. 우리가 십여 년 전에 졸업한 초등학교다. 몇 년 전에 개축돼서 옛날 모습은 거의 사라졌고, 체육관도 훌륭해졌다. 저출산이라는 말이 익숙해진 시대지만, 어째선지 이 구역에서는 아이를 키우는 세대가 늘어나서 건물 크기가 학생 숫자를 감당하지 못하게 되었다는 모양이다.

체육관 안에서 농구공을 튀기는 소리와 아이들이 구령을 붙이는 소리가 들렸다.

"6년 전에 있었던 그 사건을 생각하고 있었어. 함께 모여서 이소켄의 집에 다녀오는 길에 있었던." 그때 우리는 고등학생이었다.

"아아, 이소켄." 미쓰오가 그리운 듯이 말했다. 대학을 졸업한 후 지인과 함께 애플리케이션 제작 회사를 차렸다는 이야기를 들었을 때는 만사태평한 미쓰오가 회사를 잘 경영할 수 있을지 걱정됐지만, 엔지니어로서의 능력은 탁월했는지 회사는 탄탄대로를 걷고 있는 듯했다. 재킷에 청바지라는 가뿐한 차림새였는데, 평소에도 그렇게 출퇴근한다니 조금 부러웠다.

"다섯 명이 다 모이는 건 그때 이후 처음이라 아무래도 생각이 나네." 나는 그렇게 말했다.

"그때 굉장했지. 주목도 많이 받았고."

"넌 요즘 다른 애들이랑 만나?"

"다쿠미하고는 역에서 마주치기도 하지만, 다케오하고는 전혀. 슌스케는 어쩐지 바쁜 모양이고, 이제는 유명인이잖아."

"미쓰오, 네 덕분이야." 나는 웃지 않을 수 없었다.

"어, 내 덕분이라고? 왜?"

"유튜버를 하면 되겠다고 한 거 너잖아."

"그랬던가?"

시치미를 떼는 게 아니라 정말로 기억이 안 나는 것 같았다.

"하지만 슌스케가 유튜버를 시작한 건 2년쯤 전이잖아. 내 말하고는 상관없어."

"아니, 있어." 내가 딱 잘라 말했지만 미쓰오는 흘려들었다.

"그나저나 대단해. 요전에 봤더니 조회수가 어마어마하더라고."

"슌스케의 동영상?"

"이러니저러니 해도 농구를 좋아하는 거야."

"맞아." 고등학교 농구부를 그만뒀다고 했을 때는 다들 놀랐을 뿐더러 대놓고 낙담했지만, 대학교에 입학한 후 슌스케는 지역 농구팀에 소속돼 농구선수로 복귀했다. 다케오가 기쁘게 그 소식을 알려준 걸 기억한다. 메일 제목에는 '낭보'라고 적혀 있었다.

슌스케는 2년쯤 전부터 유튜브를 시작해 1대1 경기나 개인기를 선보이는 동영상을 올렸다. 나는 그 소식도 다케오의 메일로 알았다. 분명 그때는 제목이 '낭보'가 아니라 '특보'였던 걸로 기억한다. 아무튼 예상 이상으로 조회수가 많고, 팬도 생긴 것이 어쩐지 자랑스러웠다.

예전에는 반쯤 놀이 삼아 한 일을 촬영해 올리기만 해도 큰돈이 들어오는 편한 장사라는 이미지가 있었지만, 정기적으로 동영상을 만들고 구독자의 관심을 유지하는 일이 쉽지 않다는 건 잘 안다. 순발력만으로 살아온 듯한 인상의 슌스케가 용케도 끈기 있게 계속한다 싶어 감탄스러웠다.

"한편 다케오는 이렇게 아이들에게 농구를 가르치고 있지. 우리가 초등학생일 때는 상상도 못 했던 일이야."

그러고 나서 미쓰오는 우리 부모님의 안부를 물었다.

"남들 못지않게 건강하셔. 아직도 리틀 농구 이야기를 하시지."

"열심히 응원하셨으니까."

"얼마나 성가셨는지 몰라."

지금 생각하면 부모님에게는 그 정도밖에 취미가 없었는지도 모르겠다. 좋아하는 스포츠팀의 열렬한 팬에 가깝지 않았을까. "팬을 좀 더 소중하게 아낄걸 그랬나." 내 말에 미쓰오가 웃었다.

잠시 후 "아, 저기, 다쿠미 아닌가" 하고 미쓰오가 앞을 가리켰다.

시선을 주자 재킷 차림에 안경을 쓴 훤칠한 남자가 교문 쪽에서 걸어오고 있었다.

"어, 저 사람이?" 놀란 건 내가 아는 다쿠미보다 키가 10센티미터는 컸기 때문이다.

"대학교 가고 나서 갑자기 컸다나 봐."

"농구할 때 컸으면 좋았을 텐데."

미쓰오가 "나도 전에 그렇게 말했더니 인상 쓰더라" 하고 웃었다. "하지만 키 정도는 작아도 될 텐데."

좋은 머리, 의대생, 잘생긴 얼굴, 이렇게 몇 박자나 갖추었으니 한 가지쯤은 빠져도 되지 않겠느냐는 의미이리라.

세련된 백팩을 멘 다쿠미가 다가와서 "아유무, 오랜만이야" 하며 손을 들었다.

"키 많이 컸네."

"설마 농구할 때 컸으면 좋았을 거라는 소리는 안 하겠지?"

"절대 안 할게." 나는 과장되게 약속했다.

"다케오는 안에?" 다쿠미가 체육관을 가리켰다.

"아까 봤더니 학생들을 지도하고 있던데."

"왜 여기 모이자고 했어? 술집에서 만나도 되잖아."

"다케오가 자기가 가르치는 아이들에게 슌스케랑 친구라고 자랑하고 싶대서."

"인기 유튜버."

"다쿠미도 슌스케의 유튜브 본 적 있어?"

"그럼." 그런 것에 흥미가 없어 보이는 다쿠미가 당연하다는 듯이 고개를 끄덕여서 나는 조금 기뻤다. "슌스케는 변함없이 빠르더라."

그러게, 하고 나는 그 속도가 내 공적이라도 되는 양 자랑스러운 기분으로 고개를 끄덕였다.

"그러고 보니." 미쓰오가 불쑥 말했다. "슌스케가 고등학교 때 농구부 그만둔 이유 들었어?"

"미쓰오, 넌 알아?" 궁금했지만 결국 물어볼 기회가 없이 지금에 이르렀다.

"얼마 전에. 끈질기게 물어봤거든."

"그랬구나. 뭐래?"

"간단하게 말하자면 감독? 코치? 아무튼 지도자와 잘 안 맞았나 봐."

"아아."

"그럴 만도 하지."

"슌스케처럼 개인기를 하는 선수는 좋은 평가를 못 받으니까."

농구뿐만 아니라 팀플레이를 하는 스포츠에서는 혼자서 할 수 있는 일에 한계가 있다. 아무리 드리블 실력이 좋아도 상대 수비를 완벽하게 돌파하기는 무리다. 패스를 돌리고, 스크린*을 거는 등 조직적으로 경기를 운영해야 한다. 물론 슌스케도 팀플레이를 이해하고 기꺼이 팀의 톱니바퀴로 움직였지만, 조금만 자유롭게 플레이해도 도둑질이라도 한 것처럼 혼을 내서 염증이 났던 모양이다.

"그게 슌스케의 한계지." 다쿠미는 냉정하게 말했다.

"실력이 아주 뛰어나면 자유롭게 플레이해도 되겠지만 말이야."

도박인가 도전인가 구별하기는 쉽지 않다.

"틀에 꿰맞추려는 지도자가 많지." 나는 말했다.

---

* 공격선수의 진로를 막는 행위를 가리키는 농구 용어.

"그야 틀에 꿰맞추는 게 제일 효율적인 교육법이니까."

"그런가?"

다쿠미는 대답 없이 체육관을 가리켰다. "왜 안에 안 들어가?"

"외부인이 있으면 안 되는 것 아닌가 해서. 그리고 모두 슌스케를 기다리고 있을 텐데 우리가 들어가면 실망할 거 아냐." 미쓰오가 느긋한 말투로 대답했다. "그래서 여기서 아유무와 이야기를."

"주인공인 슌스케는?"

"슬슬 오지 않으려나. 슌스케의 SNS를 보니까." 정기적으로 들여다보는 건 아니지만, 슌스케의 근황을 알고 싶어서 인터넷을 검색하곤 한다.

"뭐라고 쓰여 있었는데?"

"리틀 농구를 하던 시절의 친구와 모교에서 만날 예정."

"어째 무뚝뚝하네."

"무뚝뚝하기로 소문난 다쿠미가 무슨 소리를." 나는 말했다. "하지만 기뻐."

"뭐가?"

1인 미디어 영역, 그것도 농구라는 한정된 취미의 영역이라고는 하나 유명인이 된 슌스케가 불특정 다수에게 우리를 콕 집어 '친구'라고 표현했으니까. 그렇게 대답하자 다쿠미는 "기뻐할 것도 많다" 하고 동정하는 듯한 시선을 던졌다. '친척'이나

'남'이라고 쓸 수는 없었을 텐데 야단스럽다고.

체육관에서 고함치는 소리가 들렸다.

"야, 뭐 하는 거야. 그럴 거면 때려치워!"

다쿠미가 슬쩍 시선을 들었다. 옛날보다 한층 차가운 눈빛이었다. "저거, 다케오의 목소리?"

"설마. 다케오가 저렇게 변했다면 실망이지. 다케오의 선배인 것 같아. 원래 그 사람이 이 팀을 가르친다던데." 그 선배가 다케오에게 도움을 요청했다는 이야기였다.

"몇 번 말해야 알아듣겠어. 못 써먹겠네!" 고함소리가 들린 후 체육관이 조용해졌다. 내가 혼나는 것도 아닌데 위장 언저리가 꽉 쪼그라들었다.

"본인이야말로 쓸 만한 코치가 아니네." 다쿠미는 서슴없이 말했다.

"다케오가 그러는데 리틀 농구 코치로서는 우수한 사람인가 봐. 매년 강팀을 만든다더라."

내가 설명하자 다쿠미는 "초등학생한테 으름장을 놓아야 팀이 강해진다니, 그게 우수한 거냐?" 하고 무시하듯 말했다.

"하지만 왜, 무르게 대하면 아이들은 풀어지니까." 옛날에 아버지가 했던 말을 나도 입에 담았다. 고함을 지르는 코치를 옹호할 생각은 없었지만, 일방적인 의견이 아니라 양론을 함께 다루는 매스컴처럼 균형을 잡고 싶어지는 것은 내 성격일까, 아니면 다양한 입장에 선 시민을 염두에 두어야 하는 공무원의 천성

일까. 그저 위험한 다리를 건너고 싶지 않다고도 할 수 있겠다. 그렇게 생각하자 가슴이 조금 무거워졌다.

한 발짝 내디디지도 못하면서 이름이 아유무래요, 라는 저주의 말이 들렸다.

"아이의 마음을 다잡기 위해서라면, 그에 걸맞은 방식으로 야단을 치면 돼. 감정을 앞세우지 말고 의연하게. 상대의 자존심에 흠집을 내거나, 남들 앞에서 창피를 주거나, 겁을 줄 필요는 없어."

"뭐, 그렇지."

"다케오는 폭언을 퍼붓는 저 선배를 달래는 역할인 건가." 다쿠미는 그렇게 말하며 장소를 옮겨 문으로 체육관을 들여다보려고 했지만 "안 보여" 하며 돌아왔다.

"다케오에게는 선배니까 그렇게 무섭게 야단칠 것 없지 않느냐는 정도의 말밖에 못 하는 모양이지만."

체육관에서 또 코치의 고함소리가 들렸다. 아이에게 욕을 퍼붓는다는 건 알겠지만 구체적으로 뭐라고 하는지는 못 알아들었다.

"추상적인 말을 고래고래 외치며 화내는 건 독재자의 수법이야." 다쿠미가 다시 입을 열었다.

"독재자가 그런다고?"

"구체적인 이유를 알려주지 않고 공포를 안기면, 다음부터는 그 사람의 안색을 살필 수밖에 없게 되니까."

"그런 건가." 미쓰오는 그렇게 말했다.

"그때의 그놈도 그랬을지 몰라."

그때의 그놈이라는 말이야말로 추상적인 말에 추상적인 말을 이어 붙인 것 아니냐고 나는 비판했다.

"6년 전 그 사건의 범인 말이야."

"아아." 아까 그 당시 일을 생각하고 있었으므로, 내 머릿속에는 공원을 성큼성큼 걷는 남자의 뒷모습이 바로 떠올랐다. 손에 든 칼이 그때 실제로 보았던 것보다 크게 느껴졌다.

다른 사람들이 안간힘을 다해 맞서는 가운데, 겁을 먹고 다리가 얼어붙었던 나 자신이 보였다.

"그 범인이 뭐 어쨌는데?"

6년 전 그 사건 후, 우리는 뉴스에 보도됐고 '용감한 고등학생들'이라는 헤드라인과 함께 화제가 되어 쑥스러움과 귀찮음의 소용돌이에 휘말렸다. 동네와 학교에서 칭찬과 놀림을 받는 나날이 이어져 피곤했지만, 체포된 범인에 대해서는 그렇게 크게 보도되지 않았다.

대학에 들어갔을 무렵 문득 궁금해져서 인터넷에 검색해보았다. 그 사건의 범인은 아버지가 경찰 관료였는지, 국회의원이었는지, 그들과 친분이 있는 사람이었는지, 아무튼 유력자였기 때문에 그다지 무거운 벌을 받지 않았다는 모양이다. 진위가 불분명한 도시전설이나 음모론일 가능성도 있으리라.

자멸을 각오한 묻지 마 범죄의 범인이라고는 하나 사상자가 나오지 않았으니 무거운 벌을 내리기 어려웠을 것 같기는 하다.

"주간지에서 봤는데, 범인은 엄격한 부모의 안색만 살피면서 살았대. 요컨대 독재자에게 지배당한 것과 비슷하지. 결국 꾹꾹 눌러놓았던 스트레스가 폭발해서."

"그 공원에 갔다?"

"이소켄의 말이 생각나네." 미쓰오가 숙연하게 말을 꺼냈다.

"무슨 말?"

"사건이 일어나고 한 번 더 병문안을 갔잖아."

범인 체포에 협력한 공로로 표창을 받은 후 다 함께 이소켄의 집에 들렀다.

그때 우리 중 누군가가 범인을 두고 "그런 정신 나간 놈" 하고 단정하듯 말하자 "걔도 이런저런 일을 겪었을지 모르지" 하고 이소켄이 부드럽게 말했다.

"이런저런 일이라니요?"

"물론 아무 불만도 없이 살다가 반쯤 놀이 삼아 어린아이를 덮치는 인간도 있겠지만, 벼랑 끝에 몰린 나머지 그렇게 된 인간도 있겠지."

"벼랑 끝에 몰려도 어린아이를 덮치지 않는 사람이 더 많은 걸요." 나는 반박했다.

"그건 맞아." 이소켄은 바로 긍정했다. "다만 그러니 너도 참아라, 해도 해결은 안 될 것 같은 기분이 드는구나."

"선생님은 성선설을 지지한달까, 인간은 모두 착하다고 믿는군요." 다쿠미가 빈정거린 건지, 본심을 말한 건지는 확실치 않았다.

"아니." 이소켄은 웃었다. "반대일지도."

"반대라고요?"

"나는 성선설은커녕 인간 자체를 믿지 않아. 나 자신이 착한 사람이 아니니까. 바로 그래서야."

"무슨 뜻이에요?"

"픽션이라면 무서운 폭력을 행사하는 범죄자나 약한 사람을 괴롭히는 악인을 주인공이 해치우고 해피엔딩을 맞아도 상관없어. 하지만 현실은 다르잖니."

"악인에게도 좋은 면이 있다는 말씀을 하고 싶으신 거예요?"

"그게 아니야." 전혀 아니라며 이소켄은 고개를 저었다. "그저 저놈은 악인이니까 절벽에서 떨어뜨려서 없애버리자는 식으로는 해결할 수 없다는 뜻이야. 악인을 마법이나 처형으로 없애기는 어려워. 돈 콜레오네에게 범죄자를 전부 없애달라고 할 수도 없고."

"그게 누구예요?"

이소켄은 대답하지 않았다. "범죄자는 언젠가 사회로 돌아오는 경우가 더 많지. 그렇잖아? 같은 동네에 살 가능성도 있어.

그런데 그런 사람을 이상하다든가 못 믿겠다는 이유로 배제하는 것도 무섭지 않을까."

"그런가요?"

"나는 현실주의자야. 그런 사람은 평생 못 나오게 어딘가 가둬두면 좋겠지만." 이소켄은 미안한 듯이 말했다. "사회로 돌아와야 하는 범죄자가 있다면, 최대한 다른 사람과 평화롭게 공존할 수 있는 방법을 고민하는 편이 낫다고 봐. 그자가 행복하지 않으면 우리가 곤란하지. 악인을 두고 '저자는 사형에 처해야 한다! 조리돌림을 한 후 효수형에 처하자!'라고 말하는 사람이 오히려 몽상가 아닐까. 현실적인 방안이 아니니까."

"그럼 어떻게 하면 되는데요?"

"어려운 문제야." 이소켄은 단박에 말했다. "상냥하게 대해줄 필요는 없을 테고, 사이좋게 지낼 수도 없고."

"그럼, 속수무책이잖아요."

"그래, 속수무책이야." 난감한 듯이 미소 짓는 이소켄의 얼굴이 아직도 기억난다. "너희가 답을 찾으면 알려다오."

드르륵 소리와 함께 문이 열렸다. 흠칫 놀라 쳐다보니 다케오가 서 있었다. 얼굴은 옛날과 변함없었지만, 팔은 더 굵어졌다. 가슴팍도 두꺼워서 마주 서자 고개를 숙이고 싶을 만큼 나 자신이 허약하게 느껴졌다.

"뭐야, 벌써 왔네. 들어오지 그랬어?"

오랜만이라고 우리는 인사했다. "아이들 연습을 방해할까 봐. 슌스케도 안 왔고. 다쿠미도 방금 왔어."

"들어가자." 다케오가 체육관 안을 가리켰다.

됐다고 우리가 사양했을 때 또 호통치는 소리가 문틈으로 새어 나오는 괴물처럼 들려왔다. 다케오가 돌아보고 난처한 듯 눈살을 찌푸렸다.

"시대의 흐름에도 달라지지 않고 이어져 내려오는 전통 예술 같은 건가." 미쓰오는 진지하게 말했지만, 나와 다쿠미는 살짝 웃었다. 다케오는 한층 인상을 찡그렸다.

"어떻게 생각해?"

"어떻게고 저떻게고 저건 좋지 않아."

"다쿠미는 한결같구나. 일도양단이야."

"저런 지도 방식은 백해무익이야. 그만두는 게 좋을 텐데."

"나도 알아. 하지만 선배를 설득하기가 여간 어렵지 않아야 말이지." 나는 다케오의 입장이 이해가 갔다. 공무원으로 일하면서 실감하는 점이었기 때문이다. 이쪽이 옳다고 해서 상대를 설득할 수 있는 건 아니다. 정론을 앞세워 상대를 설득해도 그 후로는 관계가 거북해진다. 거북해지더라도 사태가 개선된다면 그나마 다행이지만, 상황은 달라지지 않고 그냥 상대와 거북한 사이가 되는 경우도 많다.

"보호자는 연습 보러 안 와?" 우리가 리틀 농구를 하던 시절은 학부모가 아이들을 데려오고 데려가는 짬짬이 자주 연습을 견학했다. 부모 앞에서 감정적으로 폭언을 했다가는 나름대로 문제가 될 가능성도 있지 않을까 싶었다.

"보호자는 연습에 오면 안 된다는 게 기본 방침이야."

"부모의 눈이 없는 곳에서 학대를." 다쿠미가 경멸하는 투로 말했다.

"그렇다기보다 우리 팀 아이들의 부모는 그런 성향의 사람이 많거든."

"그런 성향이라니?"

"엄하게 가르쳐달라, 체벌을 해도 상관없다, 그런 식이지."

"정말로?" 되물었지만 우리 부모님도 그랬으니 의외는 아니다.

"제법 많아. 자기가 어릴 적에는 눈물이 쏙 빠지도록 혼났다고 무용담처럼 말하는 아버지라든가."

"본인도 싫었던 일을 대물림하는 건 아무래도 좀 그런데. 응석을 받아줄 필요는 없겠지만, 위협하거나 겁을 주는 것도 무의미해."

"그건 나도 알아. 옛날부터 자주 그런 이야기를 했잖아." 다케오는 답답한 듯한 표정을 지었다. "일단 안으로 들어가자. 슌스케도 슬슬 오겠지. 너희도 온다고 알려놨어. 리틀 농구를 하던 시절의 친구인데, 연습을 도와줄 거라고."

"다케오, 너랑은 다르지. 지금 우리가 농구를 했다가는 다치기만 할걸. 민폐야, 민폐."

"초등학생과 비교하면 키는 크잖아. 벽 역할만 해주어도 도움이 돼." 다케오는 어서어서, 하고 우리를 입구로 데려갔다. "아, 그나저나 다쿠미, 키 컸네."

"뭐, 그렇지."

"농구할 때 컸으면 얼마나 좋았을까." 다케오의 말에 다쿠미는 한숨을 푹 내쉬고 키가 뭐라고 그러는 거냐며 조금 화를 냈다. 확실히 그렇기는 하다.

체육관에 들어가자 스무 명 가까운 아이들이 이쪽을 돌아보았다. 폭언이 섞인 질책을 당해 아이들이 풀 죽어 있는 상황에 어울리지 않게 시끌벅적 들이닥친 셈이었는데, 다케오도 분명 그걸 노린 것이리라. 긴장된 분위기를 억지로라도 풀고 싶었는지도 모르겠다.

"야마모토 선배, 전에 이야기했던 제 친구들이에요." 다케오가 떨어진 곳에 있는 코치에게 큰 소리로, 아이들에게도 들리도록 말했다.

야마모토 선배라고 불린 코치는 빡빡 민 머리에 키가 크고 피부가 검었다. 어깨도 넓고 묘하게 권위감이 느껴져서 아이들 입장에서는 확실히 무섭겠다는 생각이 들었다.

야마모토 코치가 지시를 내리자 학생들이 재빨리 달려와서 우리 앞에 줄을 섰다. 몇 명은 까까머리였다. 잘 부탁드립니다!

또랑또랑하고 눈부실 만큼 기운찬 인사를 받자 무뚝뚝한 다쿠미도 쩔쩔맸다.

"아, 너희들이 목 빠지게 기다릴 슌스케는 아직 안 왔지만, 곧 올 거야."

농구 유튜버 슌스케는 어린 연령층에게도 인기라서, 아이들도 오늘 만나기를 고대했을 테니 일단 그 사실부터 얼른 전해야겠다 싶었다. 조금 실망한 표정을 짓는 아이도 있었지만 그래도 아이들의 행동은 예의 발랐다. 다시 뛰어서 야마모토 코치에게 돌아가는 모습이 잘 통제되는 군대처럼 보이기도 했다.

연습이 다시 시작되자 우리는 연단 쪽으로 가서 제각기 앉아 연습하는 모습을 구경했다.

지금은 하지 않지만 초등학생 때부터 중학교를 졸업할 때까지는 농구가 생활의 중심이었으므로 나름대로 애착이 있다. 공을 튀기는 진동을 느끼고, 오가는 패스를 보고, 무엇보다 골이 들어가는 순간 골망이 기분 좋게 철썩 흔들리는 소리를 듣고 있으니 기분이 들떴다. 미쓰오와 다쿠미도 같은 기분인지 잠자코 이름도 모르는 초등학생들의 연습을 지켜보았다.

이윽고 경기 형식의 연습이 시작됐다.

"우리 때보다는 머릿수가 많네." 잠시 후에 다쿠미가 말했다. 규정 인원을 채우기 위해 저학년 아이들을 총동원했을 때가 생각난 것이다.

야마모토 코치의 흥분된 목소리가 또 들려왔다. 다케오도 큰

소리로 지시를 내리고 있었다.

"뭐, 농구공은 드리블하는 소리가 시끄러우니까 큰소리를 내야 전달된다는 측면은 있겠지."

"그건 그래." 미쓰오의 의견에 나도 동의했다.

"하지만 감정적으로 폭언을 퍼부을 건 없잖아."

"그 말도 맞고." 다쿠미의 의견에도 나는 고개를 끄덕였다.

"리틀 농구 마지막 경기 때도 상대 팀 코치가 장난 아니었지."

네가 아무것도 안 하니까 따라잡힌 거잖아! 분명 그렇게 화냈다. 아직도 기억하는 나 자신에게 놀랐지만, 그 말을 들은 선수는 더 오래 잊지 못할지도 모른다.

아무것도 하지 않았을 리 없는데. 다들 이기고 싶었을 것이다.

야마모토 코치가 "야, 거기!" 하고 소리쳤다. 그 고함이 또 체육관의 소리를 빨아들였다. 아이들이 움찔하더니 얼어붙었다.

어휴, 하고 다쿠미가 한숨을 쉬었다.

야마모토 코치가 연습을 중지시키고 손끝만 까딱거려서 한 학생을 불렀다. "너, 몇 번을 말해야 알아듣겠냐."

이마가 맞닿을 정도로 거리가 가까운데 그렇게 소리칠 필요는 없지 않을까. 감정이 격해진 탓인지 야마모토 코치가 험한 말을 하며 점점 열을 냈다.

아이는 딱딱하게 굳은 얼굴로 몸을 뒤로 젖힌 채 오로지 "네" 하고 대답하며 고개를 끄덕였다.

"뭐, 저것도 열심히 한다는 증거일지도 모르지만."

"그렇다면 조금 개선해야겠지. 다른 아이들도 기가 죽었고, 아니면 기가 죽은 척할 뿐이야. 정말로 가르치고 싶다면 큰소리를 낼 필요는 없어. 저건 본보기로 삼고 싶어서 그러는 것뿐이야." 다쿠미가 내 말에 반박했다.

"저런 모습을 보면." 미쓰오가 속을 터놓는 투로 말했다. "스포츠를 해본들 인간성은 못 기르겠다는 생각이 들어."

"스포츠만 그런 건 아니야. 어떤 분야에서든 강하거나 잘하면 으스댈 수 있으니까 인간성은 관계없어."

나는 동의도 반박도 하지 못하고 멀뚱히 대답했다.

야마모토 코치의 목소리가 울려 퍼졌다. "너, 요전 경기에서도 살짝 파울당한 걸 가지고 엄살을 떨었지. 경기에 집중하면 아픈 건 다 날아가."

그 말을 들은 미쓰오가 의학적으로도 그러냐고 다쿠미에게 묻는 게 우스웠지만, 도저히 웃을 수 있는 분위기는 아니었다.

다케오는 뭘 하고 있나 살피자 어느 틈엔가 야마모토 코치 옆에 서서 부드러운 말투로 아이를 다독이고 있었다. 코치의 폭언을 여과해서 어떻게든 중요한 부분만 전달하려고 애쓰는 걸 알 수 있었다. 선배의 자존심도 살리면서 아이들을 뒤덮은 공포를 걷어내려는 생각이리라.

날카로워진 분위기가 불편해서 "역시 밖에 나가 있을까" 하고 내가 몸을 일으키는 찰나 문이 옆으로 열렸다. 소리를 듣고 아이들도 반사적으로 돌아보았다.

짧게 쳐올린 머리에, 척 보기에도 민첩하게 생긴 남자가 농구화를 들고 안으로 들어왔다.

"아, 슌스케다." 미쓰오가 반갑다는 듯이 목소리를 높였다.

체육관을 둘러보던 슌스케는 연단 위에 있는 우리를 알아차리고 "안녕" 하고 손을 들었다. 야마모토 코치가 지시했는지 아이들이 우르르 달려가서 인사했다.

방금과는 딴판으로 아이들의 표정이 밝아 보였다. 우리에게 다가왔을 때보다 더 신이 났다.

"슌스케!" 다케오는 거북한 분위기를 깨뜨려주어서 고맙다는 마음을 감추지 못했다.

슌스케는 말재주가 좋은 편은 아니지만 어릴 적부터 앞장서서 모두를 끌고 갈 때가 많았다. 지금도 그 성격은 변함없는지 야마모토 코치에게 인사한 후 "다 함께 경기하지 않을래요?" 하고 연습 메뉴를 신경 쓰지 않고 제안하더니, "너희도 이리 와. 농구화 신고 왔네" 하고 우리를 불렀다.

못 당하겠다며 우리는 연단에서 내려갔다. 하지만 마음이 설레지 않았다면 거짓말이다.

그 일이 일어났을 때 나는 연단 옆 도구창고라고 부르는 공간에 있었다. 경기 형식으로 왁자지껄 연습하던 중에 누군가 던진 공이 골대 백보드 뒤편에 걸려서 내려오지 않아 긴 막대라도 없을까 찾으러 간 거였다.

바닥에 농구공이 몇 개 놓여 있어서 그걸 치우면서 둘러보았다.

침침한 도구창고는 우리가 어렸을 적과는 달리 청결했고 정돈된 상태였지만, 긴 막대는 좀처럼 눈에 띄지 않았다. 놓아두는 곳이 달라진 걸까.

도구창고 밖, 코트 쪽에서 쿵, 하고 묵직한 소리가 울렸다. 누가 지붕에서 바닥으로 펄쩍 뛰어내리기라도 한 것처럼 짧고, 묵직하고, 강렬한 소리였다. 나는 걸린 공을 난폭한 방법으로 빼내려 한 거라고 해석했다. 비명도 들렸으므로 어지간히 대담한 방법을 사용했거나, 시도한 끝에 실패한 거라고 상상했다. 정말 기운이 넘치는구나 싶었다.

수상한 사람이 침입해 총을 쐈을 줄은 꿈에도 몰랐다.

도구창고의 미닫이문을 열다가 이변이 일어났음을 알아차리고 손을 멈췄다. 용케 멈췄다고 나 자신을 칭찬해주고 싶을 정도였다. 조금만 더 문에 힘을 주었다면 소리가 나서 들켰을 테니까.

파카 차림에 파카에 달린 모자를 덮어쓴 남자가 체육관 한복판에서 큰소리로 뭐라고 떠들고 있었다. 아이들이 비명을 질렀다. 한 번 더 소리가 났다. 총소리다. 어디에 쏜 걸까.

아이들이 눈물 섞인 목소리로 아우성쳤다. 엄마, 하고 부르는 아이도 있었다.

심장이 세차게 뛰고 손이 떨렸다. 문틈으로 내다보았다.

아이들과 야마모토 코치, 그리고 내 친구들이 파카 차림의 남자와 마주 서 있었다. 남자는 키가 크고 어깨도 넓었다. 뭔가 사러 잠깐 외출한 듯한 차림새였지만, 오른손에 든 권총이 이질적이라 현실감이 전혀 없었다.

"이봐, 괜한 짓 하지 마." 야마모토 코치가 한 발짝, 한 발짝 앞으로 나서는 모습이 보였다. 아까 아이들을 야단칠 때처럼 위압감이 느껴지는 큰 목소리였다.

남자가 뭐라고 하는지 모를 소리를 질렀다. 무거운 부츠로 바닥을 힘껏 구른 것 같은 소리가 체육관을 뒤흔들었다.

야마모토 코치가 몸을 웅크렸다. 누군가 찢어지는 듯한 비명을 질렀다. 총에 맞은 것이다. 나는 다리가 풀려서 그 자리에 주저앉을 뻔했다.

야마모토 코치가 쓰러지는 모습이 보였다. 아까 처음 만나 인사 정도밖에 나누지 않은 사이지만, 불과 몇 분 전까지 아무렇지도 않게 서 있던 사람이 총에 맞자 정신이 멍해졌다.

"다, 당신, 이게 무슨 짓이야."

야마모토 코치의 목소리가 들렸다. 다행히 넓적다리에 총을 맞은 듯했다. 그건 그것대로 큰일이기는 하지만 목숨을 잃은 건 아니라서 마음이 조금 놓였다.

파카 차림 남자가 권총을 흔들어 아이들과 내 친구들을 벽 쪽으로 이동시켰다.

"알았어, 진정해, 쏘지 마. 아이들이 있잖아." 다케오는 목소리를 떨면서도 양손을 들고 부탁했다.

남자는 눈앞에 있는 아이를 확 잡아당겨 뒤에서 꽉 붙잡은 채 총구를 머리에 댔다. 인질을 잡은 범인, 그야말로 그런 모양새가 됐다.

어쩌지? 어쩌면 좋지? 도구창고에 있는 나는 아직 들키지 않았다.

머릿속에서는 말만 빙글빙글 돌았다. 방법을 강구하는 게 아니라 그냥 '어쩌지'라는 생각만 했다.

한 발짝 내디디지도 못하면서 이름이 아유무래요. 그 말이 또 들렸다.

경찰에 신고해야겠다 싶어 호주머니를 뒤졌지만 전화는 없었다. 연습에 참가할 때 짐을 코트 옆에 모아두었던 게 떠올랐다.

대체 뭐가 목적이지.

열심히 시선을 모으다 남자의 옆얼굴이 보인 순간, 나는 "아" 하고 목소리를 흘렸다.

그 남자다. 6년 전 공원에서 우리가 제압한 칼을 든 괴한이다. 세월이 흘렀음에도 그의 얼굴은 별로 변하지 않았고, 그때와 마찬가지로 무표정했다.

다쿠미가 남자에게 뭐라고 말하는 것 같았다.

아마 다쿠미도 알아차린 것이리라.

언제 석방된 걸까. 이렇게 또 만난 것이 우연일 리 없다.

우리가 있어서 온 것이다.

나일까, 미쓰오일까, 다쿠미일까. 아니, 시간상 슌스케다. 우연히 슌스케를 보고 온 걸까, 아니면 나름의 집념을 품고 슌스케를 쫓고 있었던 걸까?

분명 후자이겠지. 슌스케는 온라인상에서 활동하는 유명인이니까 동향을 파악할 수 있다. SNS를 보고 우리를 만날 수 있겠구나 싶어 찾아온 것 아닐까?

6년 전에 자신을 방해한 놈들에게 드디어 앙갚음할 때가 왔다고 기세등등한 기분이었을지도 모른다.

다리가 떨리는 것과는 별개로 오한이 몸을 덮쳤다. 남자는 아주 강한 의지를 품고 여기에 온 셈이다. 권총까지 준비해서.

우리에게 복수할 마음으로.

어떻게든 해야 한다.

중대한 사실이 새삼 떠올랐다. 지금 저 남자에게 들키지 않은 사람은 나뿐이다.

시간도 없다.

원한을 풀기 위해 습격했다면 교섭이나 설득의 여지는 없다. 그는 당장이라도 친구들에게 총을 쏠 것이다.

언제 총소리가 들려도 이상하지 않다.

어떻게든 해야 한다. 하지만 어쩌면 좋지?

발이 바닥에서 떨어지지 않았다.

그때와 똑같다.

6년 전, 공원에서 저 남자가 배낭에서 칼을 꺼냈을 때도 나는 움직이지 못했다. 신중하게 행동해야 한다고 생각했지만, 그건 변명이다. 그냥 무서웠을 뿐이다.

초등학교 시절 마지막 경기, 남은 시간 1분에 공을 잡았을 때도 빗나가면 어쩌나, 실패하면 어쩌나 하는 마음에 몸이 굳어버렸다.

나는 어느덧 눈을 꼭 감고 있었다. 괜찮다, 다음에는 할 수 있다. 그렇게 말해주는 시선을 느꼈다. 이소켄의 눈이다. 초등학생 시절 경기 중 타임아웃 때, 그리고 침대에서 몸을 일으켰을 때 내 기분을 읽듯이 바라본다.

도박이 아니라 도전.

실패하면 감독인 자신의 탓.

누구 탓인지 따질 문제가 아니라는 건 안다. 하지만 그 말을 떠올린 순간, 강력한 풀로 바닥에 붙여놓은 것 같았던 농구화가 가벼워졌다.

벽까지 이동해 스위치를 더듬었다.

처음 보는 조작반이었지만 아이들이 사용하기 때문인지 친절하게 '골대 올림/내림 스위치'라고 스티커에 설명을 써서 붙여놓았다.

올라가든 내려가든 골대가 움직이기만 하면 된다. 저 멀리 연단 반대편에 있는 골대를 작동시키는 버튼을 눌렀다.

소리가 울렸다.

느닷없이 골대가 움직이면 반사적으로 그쪽을 볼 것이다. 아주 잠깐일지도 모르는 그 틈을 놓쳐서는 안 된다.

망설이면 끝이다. 문을 힘껏 옆으로 열었다.

권총을 든 남자가 기계음을 내면서 올라가는 농구 골대를 보고 있었다. 등을 돌린 상태다.

"다쿠미!" 겁에 질려 목구멍이 막혔을 것 같았는데 큰 소리가 나왔다.

남자가 나를 알아차리고 소리치면서 돌아보았다. 권총을 내쪽으로 향하려는 게 보였지만, 나는 들고 있던 농구공을 던졌다.

어릴 적 내 특기는 롱패스였다. 지금도 할 수 있기를. 공이 초등학생용 5호 크기였던 것이 주효했다. 일반 공보다 가볍게 던질 수 있어서 강하게 날아갔다.

다쿠미라면.

나는 바닥을 박차고 남자에게 달려갔다. 끽, 하고 농구화가 코트 바닥을 비비는 소리가 나를 격려했다.

이제 가는 수밖에 없다.

아이의 머리에 총구를 댄 채 방아쇠를 당기면 어쩌나 싶어 오싹했지만, 그의 목적이 복수라면 아이보다는 나를 노릴 가능성이 높다.

남자가 내게 권총을 겨누었다.

총구가 불을 뿜을 준비를 한다. 그렇게 쉽게 맞겠느냐고 겁먹은 마음을 타일렀다.

다쿠미가 공을 받는 모습이 시야 가장자리로 보였다. 다쿠미는 거의 예비 동작 없이 공을 던졌다. 냉정하게 날카로운 패스를 주던 다쿠미의 옛날 모습이 겹쳐 보였다. 언제든지 원하는 곳에 패스를 주던 다쿠미.

공은 남자의 오른손, 내게 총을 내민 손을 세게 때렸다.

남자가 작게 윽, 소리를 내는 것과 동시에 권총이 떨어졌다.

권총이 바닥을 미끄러졌다. 남자가 권총을 주우려고 허겁지겁 몸을 돌렸다. 잡혀 있던 소년이 풀려났다. 다케오가 곧바로 아이를 등 뒤에 숨겼다.

미쓰오가 남자보다 더 빨리 권총에 달려들었다. 경기 중에 루스 볼에 재빨리 반응해 달려드는 모습이 겹쳐 보였다.

남자의 무표정에 금이 갔다. 당혹스러움보다는 고통, 격한 분노가 만들어낸 금이다. 남자가 하늘을 찌를 것처럼 드높이 부르짖더니 뒷주머니에서 쇠망치를 꺼냈다. 붕붕 휘두르는 쇠망치의 목표는 권총을 빼앗기지 않으려 배를 깔고 엎드린 미쓰오였다.

나는 남자 앞에 섰다. 다쿠미도 옆으로 다가왔다. 둘이서 상대의 움직임을 견제했다. 나 혼자서는 무서웠지만, 친구가 옆에서 같이 방어 자세를 취해주자 그것만으로도 마음이 든든했다.

"아유무, 드리블 동작이 큰 상대의 움직임은 읽을 수 있어." 다쿠미가 말했다. 그러니 놓치지 말라고. 나를 진정시키기 위해서였으리라. "페이크는 걸지 않아."

실제로 남자는 마구잡이로 쇠망치를 휘두르느라 움직임이 컸다. 당황하지 말라고 나는 마음을 다독였다.

초등학교 시절 마지막 경기 때 남은 시간 1분 동안 역전하지 못해 우리는 패배했다. 변명이나 억울한 마음은 몇 마디 털어놓을 수 있었지만, 속상함과 한심스러운 마음은 내내 남았다.

이번만큼은.

다케오가 아이들을 체육관 출구 쪽으로 유도했다. 다리가 풀려서 주저앉는 몇몇 아이는 질질 끌다시피 해서 데려갔다.

가만두지 않겠다고 남자가 다시 소리쳤다. 땀인지 침인지 물방울이 튀었다.

나는 한순간 옴짝달싹도 할 수가 없었다. 다쿠미도 마찬가지였을지 모르겠다.

남자가 몸을 빙글 돌려 아이들을 향해 달려갔다.

거의 동시에 아이 한 명이 넘어졌다.

아, 하고 나는 탄식했다. 온몸에서 핏기가 싹 가셨다.

남자가 쓰러진 아이를 향해 속도를 높였다. 약해진 먹잇감에 달려드는 것만 같았다. 이렇게 된 마당이니 한 명 정도는 쇠망치로 박살 내겠다고 마음먹은 것 아닐까.

경기 종료를 알리는 버저 소리가 들리는 기분이었다. 초등학생 때부터 몇 번이나 들은 종료 신호다. 그리고 역시 제일 먼저 떠오른 것은 초등학교 시절 마지막 경기였다.

그때뿐만이 아니다. 농구뿐만이 아니다. 그 후로도 할 만큼 했지만 이기지 못한 적은 있었다. 아쉽다는 말을 지금까지 몇 번이나 했는지 모르겠다.

이번만큼은 지기 싫다. 지면 안 된다. 막아야 한다.

그때 옆에서 누군가 뛰어들었다.

그는 언제나 소리도 없이, 질풍처럼 달려온다.

골대를 향해 달리는 슌스케는 내 패스를 기다리고 있다. 꼭 넣어줘, 기분상으로는 패스를 했다.

미끄러지듯이 빠르게 슌스케가 남자의 발치로 몸을 날리는 모습이 보였다.

쇠망치를 든 남자가 바닥에 나동그라졌다.

선배, 곧 구급차가 올 테니 조금만 참으세요.

다케오가 넓적다리를 꽉 눌러 지혈하고 있는 야마모토 코치에게 말했다. 학생들이 그 주변을 빙 둘러싸고 있었다.

별안간 무서운 사건이 발생해 혼란에 빠진 아이들은 왜 경찰이나 부모님이 와주지 않느냐며 불안해했지만, 어느덧 침착함을 되찾았다.

이유 중 하나는 다쿠미가 다리를 다친 야마모토 코치에게 "출혈은 있지만 괜찮아요" 하고 말했기 때문이리라. 의대생에게 총상을 진단할 능력이 얼마나 되는지는 불분명하지만, 다쿠미의 타고난 담담한 말투에 그럴싸한 설득력이 있었는지도 모른다.

더 나아가 미쓰오가 "코치님, 경기에 집중하면 아픈 건 다 날아가니까 아파하지 마세요" 하고 말한 것도 모두의 긴장을 조금 풀어준 계기였다.

누군가가 웃었다. 아이들은 아파하는 코치를 둘러싸고 농담 섞인 말로 놀리기 시작했다.

그리고 또 한 가지 이유는 범인에게서 위험한 낌새가 사라졌기 때문이었다.

도구창고에 있던 줄넘기 줄로 손목과 발목을 칭칭 묶어놓았기 때문에, 자세도 못 바꾸고 꼼짝없이 드러누워 있어야 한다. 덤벼들었을 때의 무서운 기세는 싹 사라졌고 이제는 흐느껴 울고 있었다. 슬퍼서 그러는 건 아닌 것 같았다. 몸속 깊은 곳에서 넘쳐흐르는, 원망과 실망, 괴로움이 뒤섞인 듯한 울음이었다.

그토록 무서웠던 남자가 목이 메도록 눈물을 흘리고 있다. 어쩐지 으스스했지만 묶인 손발을 어떻게든 풀고 다시 덤비려는 기력은 분명 없었다.

우리는 완전히 지쳐서 경기가 끝난 후처럼 체육관 벽에 기대어 앉았다.

"그렇게 칭칭 묶어놔서 미안해." 미쓰오가 우리 앞에 있는 남자에게 말했다. "하지만 그렇게라도 하지 않으면 무서워서."

"아프면 말해, 느슨하게 해줄 테니까." 나도 말했다.

"야, 줄을 느슨하게 하면 위험하잖아." 다케오가 즉시 지적했다.

"왜 이런 짓을 한 거야?" 잠시 후에 슌스케가 한숨을 내뱉었다.

"6년 전의 원한을 풀려고 우리를 노린 건가?" 다쿠미가 물었다.

남자는 대답 없이 그저 울기만 했다.

나는 방귀 뀐 놈이 성낸다고 냉큼 말하려 했지만, 남자의 기분을 모르는 상황에서 괜히 신경을 긁을 것도 없다 싶어 말을 꿀꺽 삼켰다.

"권총은 어떻게 구한 거야?" 슌스케의 질문을 들으며 나는 이소켄의 말을 떠올렸다.

권총을 사용해 아이를 덮치는 무서운 사건을 일으켰지만, 실제로 다친 사람은 넓적다리에 총을 맞은 야마모토 코치 한 명뿐이다. 큰일이기는 하지만, 그 정도 죄를 지었다고 남자를 마법이나 처형으로 없애버리지는 않을 것이다. 재범이니 나름대로 무거운 벌을 받겠지만, 그걸로 해피엔딩은 아니다. 권총을 입수한 경위에 따라 차이는 있겠지만, 사회로 돌아오는 데 아주 오랜 세월이 걸릴 것 같지는 않다.

"우리도 딱히 그쪽을 방해하고 싶은 건 아니야. 하지만 역시

하면 안 되는 일은 하면 안 돼.'

아마 슌스케도 이소켄의 말이 생각났는지 모른다. 범인이 다시 사회로 돌아왔을 때를 상정해 거절이나 단죄와는 다른 의미의 말을 골라 이야기하고 있는 것처럼 들렸다.

남자의 눈이 경직된 건 화가 난 탓일까.

뭐에 화가 난 거야?

쥐뿔도 모르면서 입만 놀리는 우리에게? 범행에 실패한 자신에게? 아니면 또 다른 뭔가에?

"자기 인생은 어차피 볼 장 다 봤으니 모두 저승길 동무로 삼겠다든가 그런 생각이었나?" 다케오가 말했다.

"그게 아니면 뭐겠어."

"다쿠미, 넌 왜 말투가 그렇게 쌀쌀맞냐." 나는 남자가 화를 내지는 않을까 노심초사했다.

"저기." 슌스케가 누워 있는 남자에게 고개를 돌렸다. "전혀 볼 장 다 보지 않았어."

아이들의 목소리가 잦아들자 체육관이 갑자기 고요해졌다.

우리는 슌스케에게 힐끗 시선을 주었다.

"옛날에 우리 선생님이 말씀하셨어. 농구 코치를 맡았던 학교 선생님이."

"이소켄?" 미쓰오가 물었다.

"응, 우리 마지막 경기가 1분 남았을 때."

그 경기를 수없이 봤다던 이소켄이 떠올랐다.

"'농구의 세계에서 남은 시간 1분을 뭐라고 하는지 아니?'라고 하셨지."

아아, 나는 가슴이 꽉 죄어들었다. 그리움과 함께 그 시절로는 돌아갈 수 없다는 서글픔이 밀려왔기 때문인지도 모르겠다.

3점 차를 쫓아가서 반드시 이길 수 있다고 믿으며 코트로 돌아가려는 그때의 우리는 돌아보고 물었다. "뭐라고 하는데요?"

영원이야, 영원.

이소켄은 분명 멋쩍은 듯이 인상을 찡그리고 있었을 것이다.

"영원." 다쿠미가 말을 꺼냈고 나도 대답했다. 미쓰오와 다케오의 목소리도 겹쳤다.

모두가 기억하고 있어서 놀랐는지 슌스케는 웃었다.

"그래, 영원이야. 농구의 마지막 1분이 영원이니까, 우리나 당신이나 남은 인생은 여유롭고 영원해."

"말도 안 되는 소리야. 전혀 이치에 안 맞아." 그렇게 말하는 다쿠미도 분명 표정을 풀지 않았을까.

묶인 남자는 화난 듯한 표정이었지만, 슌스케의 말에 대들지는 않았다. 콧김만 거칠어졌다.

그러고 나서 슌스케는 "나, 프로 농구팀에 가보려고" 하고 말했다.

무슨 이야기인지 몰라서 한순간 모두가 입을 다물었다. 너무 뜬금없이 화제가 바뀌었다. 농담치고는 재미가 없고, 여기서 꺼낼 이야기도 아니다.

"어."

"그게 무슨 소리야?"

"2부인 B리그야."

"정말이야?" 다케오의 목소리가 높아졌다.

"제의가 들어왔어. 일종의 '미끼 상품'이라는 얘기도 있지만."

인기 유튜버를 영입하면 화제성이 생길 테니 관객이 늘어날 지도 모른다. 그렇게 생각한 팀이 있어도 이상하지는 않으리라. 그건 슌스케에게 그만한 팬이 있다는 뜻이기도 하다.

"지금 그런 이야기를 할 상황이야?" 다쿠미가 못마땅하다는 듯이 말했다.

슌스케는 개의치 않고 말을 이었다. "프로는 그 분야에서 난 다 긴다 하는 사람만 될 수 있을 테고, 나이도 있어서 나한테는 무리가 아닐까 고민했어. 나는 정규 경로에서 벗어났잖아. 고등 학교 때 농구부를 탈퇴하고 유튜버로 활동하고 있으니까."

"비정규 중의 비정규지." 다케오가 쓴웃음을 지었다.

"하지만 원래 슌스케는 틀에 맞지 않는 플레이를 했는걸." 격 려할 마음이 아니라 본심으로 나도 말했다.

"틀에 맞지 않는 길로 어디까지 갈 수 있는지 한번 해봐." 미 쓰오도 허물없이 말했다.

체육관이 갑자기 우리가 초등학생 시절의 낡은 건물로 되돌 아간 듯한 기분이 들었다. 우리는 자전거를 타고 와서 다 함께 연습했다. 장래에 무슨 일을 할지는 염두에도 없이 공을 튀기고, 슛 연습을 하고, 학교에서 있었던 하루하루의 일에 일희일 비했다.

어느새 시간이 이렇게 흘러버린 걸까.

"내가 언젠가 프로에서 뛰는 모습을 보러 와."

우리가 아니라 묶인 남자에게 하는 말 같기도 했다.

드디어 경찰차의 사이렌 소리가 들렸다. 아이들이 환성을 질렀다. 그제야 살았다고 확신했는지도 모른다. 코치님, 구급차도 올 거예요, 조금만 참으세요, 울지 말고요. 누군가 야마모토 코치를 달랬다.

묶인 남자는 아무 말도 없었다. 슌스케를 노려보기는 했지만, 어떤 마음에서 그랬는지는 모르겠다.

"다음에 또 이소켄을 보러 가자."

"다쿠미가 그런 소리를 하다니 웬일이래." 대답한 나는 물론 이소켄의 집에 가기로 결심했다.

"벌써 6년이야. 상상 이상으로 끈질겨." 다쿠미는 농담처럼 말했다.

"그야말로 영원히 사는 것 아닐까." 다케오가 웃었다.

으쌰, 하고 슌스케가 일어섰다. 엉덩이를 탁탁 털고 나서 "아까 그거" 하고 말했다.

"뭐?"

"마지막에 발을 걸었으니까 언스포츠맨라이크 파울이려나."

무슨 시시한 소리인가 싶어 우리는 코로 픽 웃었다.

눈앞에 있는 남자의 얼굴은 심해에 남겨진 자가 흘릴 법한 짙은 암색의 눈물로 젖어 있었다. 그도 좋아서 이런 짓을 한 건 아니리라.

바란 것도 아닌데 미로에 빠져서 답답하고 불안한 마음에, 거기서 빠져나오고 싶었던 건지도 모른다.

"미안해, 언스포츠맨라이크 파울이었어." 슌스케는 남자에게 그렇게 말했다.

아아, 맞다.

만약 언스포츠맨라이크 파울이라면 상대에게는 자유투가 주어지고 공격권도 가져간다.

나는 그 사실을 남자에게 알려주고 싶어졌다.

거꾸로 워싱턴

교실에서 집에 갈 준비를 하고 있자니 조금 떨어진 자리에서 도시히코가 다가와 "겐스케, 같이 가자" 하고 말했다. 옆 동네에 살고 유치원 시절부터 자주 같이 노는 친구였지만, 3학년 무렵부터 도시히코는 야구를 하느라 바빠서 놀 기회가 줄었다. 오늘은 연습이 없으니까 서둘러 돌아가지 않아도 된다고 기쁜 표정으로 말했다.

교실을 나서자 나카야마 선생님이 복도 벽에서 커다란 모조지를 떼어내고 있었다.

"선생님, 왜 〈교수〉의 자유 연구를 떼어내요?" 도시히코가 바로 알아차리고 손가락으로 가리켰다.

"어이쿠." 선생님이 흠칫 놀라서 돌아보았다. 작년까지는 나이가 정년에 가깝고 늘 뚱한 표정의 베테랑 교사가 담임이었기 때문인지, 젊어서 나이 많은 형 같은 분위기의 나카야마 선생님은 대하기가 훨씬 편하다.

"그거 어쩌려고요?" 나도 나카야마 선생님이 돌돌 말기 시작한 모조지를 가리켰다. "〈교수〉 거잖아요."

이름은 '교주京樹'지만, 아는 게 많고 어른스러운 느낌이라 그의 이름을 부를 때면 머릿속에 '교수'라는 단어가 떠오른다.*

"실은 꾸중을 들었거든." 선생님이 얼굴을 찌푸렸다. "게임센터에 가면 안 된다는 교칙이 있잖니. 학교에서 보내는 연락 사항에도 적혀 있었고. 그런데 게임센터에서 방학 숙제를 하다니 될 말이냐고 학부모한테 항의가 들어왔어. 뭐, 확실히 그렇긴 하지만."

〈교수〉의 자유 연구 주제는 크레인 게임 공략법이었다. 여름 방학이라 시간이 남아돌던 그는 쇼핑몰의 게임센터에 가서 크레인 게임을 연구한 모양이다. '연구 방법'이라는 항목의 첫머리가 '우리 집은 생활 형편이 좋지 않기 때문에'로 시작해서 마치 하루하루의 생활을 보고하는 작문처럼 느껴졌는데, 아무튼 자신의 돈을 쓰지 않고 다른 사람이 게임하는 모습을 관찰했다고 한다. 실패하는 사람의 패턴과 실력이 좋은 사람의 비결을

---

* '교수敎授'의 일본어 발음 역시 '교주'다.

분석해서 정리했다. 계속 게임센터에 있는 걸 수상하게 여긴 점원에게 여름방학 자유 연구를 한다고 밝히자, 점원이 재미있어 하며 경품 세팅을 도와달라고 하거나 크레인 게임의 비결을 몇 가지 가르쳐주는 등 여러모로 정보를 제공해주었다고 한다.

인터넷 동영상을 참고한 것이 아니라 자신의 힘으로 공략법을 정리했다는 점이 감동적이다. 교내에서도 화제가 돼 복도에 나붙었을 때는 그저 같은 반일 뿐인 나도 자랑스러운 기분이었다.

그래서 그걸 치운다니 상당히 충격이었다.

"하지만 〈교수〉 엄마가 그 쇼핑몰에서 일하니까 매일 다녔어도 그렇게 나쁜 짓은 아니잖아요?" 나는 그렇게 주장했다. 실제로 그 점은 자유 연구에서도 언급했다. 엄마와 함께 집에 가기 위해 들렀다고.

"그건 그렇지만, 일단 정해진 교칙이니까 봐주는 게 쉽지가 않아. 다른 아이가 그럼 자기도 가겠다고 하면 수습이 안 되니까."

우리는 에이, 하고 볼멘소리로 항의했다. 소소한 부분은 그냥 좀 넘어가도 되지 않느냐고 따지고 싶었다.

나카야마 선생님도 난감해 보였으니까 확실히 쉬운 일은 아니리라.

"오늘 그 이야기로 엄마와 함께 학교에 올 거야."

설마 그런 일로 부모님을 호출하는 거냐고 도시히코가 요란을 떨었다. "숙제를 하지 않았으면 모를까, 이런 역작을 완성했는데 혼나야 하다니."

"선생님도 이 연구 재미있었죠?" 내가 묻자 나카야마 선생님은 얼굴을 확 펴더니 "당연하지. 이거 엄청 재미있어. 조사한 것도 대단하지만, 그림도 잘 그렸고 최고야" 하고 고개를 끄덕였다.

나는 조금 안심했다.

"아, 맞다. 프린트물 잘 전해주렴." 나카야마 선생님이 마침 생각났다는 듯 말했다. "잊어버리지는 않았겠지?"

"야스시한테요? 물론이죠." 잊고 있었는데 위험할 뻔했다.

"선생님, 야스시는 왜 쉬었어요?" 도시히코가 물었다.

"배가 아파서." 선생님은 짧게 대답했다.

그렇구나, 하고 수긍하는 내 옆에서 도시히코가 "그거 정말이에요?" 하고 말했다. 나는 무슨 뜻이냐는 의문을 담은 눈으로 도시히코의 얼굴을 바라보았다.

"그게, 배가 아프다는 건 꾀병을 부릴 때 자주 써먹는 핑계잖아."

"정말로 복통으로 고생하는 전국의 사람들에게 사과해." 내 말에 "일방적으로 단정해서 죄송합니다" 하고 도시히코가 고개를 숙이자 나카야마 선생님이 웃었다.

본관 출입구로 나갔을 때 〈교수〉를 혼내지 마세요" 하고 선생님에게 부탁하는 걸 깜박했음을 깨달았다.

"그러고 보니 야스시 아빠는 엄청 젊어." 도시히코가 돌아가는 길에 말했다.

"어, 그랬나?" 나는 조금 놀랐다. 야스시는 유치원 때부터 아빠가 없지 않았나? 아주 옛날에 야스시가 스스로 "우리 집에는 아빠가 없어, 이혼해서"라고 말한 걸 계기로 '이혼'이 무슨 뜻인지 알았던 것 같은 기억이 있다.

"야스시 엄마가 2년쯤 전에 재혼했대."

이야, 그렇구나. 별 관심이 없었으므로 맥 빠진 맞장구가 나왔다. 2년 전에는 야스시와 다른 반이었으므로 그런 소식을 얻어듣지 못한 것이다.

"새아빠가 생기다니, 어떤 느낌일까."

"젊으면 형제 같은 느낌일지도 모르지. 야스시는 외아들이니까 형이 생긴 것 같지 않을까."

야스시의 집은 단독주택으로, 대문 옆에 인터폰이 있다. 오래된 모델이라 카메라는 달려 있지 않았다.

언제 마지막으로 놀러 왔더라. 나는 문패를 바라보며 기억을 더듬었다.

야스시가 최신 게임기를 샀을 때다. 야스시 말고는 아무도 그 게임기가 없을 때라 여럿이 우르르 몰려갔다. 평소 야스시와 그다지 친하지 않은 아이까지 와서 주인인 야스시를 제쳐놓고 컨트롤러를 서로 뺏어가며 함부로 가지고 놀았다. 아무래도 다들 너무 제멋대로 아닌가 싶어 야스시의 안색을 살피자 역시 조금 난처한 표정이었지만, 강하게든 약하게든 그만두라는 말을 꺼내지 못할 것 같은 기색이라 미안했다. 그 후로 나는 야스시의 집에 가지 않았는지도 모르겠다.

인터폰을 누르자 집 안에서 벨 소리가 울리는 기척이 느껴졌다. 조금 있다가 "네" 하는 남자 목소리가 들렸다.

도시히코가 학교 프린트물을 가져왔다고 알렸다.

"아, 그래, 알았어"라는 대답이 돌아왔다.

우리는 얼굴을 마주 보았다. 아빠일까? 평일 오후에 집에 있다니 의외였다.

잠시 후에 현관문이 열리고 머리를 살짝 갈색으로 물들인 젊은 남자가 나왔다. 슬리퍼를 잘잘 끌며 다가오더니 "오느라 고생 많았어. 고맙구나. 음, 누구랑 누구지?" 하고 말했다.

우리가 이름을 대자 "그래, 그래" 하고 고개를 끄덕였다.

내가 "저어, 이거" 하고 책가방에서 꺼낸 프린트물을 건넸다.

야스시 아빠는 받아든 프린트물을 힐끔 보더니 접어서 호주머니에 넣었다. 이때 문득 제대로 읽었을까, 야스시에게 직접 전해줄까 불안해졌다.

"야스시, 배 아프다면서요. 좀 어때요?" 깊은 의도는 없었지만 확인하고 싶어졌다.

"지금은 자고 있어. 많이 나았으니까 월요일에는 학교에 갈 수 있을 거야." 야스시 아빠가 우리에게서 시선을 돌렸다. 이런 걸 보고 눈빛이 흔들린다고 하는 거구나 싶을 정도였다.

고마워, 그럼 잘 가렴, 하고 야스시 아빠가 집으로 들어가려할 때 나는 또 "저어" 하고 말을 꺼냈다.

"왜?" 돌아본 야스시 아빠의 표정이 조금 딱딱해서 나는 기가 팍 꺾일 뻔했다.

"저어, 야스시 얼굴을 보고 갈 수 있을까요?" 말하고 나니 마치 한 번만 얼굴을 보고 싶다고 간절히 바라는 로미오와 줄리엣 같아서 부끄러웠다.

"어, 그건 좀, 집을 어질러놔서 안 되겠는데." 내 부탁을 거절한 야스시 아빠는 우리의 시선을 뿌리치듯 등을 돌려 집으로 들어갔다.

주변이 갑자기 조용해져서, 그러고 보니 지금껏 시끄러웠다는 걸 깨달았다. 옆쪽 다다미방을 청소하던 엄마가 청소기를 끈 것이다.

엄마는 청소기 호스를 정리하며 내가 있는 다이닝키친 쪽으로 오더니 허리를 쭉 펴고 "심히 간단하기는 하오나 이로써 청소를 마치기로 하겠나이다" 하며 가볍게 고개를 숙였다.

늘 있는 일이다. 딱히 내게 말하고 싶은 것은 아닌 거다. 그렇게 말할 만큼 청소를 대충 한 것처럼 보이지도 않는데, 그런 말로 자기 기분을 가볍게 하는 걸까? 엄마의 이런 면이 잘 이해가 되지 않는다.

그러더니 이번에는 세탁기 주변과 2층 베란다를 바쁘게 오가기 시작했다.

잠시 후 엄마가 태블릿PC를 들여다보고 있는 내 맞은편 의자에 앉았다.

"이야" 하고 입을 열었다. "엄마는 이렇게 바쁘게 집안일을 하고 있는데, 겐스케는 앉아서 게임을 하고 있구나. 세상은 참 불공평하다니까. 겨우 앉았네요. 이것은 인류에게는 평범한 착석이지만 내게는."

이렇듯 배배 꼬는 말투가 엄마의 특징이다. 그 영향인지 나도 누나도 옛날부터 나이에 비해 말씨가 어른 같다고 남들이 재미있어하거나 싫어하거나 한다.

"이거, 어떻게 안 돼?" 누나가 테이블의 돼지고기 생강구이에 젓가락을 뻗으며 다른 손으로 텔레비전 리모컨을 만지작거리더니, 텔레비전 본체 스위치를 눌러도 화면이 켜지지 않는 걸 확인하고 돌아왔다. "켜질 생각도 없네. 오늘 보고 싶은 방송 있었는데."

"아무래도 오래됐으니까. 다음에 아빠한테 말해서 바꿀까?" 엄마는 그렇게 말했다.

작년에 오사카로 혼자 전근을 간 아빠는 집에 필요한 물건을 사는 데 일일이 간섭하지 않지만, 엄마는 역시 상의해야 한다고 생각하는 모양이다.

"아빠는 가전제품 살 때 엄청 찾아보잖아. 각각의 장점과 단점을 메모하면서. 그거, 귀찮지 않으려나."

"찾아보는 걸 좋아해." 엄마는 칭찬과 헐뜯음이 섞인 듯한 말투로 대답했다.

"아, 하지만 텔레비전을 못 볼 때라 마침 잘됐네. 아빠가 이걸 보라고 메일 보냈거든." 그러면서 엄마가 태블릿PC를 테이블에 내려놓았다. 태블릿PC를 거치할 받침대도 준비했다. 가끔 이렇게 가족이 다 함께 동영상을 보고는 한다.

"아빠도 참 한가하다니까." 누나가 어이없어했다.

아빠는 자기 마음에 들거나 유쾌하게 느낀 일을 가족과 공유하고 싶어 한다. 명작 영화나 인터넷에서 발견한 재미있는 동영상 등등 장르도 다양한데, 나와 누나의 반응이 좋으면 천진난만하게 기뻐하고 의견이 일치하지 않으면 섭섭해한다.

"화제가 된 동영상인가 봐. 아마 외국 다큐멘터리 방송을 녹화한 게 아니려나." 엄마도 아직 안 본 모양이다.

흥미로운 동영상이라도 아빠의 요청에 못 이겨 억지로 봐야 해서 기분이 별로인지 누나는 귀찮은 눈치였지만, 나는 나름대로 기대가 됐다. 아빠는 재미있는 영상을 찾아낼 때가 많다.

몸집이 크고 얼굴이 둥그런 여자가 화면에 나타났다. 뮤지컬 오디션 같았다. 심사위원들 모두 전혀 기대가 안 된다는 듯한 얼굴로 그 여자를 바라보았지만, 여자가 노래를 시작한 순간 너무나도 아름답고 힘찬 노랫소리에 압도당해 벌어진 입이 다물어지지 않는다는 표정을 지었다.

예전에도 텔레비전에서 비슷한 광경을 본 것 같기도 하지만, 남들에게 무시당하던 사람이 평가를 뒤집는 순간은 언제 봐도 통쾌하고 기분 좋았다.

동영상이 끝났을 때 엄마가 "역시 이런 건 좋네" 하고 만족스럽게 고개를 끄덕였다.

"확실히." 나도 고개를 끄덕였다. 별것 아닐 거라 여겨지던 사람이 상황을 역전시키는 이야기를 엄마는 좋아한다.

"하지만." 누나는 낫토를 휘저으며 말했다. "결국 노래를 잘해서 그런 것뿐이잖아."

엄마가 눈살을 찌푸렸다. "뿐이라니, 그게 무슨 말이야. 노래가 굉장했잖아. 감동적이었잖니."

"하지만 영화나 드라마도 이 사람은 사실 운동을 잘한다, 부모가 유명인이다, 악기를 대단히 잘 다룬다 등등 뭔가 특별한 요소 덕분에 상황이 뒤집히는 패턴이 많잖아. 보통 사람에게는 그런 요소가 없는걸."

"그럴지도." 나도 고개를 끄덕였다.

"우리 대다수는 평범한 인간이라 역시 뒤집어엎을 수가 없어."

오사카에 있는 아빠의 서운한 표정이 눈앞에 떠오르는 것 같았다.

"뭐, 일리 있네." 엄마도 인정했다.

"그렇지? 그러니까 뭔가 생각해봐."

"뭔가라니?"

"그런 특별한 요소 없이도 모두에게 인정받는 방법." 누나는 낫토를 밥에 얹었다.

"그런 건 흔한데." 엄마가 바로 답했다. "모두가 다시 보게끔 하는 방법 말이야."

"뭔데?"

"예를 들면 음, 약속을 잘 지켜서 칭찬받는 사람이 된다든가."

"뭐야, 그게." 나는 되물었다. 무슨 뜻이지?

"약속을 잘 지킨다, 믿을 만하다, 착실하다, 그런 건 특수한 능력이 아니잖니."

약속을 잘 지키는 사람이라고 속으로 내레이션 하듯 말해보았지만, 아무래도 마음에 딱 와닿지 않았다. "수수해."

"수수한 게 어때서. 역시 결국은 착실하고 약속을 잘 지키는 사람이 이기는 법이야."

그런 걸로 승패가 갈릴까. "그런가" 하고 나는 고개를 갸웃했다. "어째 시원치 않은 느낌인데."

엄마는 그렇지 않다고 말하려다 "뭐, 하지만 손해 보는 일도 많으려나" 하고 마치 자신이 착실한 탓에 손해 보며 살아온 것처럼 말했다.

"것 봐." 누나가 의기양양해했다.

"하지만 행복해질 수는 있어." 엄마는 단념하지 않고 덧붙였다.

"그건 또 무슨 말이야?"

"특별하지 않더라도 행복하게 살 수 있다고. 오히려 특별하지 않은 편이 행복할 수 있지 않을까?"

근거도 없이 모호한 주장에 뭐라고 대답해야 할지 막막했다. '재능이 없는 편이 행복할 수 있다는 설'은 아무래도 받아들일 수가 없다. '여우와 신 포도' 같은 인상도 있다.

"설득력이 전혀 없네."

"그리고 제대로 사과하는 것도 중요해. 잘못하면 사과하는 게 맞는데, 의외로 그게 잘 안 되거든. 왜, 벚나무를 자른 걸 솔직하게 말해서 칭찬받은 워싱턴 대통령도 있잖아."

"엄마는 그 이야기 참 좋아하더라."

"정직한 사람이 칭찬받는다는 게 좋아. 난 어릴 적에 워싱턴이 되고 싶어서 도끼를 가지고 싶었을 정도야." 엄마는 도끼가 변신 벨트라도 되는 것처럼 말했다.

어디까지 진심일까. 나는 어느덧 관심을 잃고 태블릿PC를 조작해 재미있는 동영상이 또 없나 찾아보았다.

엄마는 빈 그릇을 정리하기 시작했다.

"엄마는 가끔 무슨 뜻인지 모를 이야기를 열심히 한다니까."

엄마가 목욕하러 간 사이에 누나가 감탄한 듯 말했다.

나도 동감이었으므로 "그러게" 하고 대답했다.

"왕따 문제가 나오면 열을 올리고."

"맞아."

"엄마, 옛날에 왕따를 당한 적이라도 있는 걸까."

누나는 특별히 깊은 의미 없이 말했겠지만 나는 그런 생각을 해본 적도 없었기에 "뭐?" 하고 소리 높여 되물었다. 엄마가 예를 들어 초등학생 때나 중학생 때 왕따를 당하는 모습은 상상이 되지 않았다. 하지만 가능성이 없지는 않다.

"자기하고 전혀 상관없는 뉴스를 봐도 화내고 말이야. 그러고 보니 내가 초등학생 때, 엄마가 학교에서 갑자기 일장 연설을 했던 이야기, 했었나?" 누나가 젓가락으로 낫토를 한 알씩 집어 먹었다. 대체 다 먹기까지 시간이 얼마나 걸릴까 겁날 만큼 느릿느릿한 식사법이다.

"학교에서 갑자기 일장 연설? 뭐야, 그게?"

"내가 5학년 때였나. 마침 엄마가 그날 회사를 쉬어서 서예 수업을 도와주러 왔어."

모두가 먹을 갈고 화선지에 글씨를 쓰는 가운데, 뒤에 서 있었을 엄마가 갑자기 "선생님, 시간 좀 주세요" 하며 교실 앞으로 걸어 나왔다고 한다.

어리둥절해진 선생님이 허락한 것도 아니었던 모양이지만, 엄마는 교단에 서서 "얘들아, 잠깐 들어봐" 하고 말을 시작했다고 한다.

아이들도 뭔가 싶어 나를 보더라고. 너희 엄마 왜 저러냐는 표정으로. 최악이지?

몇 년 지났기 때문인지 누나의 목소리에서는 말만큼 화가 느껴지지 않았다.

엄마는 아랑곳없이 말을 이었다고 한다.

다들 붓 내려놓고 좀 들어봐. 어, 이 반에 괴롭힘을 당하는 사람 있니?

"뭐야, 그게" 나는 누나의 얼굴을 보았다.

"나는 몰랐는데 당시 여자애들 사이에서 왕따가 있었던 모양이더라고."

"누나도 몰랐던 걸 엄마는 어떻게 알았대?"

"나중에 들었는데 엄마가 서예 수업 때 목격했대. 우리 반 여자애가 화선지에 욕을 적어서 다른 아이에게 보여주는 걸."

"붓글씨로 욕을?"

"뭐, 상대가 상처 입을 만한 글씨를 적어서 보여주고 먹물로 바로 덧칠하면 없어지잖아."

"되게 비열하네."

"그래서 엄마가 화난 거겠지. 그런 걸 엄청 싫어하니까."

누나의 이야기는 묘하게 현장감이 있어서 마치 눈앞에 보이는 듯했다. 머릿속으로 생생하게 재현할 수 있었다.

괴롭힘을 당하는 사람이 있느냐고 엄마가 물어도 당연히 아무도 손을 들지 않았다.

반대로 아마도 가해자, 왕따를 시키는 쪽이라고 추측되는 여자아이가 "갑자기 무슨 이상한 말씀이세요?" 하고 엄마를 놀리듯이 목소리를 높였다.

엄마는 개의치 않고 "그럼 남을 무시하거나, 못된 장난을 치는 사람은 있니?" 하고 물었다. 이때도 물론 아무도 손을 들지 않았다.

"얘들아, 워싱턴 이야기 몰라? 미국 초대 대통령 조지 워싱턴. 어릴 때 아빠가 소중히 아끼는 벚나무를 도끼로 잘랐지만, 정직하게 자기가 그랬다고 말하자 오히려 칭찬을 받았다는 이야기가 있잖아? 요컨대 '정직함'은 효과가 있는 거야."

그렇게 말해도 물론 "제가 그랬어요!" 하고 손을 드는 사람은 없었다. 엄마는 그래도 별로 낙담하지 않고 "남을 무시하고 괴롭히는 짓은 정말로 그만두는 게 좋아" 하고 타일렀다.

반이 조용해진 가운데, 친한 친구에게 이야기를 하는 듯한 엄마의 목소리만 들렸다.

"아, 딱히 걔가 가엾다거나 사이좋게 지내는 게 미덕이라서 그러라는 건 아니야. 사실 인간은 누군가 곤경에 처한 걸 보고 즐거워하는 구석이 있거든. 예를 들어 자기랑 상관없는 곳에서 차가 밀리면 힘들겠다고 생각하는 한편으로 우월감을 느끼기도 하잖아? 운전을 안 하니까 모르려나. 어쨌든 남을 곤경에 빠뜨리거나, 괴롭히는 사람이 생기는 건 특별한 일이 아니야. 자기가 곤경에 처하면 물귀신처럼 다른 사람도 끌고 들어가고 싶어지고, 남이 곤경에 처한 모습을 보면 재미있으니까. 다만 반대로 고작 그만한 이유로 왕따 같은 걸 해서 인생을 망치는 것도 바보 같다고 생각지 않니?"

"그게 무슨 말이에요?" 누군가가 물어볼 만도 하다.

"만약 내가 왕따를 당하면 난 괴롭힌 사람을 절대로 잊지 않을 거야. 그리고 걔가 어른이 돼서 성공하면 적절한 때를 기다려서 폭로할 거야. 저 사람은 초등학생 때 나를 따돌렸다고. 그러기 위해서라도 무슨 짓을 당했는지 똑똑히 기억해뒀다가, 효과적으로 그 이야기를 퍼뜨릴 거야. 그 사람의 성공이 크면 클수록 타격도 크겠지. 아니면 걔한테 연인이 생겼을 때 연인에게 슬쩍 알려줄지도? '저 사람, 초등학생 때 나한테 이런 몹쓸 장난을 칠 만큼 독창적이었어요. 대단하죠' 하고."

이건 우리 집에서 엄마가 늘 하는 이야기다. 너희를 괴롭히는 사람이 있으면 적어도 그 녀석이 행복해지는 것만은 막으라고.

"인생은 아주 어려워. 어른도 정답은 모르고, 평범하게 살아가는 것조차 최고난도를 자랑해. 게임처럼 '쉬움' 모드는 없지. 그런데 남을 무시하거나 괴롭히는 사람은 그것만으로도 난이도가 올라가는 거야. 언제 그 사실이 들통날지 모르거든. 왜 스스로 '어려움' 모드를 선택하는 걸까? 엄청난 권력자가 될 자신이 있다면 또 모르지만, 훗날 어디서 누구와 어떤 입장에서 만날지는 모르는 거잖아. 자기가 무시했던 사람이 업무상 거래처가 될 수도 있고, 장래 결혼할 사람의 친구일 수도 있어. 혹시 어른이 된 후에 크게 다쳐서 실려 간 응급실의 담당 의사가 옛날에 자신이 따돌린 사람이라면 어떻게 될까? 그거 무섭지 않니?"

다친 인물은 흰 가운을 입은 의사를 보자마자 저 녀석은, 하고 알아차린다. 의사도 마찬가지다. 의사는 솟아오르는 웃음을 참을 수가 없다. "안심하세요. 상대가 누구든 인명을 구하는 게 의사의 사명입니다" 하고 달래지만, 말을 하면 할수록 이면에 숨겨진 메시지가 마음에 걸린다. 그제야 남자는 "그때 괴롭혀서 미안해" 하고 사과하지만, 의사는 의미심장하게 고개를 끄덕이며 "이러려고 의사가 된 겁니다" 하고 미소를 짓는다.

엄마는 그런 이야기를 예로 들었다고 한다.

"왕따를 시킨 쪽과 당한 쪽이 훗날 마주칠 확률은 얼마 안 된다고 얕봤다가는 큰코다쳐. 요즘은 마음만 먹으면 누가 어디 있는지 찾아낼 수 있고, 인터넷에도 얼마든지 정보를 공개할 수 있으니까. 남을 괴롭힌 사람은 훗날 자기가 성공했을 때 옛일이 전부 드러나게 돼."

엄마의 말은 무지막지하고 조리도 없었지만, 분명 그렇게 말함으로써 반 아이들에게 의식을 심어준 게 아닐까 싶다. 괴롭히는 녀석이 있으면 그 녀석이 어쩌는지 잘 기억해둬라, 지금은 힘들어도 언젠가 반격할 수 있다. 그리고 남을 괴롭히는 사람은 다른 사람들의 기억에 반드시 새겨진다. 훗날 자신이 성공이나 행복을 잡았을 때 과거의 행동이 덮쳐올지도 모른다, 아니 분명 덮쳐온다. 그런 의식을 심어주고 싶었던 것이리라. 실제로 미래는 아무도 모른다. 그렇게 될 수도 있고, 되지 않을 수도 있다.

"그 후에 어떻게 됐어?" 나는 누나에게, 실처럼 늘어지는 낮토 점액을 여전히 젓가락으로 빙글빙글 감고 있는 누나에게, 물었다.

"반 전체가 썰렁해졌고, 선생님도 난감해했지만, 다시 수업을 시작했지."

"그거 말고 왕따."

"아아, 어떻게 됐더라. 엄마 이야기가 효과가 있었던 것 같지는 않지만, 그렇게 심각한 일은 발생하지 않았을 거야. 그것보다 애들이 나를 왕따 시켰어도 이상할 게 없었지. 너희 엄마, 뭘 그렇게 잘난 척하느냐면서."

아빠가 예전에 "우리도 엄마 아빠가 되는 건 처음이라서 말이야" 하고 말했을 때가 떠올랐다. "전부 처음이라 뭐가 정답인지 모르니까 정말 어려워. 다만 아빠는 적어도 부모님이 하면 싫었던 말이나 행동은 하지 않기로 했어. 그러니 겐스케도 부모가 되면 엄마 아빠의 좋았던 부분은 따라 하고, 싫었던 부분은 하지 말렴. 그러면 점점 완벽한 형태에 가까워지지 않을까?"

그렇게 간단하지는 않을 거라 생각하면서도 "응, 알았어" 하고 대답한 기억이 난다. 완벽한 형태를 이루려면 아직 멀었다는 것만큼은 알았다.

"그러고 보니 생각났는데." 교차로 신호등 앞에서 자전거를 세운 도시히코가 말했다.

토요일 한낮, 도시히코가 갑자기 도서관에 같이 가자고 해서 나왔다가 돌아가는 길이었다.

도시히코는 야구소년이면서도 독서를 좋아해서 아동서는 물론이고, 어른용 소설도 몇 권 빌렸다. 내가 빌린 건《세계의 흉흉한 사건》,《흑마술대전》,《당신을 저주하는 열 가지 방법》같이 수상쩍은 제목의 책뿐이라, 도시히코가 책을 넣은 백팩을 보고 "등이 저주받을 것 같아" 하고 웃었다.

"생각났다니 뭐가?"

"야스시 아빠, 나중에 온 아빠잖아."

나중에 왔다니 조금 묘한 설명이었지만, 한 핏줄이 아니라고 표현하기도 뭣하니까 도시히코 나름대로 고민한 표현인지도 모르겠다.

"그렇지."

"얼마 전에 텔레비전에서 아동 학대 관련 뉴스를 봤어. 아빠가 가정교육을 한다면서 아이를 때리고, 차고, 막 심한 짓을 했대."

"정말 못된 사람이네."

"그때 해설하는 사람? 패널이라고 하나? 아무튼 그 사람이 그랬어. 새아빠가 학대하는 경우가 많다고."

나는 그런 이야기를 들어본 적 없었으므로 "그렇게 단정하는 것도 무섭지만" 하고 바로 대꾸했다. 엄마가 자주 만사를 일방적으로 단정하는 건 무서운 일이라고 말했기 때문인지도 모르겠다.

그러나 도시히코의 불안한 말투 때문인지 내 가슴속에도 걱정이 뭉게뭉게 피어오르기 시작했다. 전날 야스시 아빠와 만났을 때 느꼈던 위화감이 가시지 않았기 때문이다.

다음 교차로에서 또 빨간불에 걸려서 멈췄을 때 도시히코가 실은, 하고 말을 꺼냈다. "요전에 학교에서 우연히 야스시의 체육복이 젖혀졌는데."

"무슨 일 있었어?"

"퍼렇게 멍이 들었더라고. 제법 컸어."

"어쩌다가?"

"그건 모르겠지만." 도시히코는 대답하고 나서 "야스시, 괜찮을까" 하고 중얼거렸다.

신호가 파란불로 바뀌자 우리는 자전거 페달을 밟았다.

그리고 작은 네거리에서 자전거를 세우고 "어쩌지?" "어떻게 하면 좋을까" 하고 상의했다.

"학대를 당하는지 야스시한테 물어보는 수밖에 없겠지. 당장 야스시네 집에 가자."

"어." 나는 조금 당황했다. 지금 당장 가자고? "하지만 아빠가 집에 있으면 야스시도 무서워서 사실대로 말하지 못할지도 몰라."

"그럴 수도 있겠네."

나도 도시히코도 '학대'가 뭔지 구체적인 이미지는 그리지 못했다. 쇠사슬로 방에 묶어놓은 모습도 상상돼, 나도 모르게 "야스시의 방을 들여다보면……" 하고 말을 꺼냈다. "뭔가 증거를 찾을 수 있을지도 몰라."

"야스시의 방은 2층인데."

"담이나 가까운 전신주에 올라가면 어떨까."

"경찰에 신고당할 수도 있어."

으음, 하고 우리는 다시 머리를 쥐어짰다. 잠시 후 "아, 그래" 하고 나 자신을 칭찬해주고 싶을 만큼 멋진 생각이 번뜩 떠올랐다.

몸을 일으킨 〈교수〉가 뒤로 돌아섰다. 나는 절하듯이 굽히고 있던 몸에서 힘을 쭉 뺐다.

"왜?" 옆에 있던 도시히코도 걱정스러운 듯이 물었다.

"그렇게 지켜보고 있으면 긴장돼."

〈교수〉의 얼굴이 평소와 다름없이 무표정해서 대체 어디가 긴장한 거냐고 묻고 싶어졌다.

"하지만 마지막 기회니까." 가게에 흐르는 음악이 시끄러워서 도시히코도 평소보다 목소리를 높였다.

"왜 돈을 좀 더 가져오지 않은 거야?" 〈교수〉의 말투에 워낙 억양이 없어서 우리를 나무라는 것처럼 들리기도 했다.

"〈교수〉넌 한 푼도 안 냈으면서."

"내 돈은 전부 은행에 있어. 부모님이 저금했거든. 가지고 있는 건 이게 전부야."

나와 도시히코가 지난달 쓰고 남은 용돈을 탈탈 털어서 나온 액수가 천 엔이었다.

"난 너희한테 부탁받은 거잖아. 돈을 낼 이유가 없지."

"알았어. 하지만 〈교수〉도 야스시가 걱정은 되잖아."

"특별히 걱정되는 정도는 아닌데."

"그런 소리 하지 말고."

도시히코가 〈교수〉의 집을 찾아가 네 힘이 필요하다고 한 게 30분쯤 전이다. "내 힘이 필요하다고? 갑자기 뭔 소리래?"〈교수〉가 무뚝뚝하게 되물었다.

크레인 게임은 한 판에 백 엔이다. 오백 엔을 넣으면 한 판을 덤으로 주는 기종이었으므로 우리는 망설임 없이 일단 오백 엔을 넣었다.

노리는 경품의 위치를 가만히 바라보던 〈교수〉는 게임기 사방을 돌며 세심하게 확인한 후 됐다는 듯 레버를 조작했다. 첫 판은 기계의 설정을 확인하기 위해서라며 정면에서 집으러 갔다. 물론 집지는 못했다. 〈교수〉는 "그렇군" 하고 말하더니 두 판을 연달아 도전했다. 실력이 굉장해서 상자가 아까운 위치까지 움직였다. 하지만 배출구까지는 다다르지 못하고 순식간에 여섯 판째가 끝났다.

손에 땀을 쥔 우리를 보고 "다음 여섯 판 안에 따낼게" 하고 장담하는 〈교수〉가 참으로 든든해 보였다.

여름방학 자유연구 성과를 확인하고 싶다. 〈교수〉는 그런 마음이 더 강한 듯했다.

그가 연구자고 우리는 자금을 제공하는 쪽, 스폰서라고 부르던가, 그런 관계 같기도 했다.

〈교수〉 말에 따르면 남은 여섯 판 중 처음 세 판까지는 "딱 예상한 대로" 움직였던 모양이다. 큼지막한 상자의 모서리를 크레인으로 문질러서 조금씩 기울이며 이동시켰다.

"이 구석 부분을 눌러서 떨어뜨리는 거야."

〈교수〉는 그렇게 설명하고 네 판째에 들어갔지만 허탕을 쳤고, 다섯 판째도 잘못된 부분에 닿았는지 생각보다 잘 눌리지 않아서 실패했다.

그리하여 마지막 한 판이 남자 〈교수〉가 "그렇게 지켜보고 있으면 긴장돼" 하고 말했다.

〈교수〉를 믿는 수밖에 없다. 나와 도시히코는 뒤에서 손을 모으고 기원했다. 부탁한다 〈교수〉, 부탁한다 자유연구.

레버를 조작하는 〈교수〉의 손이 보였다. 긴장한 우리를 비웃기라도 하듯 경쾌한 음악이 흐르는 가운데 크레인이 움직였다.

위치 결정이 끝났다. 이제 집게가 내려가 경품 상자를 누르는 걸 지켜볼 일만 남았다.

마른 침을 삼킨다는 표현을 실감했다. 게임센터에 흐르는 음악과 리듬을 맞추듯 심장이 점점 빨리 뛰었다.

집게 끄트머리가 상자 구석을 눌렀다.

〈교수〉가 노린 대로였다. 상자가 기울었고, 중력에 의해 떨어지는 일만 남은 것처럼 보였다.

그러니 옆에 있는 경품과 살짝 부딪혀 상자의 각도가 바뀐 건, 순전히 불운이었으리라.

한 끗 차이로 바에 걸려, 간신히 절벽에서 떨어지지 않고 살아남은 스파이 영화의 주인공처럼 떨어지지 않고 버텼다.

어, 하고 〈교수〉가 눈을 동그랗게 떴고, 나와 도시히코는 아, 하고 벌린 입을 다물지 못했다.

"아까워라." 잠시 후 도시히코가 크레인 게임기로 다가가 바깥쪽을 주먹으로 두드렸다. 확실히 강한 자극을 주면 떨어지지 않을까 싶을 만큼 아까운 위치에 상자가 걸렸다.

멍하니 서 있던 〈교수〉도 게임기로 다가가 유리 너머로 경품을 가만히 바라보았다. "아아, 한 판만 더 할 수 있으면. 누르면 떨어질 텐데."

나는 즉시 호주머니에 손을 넣었다. 어딘가 백 엔만 더 있지 않을까 기대한 것이다. 도시히코도 호주머니를 뒤졌다.

자기 집에는 생활비밖에 없다던 〈교수〉도 절박해졌는지 자기 바지 호주머니를 뒤지더니, 동전 교환기로 가서 쪼그려 앉았다. 동전이 떨어져 있지는 않은지 찾는 것이다.

각각 자동판매기로 흩어져서 두고 간 동전이 없는지 거스름 돈 나오는 곳에 손가락을 넣어 확인했다.

원래 있었던 곳으로 돌아온 우리는 말 없이 고개를 저었다. 이제 방법이 없네, 여기까지 왔는데. 아쉬운 듯이, 또는 원망스러운 듯이 도시히코가 크레인 게임기를 바라보았다. 내 시선도 비슷한 열기를 뿜어내고 있었을 것이다.

그때 떨어져 있는 동전을 발견했다. 문득 발치에 시선을 주자 좀비를 총으로 쓰러뜨리는 게임기 옆에 백 엔짜리 은색 동전이 있었다. 나는 반사적으로 동전을 주웠다.

도히시코도 반짝이는 눈으로 내가 주운 동전을 들여다보았다.

신의 은총이구나 싶어 신이 났다. 크레인 게임을 한 판 더 하려고 몸을 돌리는데, 우리를 가만히 보고 있는 점원이 눈에 들어왔다.

옆으로 푹 퍼진 고무공 같은 체형이었다. 크레인 게임기에 보충할 경품을 끌어안고 몇 미터 떨어진 곳에 서 있었다.

내가 돈을 줍는 모습을 봤을지도 모른다. 어떨까. 도시히코도 점원이 있는 걸 알아차린 듯 시선으로 어떻게 할지 물어봤다.

어쩔 수 없다. 나는 별로 고민하지 않고 점원에게 다가갔다. "죄송해요, 이거, 저기 떨어져 있었어요."

엄마가 자주 꺼내는 워싱턴 대통령과 벚나무 이야기가 머릿속에 남아 있었던 건지도 모르고, 어제 들은 "결국은 착실하고 약속을 잘 지키는 사람이 이기는 법이야"라는 말이 머리를 스쳤는지도 모르겠다. 어쨌거나 정직하게 행동하는 게 좋겠다고 판단했다.

"어, 뭐라고?" 점원은 귀찮다는 듯이 고개를 갸웃했다. 호주머니에 달린 이름표에는 '오타'라고 적혀 있었다.

"백 엔 동전이 떨어져 있었어요."

"아, 그래." 점원은 동전을 받아들었다. 아무래도 내가 동전을 줍는 장면을 못 본 것 같은데 정직하게 말해서 망했다고 후회하는 마음이 가슴속에 배어 나왔다. "너희들, 아주 진지하게 크레인 게임을 하던데, 더 도전 안 해?"

"아, 이제 돈이 없어서요."

점원이 웃었다. 하긴 아이들이 돈이 있어봤자 얼마나 있겠느냐고 무시하는 것 같았으므로 우리는 울컥했다. 아저씨가 무슨 상관이냐고 쏘아붙이고 이만 갈까 싶었다.

"그럼 이거 줄게. 마지막으로 도전해봐." 점원이 아까 내가 준 백 엔 동전을 내밀었다.

깜짝 놀란 나는 고개를 들어 점원을 보고 나서, 도시히코와 〈교수〉에게 시선을 주었다. 두 사람과 시선이 마주쳤다. 이 점원이 뭐라는 거지?

"이거 떨어져 있던 돈인데요."

"말없이 가져도 되는데 고스란히 내게 가져왔잖아. 정직한 건 좋은 일이고, 젊은 사람에게는 빚을 지워두라고 배웠거든." 점원은 배가 흔들리도록 웃었다. 누구누구 씨가 그랬다고 그리운 듯이 말했지만 그 누구누구 씨를 우리는 모른다.

"벚나무를 자른 워싱턴." 나는 무심코 그렇게 말했다.

점원의 얼굴이 갑자기 밝아졌다. "아, 워싱턴 대통령의 이야기 알아? 나는 최근에 알았는데 바로 그거네. 벚나무를 도끼로 자르고."

"자기가 그랬다고 정직하게 말했죠." 내가 말을 이었다.

"그래, 맞아. 자작극이지."

"자작극하고는 다르지 않을까요?" 반박하지 않을 수 없었다.

"아무튼 정직함은 벚나무보다도 가치가 있대."

"하지만 그거 실화가 아닌데요." 〈교수〉가 담담한 말투로 끼어들었다. "위인전을 쓰는 도중에 끼워 넣은 창작이라고 들었어요."

그랬나. 나도 놀랐지만 점원도 큰 충격을 받았다. "창작이라고? 그럴 리가 있나."

"그게, 당시 미국에는 벚나무가 없었던 모양이더라고요."

"뭐야 그게. 아, 그럼 그건 알아?" 점원은 오기를 부리는 아이처럼 입을 삐죽 내밀었다. "어린 워싱턴이 도끼로 벚나무를 잘랐는데 아빠가 혼내지 않은 이유." 갑자기 퀴즈를 내는 말투로 질문을 던졌다. "자, 왜 혼내지 않았을까요!"

정직하게 말했기 때문이라고 내가 대답하기 전에 〈교수〉가 먼저 "아직 도끼를 들고 있었으니까요. 아주 유명한 블랙 조크잖아요" 하고 말했다.

"무슨 뜻이야?"

"야단치면 도끼로 찍어버릴지도 모르잖아. 그러니까 아빠도 무서워서 용서할 수밖에 없었다는 우스갯소리. 여기저기 다 퍼진 이야기야."

뽐내며 이야기하려고 했던 만큼 속상했는지 점원은 이를 가는 듯한 표정을 지었다. 그리고 조금이라도 우위에 서려는 속셈인지 "뭐, 됐어. 어쨌든 이 돈으로 한 번 더 도전해봐" 하고 말했다.

"하지만 그건 떨어져 있던 돈인데요."

"알았어. 그럼 이건 내가 맡기로 하고, 내 돈을 줄게." 점원이 다른 백 엔을 꺼냈다.

더 이상 이러쿵저러쿵 말을 주고받기도 귀찮았고, 돈을 받지 않으면 점원이 흥분해서 화내지는 않을까 무섭기도 했다. 도시히코도 비슷한 느낌이었는지 "주신다니 감사히 받을게요" 하며 백 엔 동전을 받아들었다.

"건투를 빌게. 혹시 나중에 뭔가 이루어내면 게임센터의 형 덕분이라고 말하렴." 점원은 만족스럽게 고개를 끄덕인 후에 "설마 그게 지어낸 이야기였을 줄이야" 하고 혼잣말을 중얼거렸다.

우리는 〈교수〉를 데리고 게임기로 돌아왔다.

크레인 게임기에 백 엔 동전을, '정직함'의 대가로 얻은 돈을, 소중히 넣었다.

절하는 듯한 자세로 빌었다.

〈교수〉가 아까 내뱉은 "한 판만 더 할 수 있으면"이라는 말은 허풍이 아니었다. 점원에게 받은 백 엔으로 멋지게 경품을 획득했다.

바로 소형 드론이다.

❀

드론이라면 2층에 있는 야스시의 방도 들여다볼 수 있지 않을까.

도서관에서 돌아가는 길에 그런 생각이 번뜩였다. 요즘은 카메라가 달린 드론도 있을 테니 그걸 써보면 어떨까.

"하지만 드론을 어떻게 구하려고." 도시히코의 의문에 나는 대답을 하지 못했다.

설령 어디서 파는지 알아도 비싸서 쉽게는 살 수 없으리라.

"좋은 생각이다 싶었는데, 의미가 없었네."

내가 인정하자 도시히코는 "아니, 어쩌면 가능성이 있을지도 몰라" 하고 눈을 부릅떴다.

"가능성이 있다고?"

"역 근처 게임센터의 크레인 게임기에 분명 소형 드론이 경품으로 들어 있었어."

"됐다." 〈교수〉가 끌어안은 상자를 보자 나는 웃음을 억누를 수가 없었다. 경품을 따낸 건 순전히 〈교수〉의 연구와 기술 덕분이지만, 작전에 성공했다는 성취감이 가슴을 가득 채웠다.

지금부터가 중요하다고 도시히코가 말했다. 그 말이 옳다.

다음으로 드론을 조종하는 연습을 했다. 자전거를 타고 하천 부지로 가서 상자를 열고, 설명서를 한번 쭉 읽어보았다. 블루투스로 접속한 스마트폰으로 조종하는 유형이었는데, 도시히코가 스마트폰을 가지고 있어서 다행이었다. 스마트폰으로 접속하고 이런저런 준비를 마친 후 순서대로 조종 연습을 했다.

처음에는 조금만 떠올라도 해냈다고 방방 뛰었지만, 드론을 목표 지점으로 이동시키거나 원하는 높이로 상승시키는 건 많이 어려워서 몇 번이나 추락했다.

원격 조작으로 드론을 날리는 건 재미있었다. 내장된 카메라가 스마트폰에 영상을 송신하는 것도 신기해서, 우리는 날렸다가 떨어뜨리기를 반복했다.

도시히코가 "망가지기 전에 야스시네 집에 가자" 하고 말을 꺼내지 않았다면, 저녁까지 마냥 놀다가 오늘 재미있었다며 집에 돌아갔으리라.

그리하여 우리는 작전에 돌입하기 위해 자전거를 타고 야스시의 집으로 왔다. 하천부지에서 연습한 결과 〈교수〉가 드론을 제일 잘 조종했으므로 작전 수행을 맡기기로 했다.

〈교수〉가 드론을 길에 내려놓고 스마트폰을 잡았다.

"바로 저기가 야스시의 방일 거야." 도시히코가 가리켰다.

"커튼이 처져 있는데." 〈교수〉가 지적했지만 레이스 커튼이니까 어떻게든 보이지 않을까 우리는 기대했다.

그럼 간다. 〈교수〉의 얼굴은 평소처럼 무표정했지만, 살짝 굳은 것처럼 보이기도 했다. 역시 긴장한 것이다. 스마트폰을 만지작거리자 나름대로 요란한 프로펠러 소리와 함께 드론이 붕 날아올랐다.

그 순간, 아빠에게 얼굴을 얻어맞는 야스시의 모습이 커튼 너머로 촬영되지는 않을까 하는 생각이 들었다. 또는 발길질을 당해 멍이 든 야스시가.

〈교수〉는 조종 실력을 발휘해, 위아래로 둥실거리면서도 야스시의 방 창문 높이에 드론을 띄우는 데 성공했다.

"거기서 카메라를 앞쪽으로." 〈교수〉가 들고 있는 스마트폰을 뒤에서 들여다보며 도시히코가 지시를 내렸다.

〈교수〉는 집중한 표정으로 화면을 가만히 노려보았다.

실내가 어떤 상황일지 궁금해서 나도 〈교수〉 뒤로 돌아가 발돋움을 하며 스마트폰 화면을 들여다보려고 했다.

레이스 커튼이 비쳤다.

"야스시다. 안에 있어!" 도시히코가 목소리를 조금 높였다. 놀라운 발견이라도 한 것 같은 말투였지만, 야스시의 방이니까 당연하다. 하지만 나도 "발견!" 하고 흥분에 휩싸였다.

그때 창문이 드르륵 열렸다.

커튼을 젖힌 야스시가 얼굴을 내밀고 길에 있는 우리를 내려다보았다.

더구나 "어, 너희들 뭐해?" 하고 태평한 목소리로 말하는 것이 아닌가.

〈교수〉도 깜짝 놀랐는지, 아차 싶었을 때에는 이미 드론이 땅으로 떨어지고 있었다. 프로펠러가 멈춘 걸까. 내가 드론을 아무런 상처도 없이 얼른 받아낸 건 행운이었다.

2층에서 이쪽을 보며 "잠깐만 있어봐, 지금 그리로 갈게" 하고 눈을 반짝이는 야스시 옆에는 갈색 머리의 아빠도 있었다.

집에서 나온 야스시는 내가 끌어안은 드론을 흥미롭게 바라보았다.

"이게 크레인 게임 경품이라니, 장난 아니네" 하고 감탄했다.

야스시 아빠도 따라 나왔다. 나는 거북한 기분이 땀과 함께 등에 맺히는 걸 느꼈다.

왜 우리 집 앞에서 드론을 날렸느냐고 야스시가 당연한 의문을 꺼냈다.

"어, 그게, 그냥." 나와 도시히코는 말을 얼버무릴 수밖에 없었다.

"그냥이라니 뭐야 그게. 좀 더 넓은 곳에서 날리는 게 낫잖아."

궁금할 만도 하다.

어떻게 설명하면 잘 넘어갈 수 있을까 죽어라 머리를 굴렸다.

그런데 〈교수〉가 "겐스케와 도시히코는 네가 집에서 학대를 당하는 게 아닐까 의심하는가 봐" 하고 순순히 폭로해서 놀랐다.

배신자! 그렇게 화를 내고 싶은 기분이었다.

〈교수〉는 본인과 무관한 일이라고 생각하는 건지, 함께 작전을 펼쳤으면서도 제3자의 스파이 활동을 밀고하는 것처럼 행동했다.

"뭐, 학대?" 야스시가 얼떨떨한 표정을 지었다. "누가?" 지나가는 누군가가 학대를 당하는 게 아닌가 걱정하는 듯한 말투였다.

"어, 그게 아니라."

야스시가 아빠를 보았다. 잠시 후에야 무슨 뜻인지 이해한 듯 웃음을 터뜨렸다.

야스시 아빠도 "내가? 야스시를?" 하고 허를 찔린 표정으로 말하더니, 난감해하면서도 웃음을 지었다.

"왜 그렇게 생각한 거야?" 야스시가 물었다.

왜였더라? 야스히코가 나를 보았다.

왜였더라? 내가 또 다른 사람에게 떠넘길 수도 없어서 기억을 더듬었다. "어제 왔을 때, 너희 아빠가 좀 이상해서."

"응? 이상했어?" 야스시 아빠가 본인을 가리키며 고개를 갸우뚱했다.

"뭔가를 숨기는 것 같은." 태도는 싹싹했지만 그다지 눈을 마주치려 하지 않았다.

그 당시 상황을 설명하자 야스시 아빠는 "아아" 하고 이해했다는 듯이 고개를 끄덕였다.

"그건…… 야스시가 의외로 멀쩡해서, 집에서 게임도 하고 있었거든."

"무슨 말씀이세요?"

야스시가 겸연쩍은 듯 고개를 숙였다. "일단 배가 아프다는 이유로 쉬었지만."

"실은 아니었어?" 도시히코가 놀리듯이 집게손가락으로 가리켰다. "꾀병이었구나."

화살처럼 내민 집게손가락에서 야스시를 지키듯이 야스시 아빠가 손을 내밀어 제지했다. "내가 시킨 거야. 학교에 가기 싫다기에 그럴 때는 무리하지 말고 쉬는 것도 한 가지 방법이라고."

"야스시, 학교에 오기 싫어?"

"음." 야스시가 작게 고민하는 듯한 소리를 냈다. "난 운동을 못하니까 체육이 무서워서. 특히 요샌 소프트볼을 하잖아. 수비를 해도 공을 못 잡는걸."

"진짜 그런 걸로 걱정한 거야?" 야스히코의 눈이 휘둥그레졌다.

"넌 운동을 잘하니까 모를 수도 있겠구나." 내가 옆에서 말했다. "못하는 걸 하려면 아주 힘들어. 나도 음치라서 음악 시간이

284

지옥이라니까."

"야스시가 아침부터 고민하기에 쉬라고 했어. 나도 겪어봤지만 반드시 가야 한다고 생각하면 마음이 벼랑 끝에 몰리거든. 갈 수 없을 때는 쉬어도 된다고 생각하면 조금 편해져." 야스시 아빠가 머리를 긁적였다. "그래서 집에서 느긋하게 게임을 하고 있을 때 너희가 와서 좀 켕기는 바람에 내 태도가 이상했던 것 아닐까?"

"뭐야, 그런 거였구나." 도시히코가 나직하게 말한 후에 "아, 멍. 멍도 있었지 참!" 하고 생각났다는 것처럼 목소리를 높였다.

"멍?"

"야스시, 몸에 멍이 들었잖아? 나, 다 봤어."

맞다, 그 이야기도 있었다. 그래서 학대를 당한다는 의혹이 커진 것이다.

야스시는 그 자리에서 입고 있던 티셔츠를 걷어 올렸다. 허리 언저리에 파란색이라고도 검은색이라고도 하기 애매한 그림자 같은 자국이 희미하게 보였다. "이거 말이야?" 야스시가 가리켰다.

"그래." 야스시가 고개를 끄덕였다.

두 개쯤 되는 멍은 나름 커서, 부당한 폭력의 증거로밖에 보이지 않았다.

"아아, 그거. 확실히 학대의 흔적 같기도 하네." 야스시 아빠가 쓸쓸하게 웃었다. "노력의 결정인데."

"노력요?"

무슨 뜻인지 이해가 되지 않아 야스시의 몸을 빤히 들여다보았다.

"얼마 전에 소프트볼 연습을 했거든. 공을 잡을 수 있으면 자신감이 붙지 않을까 싶어서." 야스시가 창피한지 웅얼웅얼 말했다.

"내가 공을 좀 세게 던지는 바람에." 야스시 아빠가 민망한 표정을 지었다.

연습했지만 멍만 들었을 뿐 실력이 느는 낌새가 전혀 없어서 체육시간이 더 우울해졌다고, 야스시는 설명했다.

"뭐야, 야구라면 내가 가르쳐줄 수 있는데."

"어, 진짜?" 야스시가 상상 이상으로 몸을 쑥 내밀며 말해서 도시히코가 몸을 뒤로 젖혔다.

"안 가르쳐줄 줄 알았어?"

"그런 건 아니지만."

"그나저나 드론으로 촬영이라니." 야스시 아빠가 이를 보이며 웃었다. "재미있는 생각을 하는구나."

죄송합니다, 하고 나는 어깨를 움츠렸다. "소란을 피워서."

"하지만." 야스시 아빠가 말했다. "이번 일에 굴하지 말고, 그렇게 말하니까 어째 이상하지만, 아무튼 야스시의 상태가 이상하면 신경을 써줘. 이런 소리를 하면서도 어쩌면 내가 학대를 하고 있을 가능성도 있잖아. 야스시를 위협해서 입막음했을지도 몰라. 그러니까 어른 말을 무조건 곧이듣고 따르지 말고 의심해야 할 때는 의심하렴."

"에휴." 도대체 어쩌라는 말인지.

"아니, 난 학대 안 했어. 그저 앞으로 만에 하나 그런 일이 있을 때를 대비해서 말해두는 것뿐이야. 사람은 겉보기만으로는 알 수 없으니까. 착해 보이는 사람이 의외로 집에서는 폭군일 수도 있거든. 아, 나는 아니다? 만약을 위해서야." 야스시 아빠는 열심히 말하더니 야스시의 얼굴을 보며 "어쩌지" 하고 어찌할 바를 모르는 아이처럼 한탄했다. "설명하면 할수록 수상해지네."

야스시가 재미있다는 듯이 소리 내어 웃었다.

"나도 이거 날려보고 싶어." 야스시의 요청에 우리는 당연히 반대하지 않았다.

"물론 해봐도 돼." 드론을 땅에 내려놓고 블루투스로 연결된 스마트폰을 넘겨주었다.

"본격적이네." 야스시는 긴장한 표정으로 〈교수〉에게 조작 방법을 배웠다.

야스시 아빠는 조심해서 놀라는 말을 남기고 저녁을 준비하러 집에 들어갔다.

"아빠가 밥을 차리는구나?" 도시히코가 묻자 야스시는 어쩐지 기쁜 듯이 고개를 끄덕였다. "맛있어. 엄마가 집안일을 하면 엉망이라 다 해줘. 오늘도 엄마는 회사에 가고 둘이서 청소를 했는데, 집 안이 정말 깔끔해졌어. 뭐든지 다 잘해."

"좋겠다." 도시히코가 순수한 감상을 말했다.

"그렇게 좋은 아빠를 의심해서 미안해." 나는 진심으로 사과했다.

아니야, 미안하기는, 걱정해줘서 기뻤어. 그렇게 대답하는 야스시가 아주 어른스러워 보였다.

"엉뚱한 곳으로 날아가지 않도록 조심해." 〈교수〉가 주의를 주었다.

그 직후에 "걱정이 적중했습니다!" 하고 동네방네 방송이라도 하듯 드론이 비스듬히 상승했다.

당황한 야스시가 손가락을 또 잘못 움직인 모양이다. 너무 힘차게 날아서 눈으로 좇는 것도 고작이었는데, 야스시도 동요한 탓인지 예상치 못한 속도로 드론이 사라지고 말았다. 집 뒤편으로 날아갔고, 스마트폰 화면도 어두워졌다.

순식간에 벌어진 일이었다.

몸이 굳어서 바로는 움직일 수 없었다.

"큰일 났다. 어디로 갔지." 꽤 시간이 지난 후에야 겨우 주변을 둘러볼 수 있었다. 하늘을 이리저리 쳐다보았다.

"어느 쪽이지?"

"모르겠어."

"안 보였어."

넷이서 각자 다른 방향으로 찾으러 갔다.

남의 집 마당에 떨어졌거나, 사람이나 차에 맞았으면 큰 문제다.

큰일 났습니다, 큰일 났습니다, 저희 드론 어디 있는지 모르세요?

크게 방송을 하면서 돌아다니고 싶었을 정도다.

자전거를 타고 찾아야 했나 반성했을 때, 도시히코가 네거리에 몸을 숨긴 채 길 건너편을 바라보고 있다는 걸 알았다.

"도시히코, 어때? 찾았어?" 말을 걸자 움찔하며 이쪽을 보았다. 대답 없이 고개만 끄덕이더니 앞쪽을 가리켰다. 대체 왜 숨어 있는 걸까.

다가가서 도시히코와 비슷한 자세로 살펴보자, 스쿠터를 세운 남자가 땅에 떨어진 드론을 수상하다는 듯 바라보고 있었다.

"저 사람, 맞은 걸까?"

"글쎄." 도시히코는 고개를 갸웃했다.

"화난 것 같은데."

"그냥 모르는 척할까."

기껏 얻은 드론을 포기하기는 아깝지만, 어른에게 야단맞는 것보다는 낫다.

"그러자." 나도 동의했다. "군자는 위험한 곳에 가까이 가지 않는다나 뭐라나 그런 말도 있으니까."

"긁어 부스럼 만들지 말라고도 하고."

그거랑은 좀 다른 것 같았지만, 어쨌든 동감이었으므로 이대로 돌아가서 〈교수〉, 야스시와 합류하려고 했다.

그런데 그때 엄마의 말이 머리를 스쳤다. '제대로 사과하는 것도 중요해. 잘못하면 사과하는 게 맞는데, 의외로 그게 잘 안되거든.'

특별한 재능은 없어도 착실한 사람이, 사과해야 할 때는 사과하는 사람이 되고 싶다. 그런 마음이 있었는지도 모르겠다. 도망치기는 간단하지만, 그래도 될까 나 자신에게 물었다.

어느 틈엔가 나는 발을 앞으로 내디뎠다.

남자에게 다가간다. "죄송해요. 그거, 제 거예요."

벚나무를 자른 건 접니다! 그렇게 정직하게 사과하고 혼나기는커녕 오히려 칭찬을 받았다는 소년 워싱턴이 떠오르는 한편으로 "그거 실화가 아닌데요"라는 〈교수〉의 말도 머릿속에 어른거렸다.

정직하게 사과하면 용서해주리라고 생각한 내가 물렁했다.

도망치는 게 정답이었다. 후회가 온몸을 뱅뱅 맴돌았다. 50대로 보이는 그 남자는 그칠 줄 모르고 집요하게 화를 냈다. 마구 야단친다기보다는 한숨을 섞어가며 장황하게 불평을 늘어놓았다.

뒤따라온 도시히코도 나란히 서서 어깨를 움츠리는 것이 고작이었다.

남자는 "이거에 맞았으면 큰 사고야. 요즘 초등학생들은 대체 머릿속에 뭐가 든 건지"하며 집게손가락으로 우리를 찌르고 싶은 건가 싶을 만큼 힘주어 삿대질을 했다.

"죄송합니다." 나는 다시 고개를 숙였다.

계속되는 남자의 불평을 들어보니 아무래도 드론에 맞은 것도 아니거니와, 스쿠터에 부딪힐 뻔한 것도 아닌 모양이었다.

길에 떨어져 있는 드론을 보고 스쿠터를 세웠는데 내가 사과하러 왔다. 제 발로 불에 뛰어든 여름벌레 같은 상황이었다.

불평이 언제 끝날지 모르게 계속되자, 점점 이 사람은 그저 스트레스를 발산하고 싶었던 게 아닐까 하는 생각이 들기 시작했다. 자기보다 약한 상대를 복싱 샌드백 취급하고 싶었던 게 아닐까.

이래서는 끝이 없겠다 싶어 겁이 났다.

"너희들, 정말로 미안하기는 한 거야?"

"네."

"죄송합니다." 나와 도시히코는 사과했다.

"그럼 무릎 꿇어." 남자가 찌르듯이 땅을 가리켰다.

"네?"

"미안하면 무릎 꿇고 빌라고."

그렇게까지 해야 하는 건가 싶어 놀랐다. 도시히코도 깜짝 놀란 표정으로 나를 보았다. 자기보다 약한 초등학생을 무릎 꿇려서 뭐가 재미있다는 말인가.

"야, 빨리 해." 남자가 큰소리를 질렀다.

상대는 분명 억지를 쓰고 있다. 하지만 강한 말투에 우리는 기가 눌렸다.

다 워싱턴 때문이다. 정직했던 탓에 봉변을 당하고 말았다.

워싱턴은 왜 혼나지 않았을까요.

아직 도끼를 들고 있었으니까.

그 농담이 떠올랐다. 워싱턴에게는 도끼가 있었지만 내게는 없다. 어쩌면 좋을지 안간힘을 다해 머리를 굴렸다.

머리보다 먼저 몸이 움직여 나는 메고 있던 백팩을 벗어서 내려놓았다. 무릎을 꿇을 준비라고 생각했을지도 모르지만, 나는 그대로 백팩에 손을 넣어 책 두 권을 꺼냈다. 도서관에서 빌린 책이다.

무덤덤하게 행동하자고 의식하며 배 언저리로 책을 들어 올렸다. 그리고《당신을 저주하는 열 가지 방법》이라는 제목 쪽이 상대에게 보이게끔 했다. 다른 한 권은《흑마술대전》이다.

장난으로 여기지 않기를. 도끼를 든 워싱턴과 똑같이 느껴지기를.

남자가 눈을 돌려 내가 소중하게 끌어안은 책의 제목을 보았다. 그 순간만큼은 말문이 턱 막힌 듯 무릎 꿇으라는 말이 쏙 들어갔다.

위협하는 거냐고 묻지는 않았다. 나는 그저 책을 제목이 보이도록 들어 올렸을 뿐이다.

그때 "거기 너희들!" 하고 여자의 억센 목소리가 들렸다.

또 뭘까. 당황해서 고개를 돌려 주변을 살피자 우리 뒤쪽에서 여자가 씩씩거리며 달려왔다.

엄마다.

단호한 모습으로 쌩하니 달려서 "엄마" 하고 부를 시간도 없이(엄마는 분명 그걸 노렸겠지만) 우리 앞까지 오자마자 "내 차 어떻게 할 거야!" 하고 야단쳤다. "아, 진짜. 너희 둘, 어느 학교고 이름은 뭐야?"

그러고 나서 엄마는 남자에게 고개를 돌리더니 "아저씨도 피해자예요? 이 못된 녀석들, 무섭기로 소문난 드론 소년들에게 무슨 짓이라도 당했어요?" 하고 침을 튀길 기세로 말했다. 서투른 연기를 큰 목소리와 기세로 덮어버리려 했다.

"어, 그건 아닌데." 남자도 엄마의 기세에 압도당한 데다, 자기는 큰 피해도 없었으므로 말을 조금 머뭇거렸다. 그나저나 '무섭기로 소문난 드론 소년'이라는 표현은 어디서 나온 걸까.

엄마는 땅에 떨어진 드론을 주워서 품에 안고 "자, 저쪽에서 이야기하자. 변상해야 할 것 아니야!" 하며 나와 도시히코를 끌고 갔다. "수리비를 받아야겠어."

그 시점에 엄마의 의도를 알아차렸다. 마구 요란을 떨어서 남자가 얼떨떨해진 틈에 여기서 벗어나려는 것이었다. 그러나 엄마와 아들 사이임이 들통나면 본전도 못 찾는다. 섣불리 말을 꺼내지 않는 게 좋다. 도시히코에게도 눈짓으로 얌전히 있으라고 신호했다.

"이봐요, 그 아이들을 어쩌려고?" 남자가 물었다.

"그야 저쪽에서." 엄마는 다음 말이 떠오르지 않는지 입을 다물었다. 기세등등한 엄마의 연기로 보건대 "저쪽에서 사형에 처하려고요"라고 말할지도 모르지만, 그렇게까지 허풍을 떨면 오히려 역효과다. 엄마는 "정말이지 왜 이런 애들이" 하고 한탄하며 애매하게 말을 얼버무렸다.

"그러게 말이야." 남자도 힘 있게 고개를 끄덕였다. "부모의 낯짝을 한번 보고 싶다니까."

엄마가 몸을 움찔하더니 걸음을 멈췄다.

남자에게 고개를 돌리더니 "맞아요. 부모의 낯짝을 보고 싶네요" 하고 과장되게 한숨을 쉬었다. 그리고 동경하는 사람을 떠올리는 듯한 목소리로 "정말 멋진 분들이시겠죠" 하고 말했다.

분명히 그럴 거라 단정하는 듯한 말투였지만, 남자는 무슨 뜻인지 이해하지 못했는지 어안이 벙벙한 표정이었다.

모퉁이를 돌자 엄마가 "자, 뛰어" 하며 달려갔고 우리도 쫓아갔다. 모퉁이를 하나 더 돌자 〈교수〉와 야스시가 기다리고 있었다.

엄마는 지나가는 길에 우연히 야스시와 마주쳤다고 한다. 우리 집과 고작 한 구획 떨어진 곳이라 장을 보러 갈 때 자주 지나가는 길이었다. 야스시는 우리 엄마를 보고 "실은 지금 큰 소동이 났어요" 하고 드론이 사라진 일을 상의했다.

엄마는 드론을 찾아 주변을 돌아다니다가 나와 도시히코가 웬 남자에게 혼나고 있는 광경을 봤다.

"딱 보아하니 성가신 사람한테 걸렸다 싶었거든." 엄마는 그렇게 말했다. 어떻게든 구해야겠다고 방법을 고민하던 끝에 이 막무가내 연극이 떠오른 모양이다.

"응, 뭐." 부모님이나 지인, 학교 선생님 말고 모르는 어른한테 혼쭐이 난 건 처음이었으므로, 내 생각보다 더 공포와 긴장에 짓눌렸는지도 모르겠다. 우리가 어리다고 해서 봐주지 않고 오히려 더욱 공격적으로 대하는 어른을 처음 만났다는 공포에서 해방돼 안심했기 때문인지, 갑자기 눈물이 뚝뚝 떨어졌다. 옆을 보자 도시히코도 울고 있었다.

자꾸자꾸 눈물이 솟았다.

어이구 이제 괜찮아, 하고 엄마는 우리를 달랬다. "무서웠니?"

왜 우는 건지 스스로도 설명할 수 없어 고개를 저었다.

"겐스케, 제대로 사과하려고 한 거잖아. 대단해." 엄마의 말에 또 눈물이 넘쳐흘렀다.

소년 워싱턴도 정직하게 말하다니 대단하다고 칭찬받은 후에 울었을까. 문득 그런 생각이 들었다. 지어낸 이야기라는 목소리가 어딘가에서 들려왔다.

"그나저나 늦네." 엄마는 그렇게 짜증 난 기색은 아니었지만 시계를 확인했다.

가전제품 대리점의 텔레비전 판매 코너였다. 집의 텔레비전이 여전히 켜지지 않아서 결국 사러 왔다. 점찍은 상품을 얼마나 깎아줄 수 있느냐고 묻자 "잠깐만 기다리세요" 하고 모습을 감춘 점원이 좀처럼 돌아오지 않았다.

"아빠가 예산은 신경 쓰지 말라고 했잖아."

"그렇지만 이왕이면 싼 게 최고니까." 엄마는 줄지어 진열된 텔레비전을 구경했다.

그러고 보니 야스시는 학교에 오니? 엄마가 생각난 것처럼 물었다.

"응. 와." 야스시는 드론 소동이 발생한 다음 주부터 쉬지 않고 학교에 다닌다. 소프트볼 때문에 걱정이라고 우리에게 털어놓은 후 마음이 편해졌는지도 모르겠다. 방과 후에 시간이 날 때는 도시히코가 같이 캐치볼을 연습하고 글러브 사용법도 가르쳐주었다.

"백 엔은 돌려줬니?" 게임센터의 점원 이야기다. 〈교수〉가 크레인 게임을 할 때 마지막 백 엔을 점원에게 받았다고 말하자 "이상한 사람일지도 모르니까 돈 문제는 확실히 하는 게 좋겠어" 하고 엄마가 걱정했다. "나중에 따지고 들기라도 하면 무섭잖니."

확실히 그럴지도 모르겠다 싶어 도시히코와 함께 돈을 돌려주러 갔지만, 그 점원은 이미 그만두고 없어서 만나지 못했다.

"그만뒀으면 어쩔 수 없나."

"아빠는 드론 이야기 듣고 뭐래?"

"겐스케는 참 대단하다고 하더라."

"어, 내가 대단한 일을 했나?"

"글쎄다."

대리점 점원이 돌아왔다. 몸집이 크고 어깨도 넓지만, 어쩐지 움직임이 굼뜬 것이 척 보기에도 기운이 없었다. 말주변도 없는 듯해서 내가 다 걱정이 됐다.

"어, 음, 그러니까." 점원은 웅얼웅얼 말하고 나서 작은 메모지를 건넸다. 손글씨로 금액이 적혀 있다. "이 정도까지라면."

"생각보다는 많이 안 깎아주네요." 금액이 얼마인지는 못 봤지만, 마음에 꼭 들 만큼 깎아주지는 않은 모양이다.

"다른 브랜드라도 상관없어요. 좀 더 저렴한 추천 상품은 없나요?"

점원은 "아, 네" 하고 진지하게 고개를 끄덕이고 호주머니에서 수첩을 꺼내 들여다보았다. 힐끗 보자 작은 글씨로 상품 정보 같은 것을 빽빽이 써놓았다. 자기 나름대로 정리한 건지도 모른다. 전에 엄마가 "결국은 착실하고 약속을 잘 지키는 사람이 이기는 법이야"라고 말했던 것이 생각났다.

조금 이동한 곳에 있는 텔레비전에서는 농구 경기 장면이 나오고 있었다. 일본국가대표와 농구 강호국의 경기인 모양이다. 무음으로 해놓지 않은 텔레비전이 있는지 생중계 아나운서와

해설자의 목소리도 들렸다.

시간이 얼마 남지 않은 상황에서 일본이 1점 차로 뒤지고 있었다. 접전을 벌였다는 것 자체가 쾌거지만, 남은 십수 초 안에 어떻게든 역전할 수 없을까 하는 기대가 아나운서의 목소리와 관객석의 열기에서 전해져왔다.

농구에 관심이 없는데도 시선이 향했다.

호리호리한 일본 선수가 패스를 받았다. 골대에서 조금 떨어진 곳에서 드리블한다. 해설자가 "한때 유튜버로 활동하다 늦게 꽃핀" "베테랑" "비장의 카드"라고 설명했다. 유튜브에서 활약했지만 이제는 완전히 일본팀의 중심 선수가 된 모양이다. 비장의 카드라면 골을 넣으라고, 나는 일방적으로 생각했다. 농구는 골을 넣으면 2점을 얻으니까 슛이 들어가면 역전승이라는 것 정도는 알았다.

남은 시간 5초. 이제 끝이라고 생각했을 때 일본 선수가 한 발짝 뒤로 물러났다. 수비수가 조금 앞으로 나서자, 그럴 줄 예상했다는 듯이 빈틈을 파고들었다. 뒤처진 수비수는 따라오지 못했다.

힘차게 드리블하자 다른 수비수가 얼른 다가붙었다.

일본 선수가 아랑곳없이 점프했지만, 키 큰 외국 선수 두 명이 벽처럼 막아섰다.

슛이 막힐 줄 알았던 순간, 일본 선수가 팔을 빙글 돌렸다. 아직 슛은 쏘지 않았다. 눈앞의 두 수비수가 떨어지기 시작할 때를 노려 한 박자 늦게 옆에서 공을 붕 띄웠다. 바로 그때 버저가 울렸다.

뭐가 어떻게 된 건지 모를 한순간이 지나갔다.

어, 하고 생각했을 때는 공이 골망을 통과하고 있었다. 척, 하고 기분 좋은 소리마저 들리는 것 같았다. 코트 위에 있던 일본 선수 모두가 양손을 번쩍 쳐들고 지구를 쾅 구를 것처럼 뛰어올랐다.

아나운서가 뭐라고 외쳤다.

우와아, 하며 나는 주먹을 불끈 쥐었다.

위를 휙 쳐다보자 엄마도 "이겼다" 하고 꽥 소리치며 만세에 가까운 자세를 취했다.

골, 일본이 승리하는 대이변, 버저비터로 역전, 텔레비전에서도 고래고래 외치는 소리가 흘러나왔다.

그 후에야 점원의 눈이 벌게진 걸 알아차렸다. 점원은 텔레비전 화면을 보며 눈물을 글썽거리고 있었다.

"저기, 왜 그래요? 감동적이기는 했지만, 혹시 농구 팬이에요?" 엄마가 묻자 점원은 고개를 좌우로 흔들었다.

"아, 그럼 아는 사람이 나왔다든가?"

엄마가 그렇게 묻자 이번에는 몇 배는 더 힘을 실어 부정했다. 손을 내저으며 "아닙니다. 몰라요" 하고 거의 흐느끼는 게 아닐까 싶은 목소리로 말했다.

지인임이 알려지면 상대가 피해를 본다는 듯이 필사적인 태도였다.

점원은 글씨가 가득한 수첩으로 눈을 돌리고 추천할 텔레비전을 열심히 찾는 눈치였다. 하지만 도중에 눈을 몇 번이나 닦고, 자신을 다독이듯 고개를 끄덕였다. 이걸로 됐다고, 다행이라고 뭔가를 음미하는 것 같았다.

"어떻게 된 거예요? 왜 그렇게 울어요?"

그러자 옆에서 다른 젊은 점원이 달려와서 무슨 일이시냐며 우리를 보았다. 엄마는 "이분이 갑자기 울어서요" 하고 어깨를 으쓱했다.

몸이 안 좋으냐고 젊은 점원이 선배를 걱정하듯 물었다. 그리고 우리에게 돌아서서 "죄송합니다. 아주 착실하고 좋은 사람입니다만" 하고 고개를 숙였다.

"괜찮아요, 괜찮아." 엄마는 웃었다. "아까 그 텔레비전 살게요. 가격은 안 깎아도 돼요."

"엇." 점원과 내가 동시에 말했다.

"멋진 시합의 결과도 봤고, 전 착실한 사람을 좋아하거든요."

점원은 농구가 중계되는 텔레비전 화면을 흘끗 보고 나서 허둥지둥 머리를 숙였다.

〈참고문헌〉

《초상현상을 왜 믿는가 독단을 낳는 '체험'의 위험성》기쿠치 사토루, 고단샤
《4스탠스 이론으로 아이의 발이 빨라진다! 운동 능력이 극적으로 향상된다!》히로토 소이치 감수, 닛토쇼인혼샤

온라인상의 정보도 참고했습니다만, 작품을 쓸 때 적당히 요약하거나 수정했으므로, 실용적인 정보는 아니라고 보시면 되겠습니다.

몇몇 단편에 '이소켄'이라는 교사가 등장하는데요. 제가 초등학

교 4학년 때부터 3년간 담임이셨던 이소자키 선생님의 이름에서 따온 이름입니다. 당시 신임 교사였던 이소자키 선생님은 지금 생각하면 나름대로 시행착오를 겪으셨겠지만, 공부 말고 다른 중요한 일들을 많이 가르쳐주셨습니다. 6년쯤 전에 다시 뵈었는데, 그후로도 또 중요한 일을 배운 기분입니다. 이왕 초등학생이 주인공인 단편을 쓰기로 했으니 선생님을 등장시키고 싶었습니다.

소년이나 소녀 같은, 아이가 주인공인 소설은 쓰기가 어렵다고 생각했습니다. 지금도 그렇고요. 아이를 화자로 삼으면 나이 때문에 사용할 수 있는 단어와 표현이 줄어들고, 작가에게 그럴 의도가 없어도 아동용 책으로 여겨질 가능성이 있거든요. 회고적인 이야기나 교훈담, 미담에 치우치면 아쉽고, 그렇다고 뒷맛이 나쁜 이야기로 만들기도 껄끄럽습니다.

어떻게 하면 나이기에 쓸 수 있는 소년들의 이야기가 나올까. 제 내면에 있는 몽상가와 현실주의자, 둘 중 어느 쪽도 낙담하지 않을 이야기가 뭘까 여러모로 고민하며 궁리한 결과, 이 다섯 편의 단편이 완성됐습니다.

자기 작품을 객관적으로 평가할 수는 없겠습니다만, 이 책이 데뷔하고 20년간 이 일을 계속해온 덕분에 이루어낸 하나의 성과처럼 느껴집니다.

이사카 고타로

적은 선입관이다!

옮긴이의 말을 쓰는 지금, 번역가로 일한 지 만 12년째다. 강산이 한 번 변하고도 남는 시간 동안 100권이 넘는 책을 번역하며 번역가로서 나름대로 열심히 살아온 것 같다.

물론 당연하다는 듯이 번역가라는 직업이 기다리고 있었던 건 아니다. 나도 다른 사람들처럼 대학교 졸업을 앞두고 직업 선택의 기로에 섰다. 부모님은 공무원이 되면 좋겠다(당시도 공무원 시험은 인기였다)고 바라는 눈치셨지만, 당시 번역의 재미에 빠져 있던 나는 번역가가 되겠다고 우겼다. 주전공인 행정학과 아무 상관도 없는 생소한 직업에 부모님은 난색을 표하셨고, 그걸로 밥은 먹고 살 수 있겠느냐고 걱정하셨다. 번역가에 대해 일종의 선입관이 있으셨던 셈이다. 자식 이기는 부모 없다고 결국은 내 꿈을 응원해주셨지만, 만약 그때 부모님의 선입관을 받아들였다면 김은모라는 번역가는 없었을 테고, 이사카 고타로의 책도 독자로서만 읽었을 것이다.

어쩌면 다른 번역가님의 번역으로 읽었을지도 모를, 이사카 고타로의 《거꾸로 소크라테스》는 나처럼 누구나 한 번쯤은 경험할 '선입관'을 소재로 한 단편집이다. 작품의 표제작인 〈거꾸로 소크라테스〉를 쓰기까지의 과정이 재미있다. 소년을 주제로 한 단편을 의뢰받은 이사카 고타로가 편집자와 이야기를 나누던 중 히가시노 게이고의 〈갈릴레오 시리즈〉가 화제에 올랐다고 한다. 농담 삼아 제목에 '갈릴레오'를 넣자는 둥, 그건 안 되니까 '거꾸로 갈릴레오'를 넣자는 둥 이야기를 나누다가 갈릴레오 말고 다른 위인을 언급하는 도중에 소크라테스가 등장했다는 거다. 소크라테스하면 '무지의 지'니까 그 반대 버전으로 선입관으로 가득한 선생님을 등장시키고, 아이들이 그 선입관을 뒤집는다는 아이디어를 떠올린 것이다.

나머지 단편들도 '적은 선입관이다!(일본 단행본의 띠지 홍보 문구이기도 하다)'를 주제로 여러 가지 선입관을 내세워 갈등을 그려내고, 다양한 관점에서 그 선입관을 타파한다. 그런 한편으로 불공정, 범죄자, 편견, 왕따 같은 무거운 문제도 언급한다. 내용이 뭔가 사회파 추리소설처럼 흘러갔다면 문체도 내용도 제법 딱딱해졌을 것 같지만, 이사카 고타로는 너무 힘을 주지 않는다. 오히려 제법 묵직한 내용을 포함하면서도 어린아이의 시점에서 경쾌하게 풀어 나간다.

"제 내면에 있는 몽상가와 현실주의자, 둘 중 어느 쪽도 낙담하지 않을 이야기가 뭘까 여러모로 고민하며 궁리한 결과, 이 다섯 편의 단편이 완성됐습니다."

이사카 고타로의 작품 후기 중 일부다.《거꾸로 소크라테스》는 딱 이 말에 걸맞은 작품이 아닐까 싶다. 몽상만으로는 혹독한 현실을 살아갈 수 없다. 하지만 너무 현실적이면 삶이 퍽퍽하다. 이사카 고타로는 인생의 초입에 서 있는 소년소녀를 주인공으로 삼아, 굳어버린 선입관과 정답을 찾기 힘든 삶의 문제를 현실적으로 그려내면서도 몽상가적인 전개와 결말을 잊지 않는다. 그러한 두 측면이 어울려 딱딱하면서도 부드럽고, 차가우면서도 따뜻한 작품으로 완성되지 않았나 생각해본다.

《거꾸로 소크라테스》는 제 다른 소설보다는 단순하고 직설적인 분위기가 있다고 생각합니다. 데뷔했을 때는 기묘하고 별난 이야기를 쓰고 싶다는 마음이 강했는데, 그 시절에《거꾸로 소크라테스》같은 소설을 발표했다면 그저 거기서 끝났을 것 같은 기분이 드네요. 그로부터 20년이 지나고 나서야, 현실적인 세계를 바탕으로 하면서도 저다운 맛을 낼 수 있는 작품을 쓸 수 있게 된 것 같습니다. 열렬한 팬이 읽어도 이사카 코타로의 소설이라고 여길 만한 작품이고, 지금까지 제 작품을 읽어본 적 없는 독자도 재미있게 읽을 수 있지 않을까 싶습니다(이사카 고타로의 인터뷰에서 발췌).

데뷔한 지 20년이 넘도록 꾸준히 작품 활동을 계속해온 작가의 관록과 자신감이 엿보이는 말이다. 이사카 고타로의 맛에 익숙한 독자도, 그렇지 않은 독자도 '선입관' 없이 한번 읽어보았으면 한다. 분명 푹 빠져들 것이다.

2021년 11월
김은모

거꾸로 소크라테스

1판 1쇄 발행 2021년 11월 25일

저   자 이사카 고타로
옮 긴 이 김은모
발 행 인 유재옥

본 부 장 조병권
담 당 편 집 이준환
편 집 1 팀 이준환 김혜연 박소연
편 집 2 팀 정영길 조찬희 박치우 조현진
편 집 3 팀 오준영 곽혜민 이해빈
디 자 인 김보라 서정원
표지디자인 곰곰사무소
라 이 츠 한주원 이승희
디 지 털 박상섭 이성호 최서윤
발 행 처 (주)소미미디어
발 행 등 록 제2015-000008호
주   소 서울시 마포구 토정로 222, 403호(신수동, 한국출판콘텐츠센터)
판   매 (주)소미미디어
제 작 처 코리아피앤피
영   업 박종욱
마 케 팅 한민지 최정연
물   류 허석용 백철기
전   화 편집부 (070)4260-1393, (070)4405-6528 기획실 (02)567-3388
              판매 및 마케팅 (070)4165-6888, Fax (02)322-7665

ISBN 979-11-384-0563-8 03830